22 倪匡珍藏限量紀念版

衛斯理傳奇

玩具

（含：玩具・狐變）

倪匡 著

無窮的宇宙，
無盡的時空，
無限的可能，
與無常的人生之間的永恆矛盾，
從倪匡這顆腦袋中編織出來。

——金庸

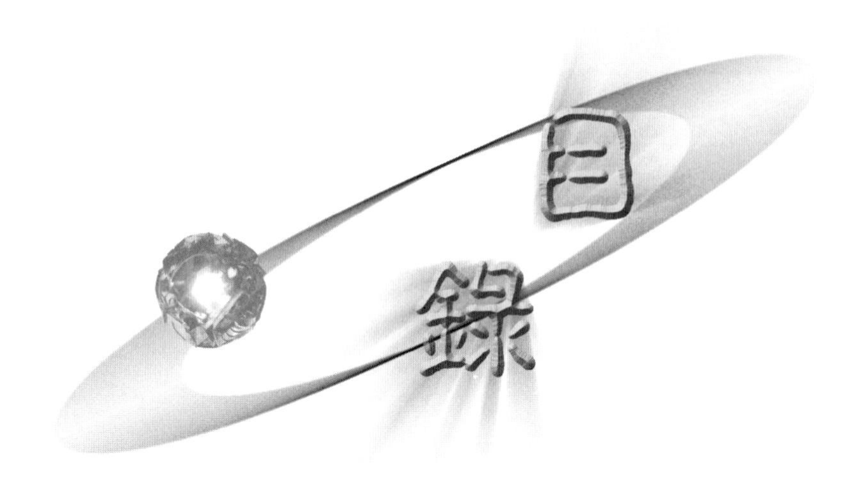

玩具

狐變

玩具

序言

「玩具」這個故事，設想了地球人由機器人統治。機器人的統治中心，是一座巨大無比的電腦。它把地球上的氧氣弄走了，於是所有生物一起死亡，剩下來的，就成了各種不同的玩具。

如果真有那種情形出現，那自然是人類的大悲劇，不過，更大的悲劇，在於故事的後半部：陶格的一家和衛斯理，開始時都認為自己逃出來了，可是終於知道，不斷地逃亡，也根本是做為玩具被機器人玩的方式。自始至終，都是遊戲中的一種道具，始終只是玩具。

玩具的關係，在人和人之間也存在著，一些人是一些人的玩具，怎麼也擺脫不了被玩的命運——倒不是富豪玩弄美女那麼簡單，有很多不同形式的表現，而且，在絕大多數情形下，作為玩具的，並不太有改變自己地位的想法。

像這個故事中的「玩具」，不是日子過得極好，生活一無憂慮，甚至比人類自己作主時還好得多嗎？

倪匡

第一部：「他們殺人！」

兩樁相當古怪的事加在一起，使我對陶格先生的一家人，發生了興趣。

先說第一樁。

在歐洲旅行，乘坐國際列車，在比利時上車，目的地是巴黎。歐洲的國際列車，可以說是世界上設備最好的火車，速度高，服務好，所經各處，風光如畫，乘坐這樣的火車旅行，真是賞心樂事。

上了車不久，我感到有點肚餓，就離開了自己的車廂，走向餐車。

世事就是這樣的奇怪，一個看來絕對無關重要的決定，會對下決定的這個人，或是和這個人完全無關的另一些人，產生重大的影響，像是冥冥中自有奇妙的安排，任何人都無法預測。

那天的情形就是這樣，如果我早半分鐘決定要到餐車去，或是遲半分鐘決定離開車廂，那就根本不會有如今在記述著的這個「玩具」故事。可是偏偏我就在這個時間離開。所以，我遇上了浦安夫婦。

第一次遇到浦安夫婦時，根本不認識他們，也不知道他們的姓名。浦安先生將近六十歲，一頭銀髮，衣著十分得體，看來事業相當成功，浦安夫人的年紀和她先生相若，雍容的神態，一望而知，曾受過高等教育，而且比較守舊。

先說當時的情形。

我移開車廂的門，跨出來，浦安夫婦手挽手，自我的左手邊走過來。車廂外的通道不是很寬，一般來說，只能供一個人走動，但是這一雙老夫婦，親熱地靠在一起，也勉強可以通過。

我看到他們兩人那種安詳、親熱的神態，想起這一雙夫婦，可能已共同經歷了數十年的患難，如今正在享受他們的晚年，心頭欣羨。

到餐車去，要向左轉，他們兩人走過來，如果和他們迎面相遇，他們就一定要分開來，各自側著身，才能讓我通過。而我不想這樣，所以我就在車廂門口等著，等他們經過了我的身前，我再起步。

他們兩人顯然看出了我的心意，所以向我友善地笑著，點著頭：「謝謝你，年輕人，我們在一起的時間已不會太多了，真不想分開來！」

我笑道：「不算甚麼，你們是惹人欣羨、幸福的一對！」

他們兩人互望著，滿足地笑了。

火車上相遇，這樣的寒暄，已經足夠，沒有請教對方姓名的必要。

可是，就在這時，發生了一件事。

在我的右方，也就是浦安夫婦迎面處，有一男一女兩個小孩，追逐著，奔了過來。奔在前面的是一個小女孩，一頭紅髮，樣子可愛極了，大約六歲，皮膚白皙，眼睛碧藍，看來像是北歐人，奔得相當快。

在小女孩身後追來的是一個小男孩，約莫八歲，樣子也極其可愛，從來也未曾見過模樣那麼討人喜歡的小男孩。

這一雙孩子，每一個人見了，都會從心底裏喜歡出來。我看到他們奔得那樣急，奔在最前面的那個小女孩，幾乎就撞到浦安夫婦身上，我忙叫了起來：「小心！」

我才叫出口，小女孩已經向著浦安夫婦撞了過去，浦安先生忙伸手抓住了小女孩的手。小女孩也不害怕，轉過頭來，向身後也已經站住的小男孩道：「看，你追不上我，你追不上我！」

小孩子外貌惹人喜歡，很佔便宜，往往做了錯事，也能得到額外的原諒。這是一種很不公平的現象，雖然是小事，但總是一種不公平，我一向不怎麼喜歡這一類的事。我立時沉下了臉，用很不客氣的語調申斥道：「火車的走廊，並不是玩追逐遊戲的好地方！」

我一開口，那小女孩轉過頭來望著我，她碧藍的眼珠轉動著，調皮精靈，而且向我甜甜地笑著。她那種可愛的神情，可以令得任何發怒的人，怒氣全消，我還想再說她幾句，可是卻說不出口。

也就在這時，只聽得浦安夫人忽然發出了一下驚呼聲，她本來只是扶住了那小女孩的，這時，隨著她發出來的呼叫聲，她緊抓了那小女孩的手臂，臉上的神情，又是訝異，又是高興，叫道：「唐娜，是你！」

她叫著，又抬頭向那小男孩看去，又叫了起來：「伊凡！你們還記得我麼？」

浦安夫人的叫聲和神情，又驚訝又高興，她開始呼叫的時候，倒著實嚇了我一大跳，以為發生了甚麼意外，這時看她的樣子，分明是遇到了相熟的孩子，所以才高興得叫了起來。

她叫著那兩個孩子的名字，那兩個孩子吃了一驚，男孩子忙踏前一步，一伸手，將女孩子自浦安夫人的手中，拉了出來。

他們兩個，後退了一步，男孩子說道：「老太太，你認錯人了！」

男孩子這樣說了之後，和女孩子互望了一眼，兩人一低頭，向前衝出去，浦安先生一側身，兩個孩子就從浦安先生和浦安夫人之間奔了過去。

浦安夫人望著他們奔進了下一節車廂，才轉過身來，神情訝異莫名。浦安先生搖著頭：「親愛的，你認錯人了！」

浦安夫人忙道：「不，一定是他們！唐娜和伊凡，一定是他們！」

浦安先生搖頭，堅決道：「很像，但一定不是他們！」

他們兩人就站在我身前，爭執著。這使我感到很尷尬，因為我是要等他們走過之後，有路讓出來，我才能到餐車去，他們老是爭執這個無謂的問題，我要等到甚麼時候才能走？

而浦安先生和夫人，看來還要爭執下去，一個說：「一定是他們！」另一個說：「絕不會！」

我有點不耐煩，說道：「兩位……」

我想，應該用甚麼比較客氣一點的話，請他們走前幾步再繼續爭論，誰知道我才一開口，浦安夫人就向我望來：「先生，我記憶力很好，一直很好，像你，我看了你一眼，以後我一定可以認出你，記得曾和你在甚麼地方見過面！」

我敷衍道：「這真是了不起的本領！」

浦安夫人道：「剛才那兩個可愛的孩子，我和他們一家，做了一年鄰居，誰會忘記這樣可愛的一對孩子？」她一面說，一面指著浦安先生，「而他卻說我認錯人了，真是豈有此理！」

浦安先生語氣平和：「親愛的，你和他們作了一年鄰居，那是甚麼時候的事情？」

浦安夫人說道：「那時，你在法國南部，嗯，對了，是九年前……」

浦安夫人講到這裏，陡地住了口，現出了十分尷尬、再也說不下去的神情來。

我和浦安先生忍不住哈哈大笑起來。

當然是浦安夫人認錯人了！

九年前，一個六歲，一個八歲的孩子，如今都應該是青年人了，怎麼還會是以前的樣子？九年，在成年人的身上不算甚麼，但是在孩子的身上，可以發生天翻地覆的變化！

我和浦安先生笑著，浦安夫人雖然神情尷尬，可是還是不肯服輸，在我們的笑聲中，她喃喃地道：「一定是他們，一定是陶格先生的孩子，唐娜和伊凡！」

她一面說，一面向前走去，浦安先生跟了上去，轉過頭來，向我作了一個無可奈何的手勢，我明白他在向我說，女人無可理喻的時候，真是沒有辦法。我報以一笑，轉身向左走向餐車。

我在一轉身之後，就不將這件事再放在心上，一個自稱記憶力好的老婦人，認錯了兩個孩子，這事情實在太尋常了！

我經過了三節車廂，進入了餐車，才一進餐車，我就看到了那兩個孩子，他們正和一男一女，坐在一起。那一男一女，看來是他們的父母。男的英俊挺拔，足有一百九十公分高，一頭紅髮，是一個標準的美男子，大約三十歲左右。那女的，一頭金髮，美麗絕倫，舉止高貴大方，正在用一條濕毛巾替小男孩抹著手。

我一看之下，大是心折，心想，真要有這樣的父母，才會生出這樣可愛的孩子來！

我同時也發現，這一家人不但吸引了我的目光，也吸引了餐車中所有人的目光，幾乎每一個人都在看他們。而他們顯然也習慣了在公共場所被人這樣注目，所以一點也沒有窘迫不安的表示。我看了他們一會，找到了一個座位，坐了下來，在我看著菜單之際，我聽到那個男人，用十分優美的聲音道：「不准再在火車上追逐，知道嗎？」

那兩個孩子齊聲答應了一聲。

我在想：這是一個有教養的家庭，不會縱容孩子在公共場所胡鬧。

接著，我又聽到那少婦用十分美妙的聲音道：「是誰先發起的？唐娜還是伊凡？」

這是一句極普通的話，可是聽在我的耳中，卻像是雷轟一樣，使我陡地震動了一下，連手中的菜牌，也幾乎跌到了地上！我忙向他們望去，只看到那小女孩低著頭，不出聲，男孩卻一臉高興的神色：「不是我！」

那少婦又道：「唐娜，下次再這樣，罰你不能吃甜品！」

那小女孩低聲答應了一聲，眨著眼，樣子好玩，逗得幾個人都笑了起來。

而我，這時心中卻十分亂。浦安夫人曾認錯了這兩個孩子是她九年前的鄰居，而且還叫出了他們的名字：「唐娜」和「伊凡」。

而如今，這兩個孩子，真是叫唐娜和伊凡！

可是我記得，當浦安夫人叫他們名字之際，那兩個孩子卻一點反應也沒有，那男孩子還立刻說浦安夫人認錯了人！

兩個孩子，外貌相似，名字也相同，這實在太巧合了！而且，那男孩子為甚麼要說謊呢？浦安夫人明明叫對了他的名字，就算他不認得浦安夫人，至少也應該表示驚訝，何以一個陌生人會知道他的名字！

可是那男孩子伊凡，卻只是簡單地說「認錯人了」！

我一向好對不可解的事作進一步推究，即使是極其細微的事，只要不合常理，我都會推究下去。這時，我思索著，想找出一個合理的答案來，以致侍者來到我面前之際，我只是隨便指著菜牌上的一行字，就將菜牌還給了侍者。

當我將菜牌還給侍者之際，我留意到侍者的神情很古怪，但是我卻沒有留意，只是注意著那一家人，看著他們進食。

那一家人，看來並沒有甚麼特別，那個男孩或許只是不願意和老年人多打交道，所以才會有剛才那種反應的。我想到這裏，心中方又釋然。

十五分鐘後，我要的食品來了，我這才知道何以剛才那侍者的神情如此古怪的原因，原來剛才我心不在焉，隨便一指，竟要了一盒七色冰淇淋，還加上許多好看的裝飾，那是小孩子的食品！

我一向不喜歡吃凍甜品的，這樣的一盆東西送了來，我真不知如何才好，幸而我腦筋動得快，我向那一家人指了一指：「這是我為這兩個孩子叫的，請代我拿過去給他們！」

侍者答應了一聲，托著那一大盆甜品，走向那一家人，低聲說了幾句。我聽到唐娜和伊凡都歡呼了起來，那男人和少婦，向我望了過來。我略略欠身，向他們致意，侍者回來，我又要了食物。

雖然那一家人很引人注意，但是一直注視人家，畢竟是很不禮貌的，所以在我自己的食物送上來之後，我就不再去看他們。

等我進食完畢，他們已經離座，向前走去，我只看到他們的背影，走出了餐車，那是向列車的尾部走去的，也就是從我的車廂走向餐車的那個方向。

我不厭其煩地敘述他們離去時的方向，也是和以後發生的事，有一定關係的。

當那一家人離開之後，侍者來到我的身邊：「陶格先生說謝謝你請他的孩子吃甜品！」

我一聽，又陡地一呆，一時之間，張大了口，樣子像是傻瓜一樣！

我立時記起浦安夫人的話：「一定是陶格先生的孩子！」由此可知，孩子的父親姓陶格，而那侍者說：「陶格先生說謝謝你……」我驚愕了大約有半分鐘之久，以致那位侍者也驚駭起來，以為他自己說錯了甚麼話。我在驚愕之中定過神來，忙道：「不算甚麼，可愛的孩子，是不是？」

侍者道：「是，真可愛！」

侍者走了開去，我在想著：陶格先生，可愛的孩子唐娜和伊凡，本來一點也沒有甚麼特別，但何以事情如此湊巧？和浦安夫人九年前的鄰居一樣？

我想了半晌，才得出了一個結論：兩位陶格先生，可能是兄弟。如今的唐娜和伊凡，是九年前浦安夫人鄰居的堂親。自然相貌相同，而且，取同樣的名字，也很普通。

想到了這一點，我十分高興，因為一個看來很複雜的問題，用最簡單的方法解釋通了！如果再遇到浦安夫婦，就將我想到的答案，告訴他們！

我慢慢地喝完了一杯酒，付賬，起身，走回車廂。我向列車的車頭方向走。我來到了車廂附近，看到前面幾個車廂中的人，都打開門，將頭在向外看著。

這種情形，一望而知，是有意外發生了。

也就在這時，一個列車員，在我身旁匆匆經過，趕向前去，我還來不及問他發生了甚麼事，兩個列車員，抬著一個擔架，急急走過來，擔架旁是護士，擔架上的人，罩著氧氣面罩。

雖然擔架上的人罩著氧氣面罩，但是我還是一眼就可以認出他是甚麼人。

那是浦安先生！

我一看到是他，不由自主，「啊」地一聲，叫了起來，抬著擔架的兩個列車員，在前面的那個，推了我一下，叫我讓開。

我才側過身子，就看到浦安先生睜開了眼，向我望過來，他一看到了我，像是想和我說甚麼，可是他根本沒有機會對我說話，一則，因為他的口鼻上，罩著氧氣罩，二則，那個抬擔架的列車員，急急向前走著。

我心中極亂，真想不到，在半小時之前，看來精神旺盛的浦安先生，一轉眼之間，會變成這樣子！浦安先生的臉上，一點血色也沒有，呈現一種可怕的青灰色，單憑經驗，我也可以知道他的情形，十分嚴重。

這確然令人震驚。可是更震驚的還在後面，我在發怔間，陡地聽到了一聲大喝：「天，讓開點好不好?別阻著通道！」

我忙一閃身，看到向我呼喝的是一個年輕人，穿著白色的長袍，掛著聽診器，可能是列車上的醫生，他在急匆匆向前走著，在他的身後，是另一副擔架，也是兩個列車員抬著。

躺在擔架上的人，赫然是浦安夫人！

她也罩著氧氣罩，一樣面色泛青。所不同的是，浦安先生只是一動不動地躺著，而浦安夫人則在不斷掙扎著，雙眼睜得極大，以致在她身邊的一個護士，要伸手按住她的身子，不讓她亂動。

我更是驚駭莫名，一時之間無論如何也想不通他們兩人在這半小時之中，發生了甚麼意外。

而浦安夫人一看到了我，突然，伸出了手來，拉住了我的衣角。她抓得如此之緊，以致那護士想拉開她的手，也在所不能。

我忙道：「別拉她的手！」

走在前面的醫生轉過頭來，怒道：「甚麼事？」他指著我：「你想幹甚麼？」

我道：「不是我想幹甚麼，而是這位夫人拉住了我的衣服。」

這時，浦安夫人竭力掙扎著，彎起身來，一下子拉掉了氧氣罩，神情極痛苦，看她的樣子，像是要坐起身來，但是卻力有不逮，她的口唇劇烈地發著抖，雙眼眼神散亂，但還是望定了我。

剎那之間發生了這樣的變化，身邊那個護士，手忙腳亂起來。

而我，看出浦安夫人想對我說話，我忙俯下身去，將耳朵湊到浦安夫人的嘴邊。果然，我才一湊上去，就聽得浦安夫人斷續而急速地道：「天！他們殺人！他們殺了我們！」

我一聽得浦安夫人這樣講，更是震動不已，我忙道：「你是說……」

可是我的話還未說出口，那醫生已極其粗暴地用力推了我一下，將我推得跌退了一步。同時，他又聲勢洶洶，指著我喝道：「你再妨礙急救，我可以叫列車上的警員拘捕你！」

我這時，心中駭異已極，因為浦安夫人明明白白的告訴我，有人「殺人」，被殺的對象，正是她和浦安先生，我當然非要弄明白不可！我沒空和那醫生多計較，正待再去聽浦安夫人說些甚麼時，卻已經來不及了，護士已手忙腳亂地將氧氣罩，再按到了浦安夫人的口鼻上，擔架也被迅速抬向前。

我立時道：「對不起，他們是我的朋友，剛才，她向我說了一些極其重要的事，我相信還沒有說完，我是不是可以跟到醫療室去看看他們？」

那醫生喝道：「不行！你以為火車上的醫療室有多大？」

我心中有氣：「告訴你，剛才，她說她是遭人謀殺的，如果她來不及說出兇手的名字而遭了不幸，我想，我可以懷疑你是兇手的同謀！」

那醫生看來是一個脾氣暴躁的人，遇上了這樣脾氣的人，真是不幸。他一聽之下，非但沒有被我嚇倒，反倒冷笑一聲，又向我一推，喝道：「滾開！」

在他向外一推之際，我一翻手，已扣住了他的手腕，只要我一抖手，就可以將他直拋出去。

但在那一剎間，我一想到這醫生已有急救任務在身，我不能太魯莽，所以立時鬆開了手。那醫生狠狠瞪了我一眼，轉身向前走去。

我忙跟在他的後面，經過了幾節車廂，在餐車後面一節的車廂，就是緊急醫療室。我來到的時候，浦安夫婦已被抬了進去，醫生也走了進去，用力將門移上，我推了推，沒有推開。

我只好在外面等著，不一會，門又推開，四個列車員走了出來，我忙問道：「情形怎麼樣？」

一個列車員搖著頭，我不禁發起急來：「讓我進去，她還有話對我說。」

在我嚷叫之間，列車長和一個警官也走了過來，我忙向他們道：「裏面兩個人，半小時之前還生龍活虎，現在情形很不對，那位老太太對我說道，有人殺他們！」

列車長和警官聽著，皺了皺眉，不理我，拉開門，走了進去，我想硬擠進去，卻被那警官以極大的力道，推了出來。

我心中又是震駭，又是怪異，因為我實在不知道發生了甚麼事。

我雖然自稱是他們的朋友，但實際上，我當時連他們的名字是甚麼也不知道！我不知道他們的情形如何，只好在走廊中來回走著。

過了五分鐘左右，播音器中，忽然傳出了列車長的聲音：「各位乘客，由於列車上有兩位乘客，心臟病突然發作，而列車上的醫療設備不夠，所以必須在前面一站作緊急停車，希望不會耽擱各位的旅程，請各位原諒！」

廣播用英文、法文、德文重複著。

我向火車外看了看，火車正在荷蘭境內，我估計附近還不會有甚麼大城市，荷蘭是一個十分進步的國家，一般小城鎮的醫院，也足可以應付緊急的心臟病突發，如果浦安夫婦真是心臟病突發的話。

一直到這時候，我才想起，我自己真是蠢極了！我既然不能進入緊急醫療室，何不到浦安夫婦的車廂中，去看一看，看是不是能找到甚麼線索！

我轉身向前走去，經過了我自己的車廂。我本來並不知道他們的車廂何在，但一進入一節車廂，我就知道了，因為我看到兩個警員，提著兩隻箱子，自一個車廂中走出來。箱子上寫著「浦安先生、夫人」的名字。

直到這時，我才知道這一對老年夫婦的名字。

警員提著箱子向前走來，我迎了上去：「是他們的？」

一個警員道：「是！真巧，兩個人同時心臟病發作！」

我悶哼了一聲，等他們走了過去，我探頭去看已經空了的車廂。那是頭等車廂，有舒服的座位。座位上有一本書，還有一疊報紙，那顯然是浦安夫婦正在閱讀的。

車廂之中，完全沒有掙扎打鬥過的跡象，我探頭看了一下，心中充滿了疑惑，轉過頭來，看到有幾個搭客在走廊中交談，我忙問道：「是哪一位發現他們兩人，需要幫助的？」

一個中年男子道：「我！」

我忙道：「當時的情形……」

那中年男子不等我講完，就道：「我正經過，我在他們旁邊的車廂，看到他們車廂的門突然拉開，老先生的身子先撲出來，接著是老太太，老太太在叫：『救命！救命！』我立時大叫起來，列車員就來了！」

我道：「老太太沒有再說甚麼？」

那中年人瞪了我一眼：「你是甚麼人？警務人員？」

我一愣，不明白那中年人何以這樣問，我道：「甚麼使你聯想起警務人員？」

那中年人攤了攤手：「老太太在倒地的時候，叫著：『天！他們殺人！他們殺人！』可是我不知道她這樣叫是甚麼意思，因為除了他們和我之外，根本沒有任何人。」

我瞪了他一眼，那中年人自嘲地說道：「我當然不是殺人兇手！」

我望著那半禿的中年人，雖然殺人兇手的額頭上不會刻著字，但是，我也相信他不會是殺人兇手。

使我心中疑惑增加的是，原來浦安夫人已經說過一次這樣的話！

就在這時，列車速度慢了下來，接著，我就看到前面有一個市鎮，列車在車站停下，已經有救護車停在車站的附近。

我一看到這樣的情形，急忙下車。

我先奔向救傷車，打開了司機旁的車門，坐了上去。

救傷車司機以極其錯愕的神情望著我，我忙解釋道：「我是病人的朋友，要和他們一起到醫院去！」

司機接受了我的解釋，擔架抬上了救傷車，我看到列車上的醫生和救傷車上的醫生在交談，救傷車的醫生和護士，跳上了車，救傷車向前疾駛而出。

我心中在想，世事真奇，要不是我先在進餐之際，遇上了浦安夫婦，我一定還在列車上，但是此際，我卻在荷蘭一個小鎮的赴醫院途中！

正當我在這樣想的時候，車子已經進了小鎮的市區，我突然看到，在街角處，有一輛計程車在，有兩個大人，兩個小孩，正在上車，行李箱打開著，司機正將兩隻旅行箱放進去。

那四個人，我一眼就可以認出來，正是陶格夫婦和他們的孩子，唐娜和伊凡！

這事情，真怪異莫名！

由於事情實在太突然，而且在那一剎間，我將一些事聯接起來，有了一個極模糊的概念，我絕說不上究竟想到了一些甚麼，但是知道要先和陶格一家人見一見！

我陡地叫了起來：「停車！停車！」

司機給我突如其來地一叫，嚇了一大跳，自然而然，一腳向煞車掣踏了下去，正在急馳中的車子，一下震盪，停了下來。

車子才一停下，駕駛室後面的一個小窗子打開來，救傷車的車廂中有人怒喝道：「幹甚麼？」

這時，司機也想起了他不應該停車，是以立時向我怒目而視。我來不及向他解釋為甚麼要叫他停車，因為我看到陶格一家人，已經登上了那輛計程車，我打開車門，一躍而下，一面揮著手，大聲叫著，向那輛車子追了過去。

我在奔出去之際，只聽得那司機在我的身後大聲罵道：「瘋子！」

荷蘭人相當友善，那救傷車司機這樣罵我，自然是因為他對我的行為忍無可忍的緣故。

我一追上去，街上有幾個行人，佇足以觀，但等我奔過了街角之際，陶格那一家人乘坐的汽車，已經疾駛而去，我無法追得上，我甚至沒有機會記下那輛計程車的牌號。

當我發覺我追不上那輛車子之際，唯有頹然停了下來。在這時候，我定了定神，自己問自己：我為甚麼要追過來呢？

當我這樣問自己之際，我發現我自己對這個問題，根本回答不上來！

我為甚麼一看到陶格一家，就立時會高叫著，要救傷車司機停車？當時，我只是突然之間，想到了一點，覺得十分可疑。我想到的一點是……陶格先生，和他的妻子、孩子們，絕沒有理由在這裏離開火車！

這列火車是一列國際直通列車，乘搭這種列車的人，都不會是短途搭客。而且，這個小鎮，根本不是火車預定的一個站，火車在這裏停下，是因為浦安夫婦需要緊急救治。

那麼，陶格一家，為甚麼要匆匆在這裏下車？

是陶格一家和浦安夫婦突然「病發」有關聯？尤其是浦安夫人曾對我說過「他們殺人」這樣的話！

這就是我何以一見到他們，就突然想追上他們的原因了。

然而這時，我思緒鎮定了下來，我就不由自主，自己搖著頭，覺得我將陶格先生的一家人，和浦安夫婦的「病發」聯繫在一起，沒有理由。

還記得我曾特別詳細地敘述在列車餐車中各人來去的方向麼?陶格一家在餐後，是向車尾部分走去的。而浦安夫婦的車廂，在接近車頭的那部分。

那也就是說，如果真有人「殺人」的話，那麼，殺人者，不可能是陶格先生，也不可能是他一家中的任何人，因為他們要去害浦安夫婦，一定要走向車頭部分，在火車上只有單一的通道，他們要到浦安夫婦的車廂去，就一定要經過餐車，而我卻沒有見到他們經過。

由於他們，兩大兩小，全是這樣惹人注目的人物，若是說他們之中的一個經過餐車，而我竟然忽略了，那是不可思議的事!

我絕無理由懷疑浦安夫婦的「病發」，和陶格一家人有關!

第二部：死因成謎

我在經過了一番分析之後，認為他們突然離開火車，雖然事情突兀，相當可疑，但不會和浦安夫婦的事有關。小鎮只有一家醫院，並不難找，我問明了醫院的所在地，就向醫院走去。

一面走著，一面我仍然在想，何以我會將陶格和浦安連在一起，覺得他們之間有著一定關係？一定是有甚麼事，甚麼話，啟發了我，使我這樣想。可是一時之間，卻又想不起究竟是甚麼！

十五分鐘之後，到了醫院，向詢問處問了一問，職員指著急救室，叫我向急救室的門口去。當我來到急救室的門口之際，我呆住了。

我看到兩副病床推出來，病床上當然躺著人，但卻用白布自頭至腳蓋著。跟在病床之旁的，是我曾見過的救傷車上的醫生。

我陡地一驚：「他們……他們是在火車上出事的那一對夫婦？」

那醫生望了我一眼：「哦，你是他們的朋友？」

我忙道：「他們……怎麼了？」

醫生作了一個無可奈何的手勢，道：「死了！」

我深深吸了一口氣：「死了？是……為甚麼死的？死因是甚麼？」

醫生道：「初步斷定是心臟病，詳細的死因，還要經過剖驗才知道。」

我追上了病床，對推著病床的職員道：「請停一下，我想看看他們！」

一個職員道：「別在通道上，讓別的病人家屬見到了，會令他們害怕！」

我點了點頭，表示同意，跟著他們，來到了停放死人的地方，那地方的俗稱是「太平間」。

所有醫院的「太平間」幾乎一樣，一進門，就是一股濃烈的甲醛氣味。而「太平間」的工作人員，多半是因為看死人看得多了，所以對於死人，全然無動於衷。

浦安夫婦一被推了進來，兩個「太平間」的工作人員，就一下子揭開了白布，將浦安夫婦自病床上搬到了一張檯子上，並且立即在他們的大拇指上，綁上紙標籤。

就在這時候，我走近死去了的浦安夫婦，心頭帶著許多疑問和無限的感慨。不到一小時之前，我還和他們在說話，但現在，我卻在望著他們的屍體！

兩人的臉色，均呈現一種可怕的青藍色，像是他們全身的血液都轉了顏色，我一看到這樣的臉色，忽然無緣無故，向他們的頸際看了一眼。我忽然望向他們的頸際，因為他們的臉色這樣難看，使人想起他們是被「吸血殭屍」吸乾了血，而在傳說之中，「吸血殭屍」總在頸際吸血。

當然，他們的頸際並沒有傷痕。而他們的臉色如此之難看，根據普通常識來判斷，應該是嚴重的心臟栓塞所造成的現象。

工作人員看到我這樣仔細地在打量著屍體，現出好奇的神態，但是他們並沒有發問。就在這時，太平間的門推開，一個警官走了進來。

那警官約莫三十來歲，十分英俊挺拔。我一看到他，就聯想起陶格先生。那警官也可算得是一個歐洲美男子了，但是如果他和陶格先生站在一起，我敢說一百人之中，有一百人的眼光會望向陶格先生，而忽略了他的存在。

跟在那警官後面的，是那個醫生，兩人一面講著話，一面走進來，那醫生向我指了一指，警官向我走來，伸出手來：「你好，你是兩位死者的朋友？」

我只好答應道：「是！」

警官道：「死者還有甚麼親人？」

我有點尷尬，說道：「我不知道，我和他們認識的時間不算久。」

我當然沒有告訴他，我和浦安夫婦認識只不過一小時不到！那警官倒沒有再追問下去，只是道：「我叫莫里士，在我們這裏，從來也沒有發生過這樣的事，請你告訴我，應該怎麼辦？」

我道：「我們應該先檢查他們兩人的行李，看看是不是有他們親人的地址，然後通知他們的親人。第二，應該對屍體進行剖驗，查看他們的死因。」

莫里士有點訝異地望著我：「有理由對他們的死因懷疑麼？」

我道：「你不覺得奇怪？夫婦兩人同時心臟病發，而症狀又完全一樣？」

莫里士眨著眼：「夫婦兩人患同一類型的心臟病，也不算是罕有。」

我道：「是的，但請注意，他們同時發作，因而死亡，至少應該考慮他們兩人是由於某種驚嚇而導致病發的。而在法律上，蓄意做出某些動作，而導致心臟病患者突然病發的話，可以當作謀殺論處！」

莫里士警官聽得這樣說，「哈哈」大笑了起來：「先生，你很有趣，你以為是甚麼將他們嚇死的？在火車上突然出現了魔鬼？」

我搖了搖頭，並不欣賞他的幽默，只是簡單地道：「我不知道！」

莫里士碰了我一個軟釘子，有點無趣：「好，那我們去看看他們的行李。」

行李，隨著救傷車送到醫院來，這時，放在醫院的一間辦公室中，我們到了醫院的辦公室，莫里士又叫來了另一位警官。他對著那警官道：「我，莫里士督察，現在根據本國刑法給予我的權利，在緊急情況之下，查看私人物件。」

另一個警官表示他可以這樣做，他才打開了那兩隻箱子。這種行事一絲不苟的作風，我最欣賞，所以也不覺得不耐煩。

兩隻旅行箱打開之後，幾乎全是普通的衣物，只在一隻箱子箱蓋上的夾袋中，找到了他們的旅行證件，證件是法國護照，也有他們的地址，是法國中部的一個小鎮。還有另外一些文件，但找不到浦安先生是甚麼職業，我想，從浦安先生的年紀來看，他應該已經退休了。

另外有一封信，是寫好了還沒有寄出去的，收信人的姓也是浦安，我猜想那應該是浦安先生的兒子。地址是巴黎，那地址是巴黎還未成名的藝術家聚居區。

莫里士道：「這位大約就是他們的親人了，如果要剖驗屍體的話，應該請他來。」

我道：「當然，我可以請設在巴黎的國際刑警總部的人員，用最快的方法找到他，通知他前來。」

莫里士望著我：「先生，你的職業是……」

我攤了攤手：「我？我沒有職業！我應該到哪裏去打電話？」

莫里士忙道：「請到我的辦公室來！」

我乘坐莫里士的車子，到了他的辦公室，在那裏，我接通了巴黎的電話，隨便找了一位我認識的老朋友，告訴他小浦安的地址，叫他去找，通知他父母出了意外，要他立刻來。

我放下了電話，莫里士對我態度恭敬，送我到一家旅館之中。當晚，我將發生過的事想了一遍，雖然陶格夫婦的行動有點怪異，但是他們決不會是殺人的兇手。令我難解的是，何以浦安夫人在臨死之前，不斷重複地告訴人：「天，他們殺人！他們殺人！」

我想不出究竟來。

第二天下午，莫里士通知我，小浦安來了。

我立刻趕到他的辦公室。小浦安是一個藝術家，頭髮和鬍子糾纏在一起，以致他在講話的時候，全然看不見他的嘴形。不過倒還可以認出他的輪廓，和浦安先生十分相似。

我進入莫里士的辦公室之際，只聽得他在不斷地叫著：「心臟病？笑話，他們兩人，壯健得像牛！」

莫里士道：「很多人有極其危險的潛伏性心臟病，但是他們自己並不知道！」

小浦安道：「醫生也不知道？他們兩人，一個月前，才去作過詳細檢查，甚麼病也沒有！」

莫里士眨著眼，答不出來，我道：「請問，替他們作檢查的是哪一位醫生？」

小浦安瞪著我：「你是誰？」

我答道：「我是你父母的朋友！」

小浦安一揮手，神情相當不屑：「我從來也未曾聽他們說起有日本朋友。」

我盯著他：「第一，我不是日本人！請問，九年前，他們住在法國南部的時候，你在哪裏？」

有時候，小小的推理很有用處。浦安夫人曾提及，幾年前，她和陶格一家人做過一年鄰居，地點是在法國的南部。如今小浦安的年紀不過二十出頭，那時他應該是一個小孩子，如果他和父母同住，浦安夫人應該提到他和鄰居小孩子之間的關係。

可是浦安夫人卻一字未提，可以推測那時候，小浦安一定不是和父母住在一起。

果然，我這樣一問，小浦安立時瞪大了眼：「我一直住在巴黎，你認識他們這麼久了！」

我含糊地答應了一聲：「在火車上遇到了他們，我的旅行計劃也取消了！」

小浦安又看了我一會，才說道：「醫生是著名的塞格盧克醫生！」

我一聽，立時「哈哈」笑了起來：「原來是他！他那位唱女高音的太太好麼？還有他們的女兒呢？哈哈！」

我在提到「他們的女兒」之時，又笑了起來，小浦安很惱怒：「有甚麼好笑！」

我道：「如果你認識這位醫學界的權威，你就會覺得好笑！」

小浦安更惱怒：「我認識，可是不覺得好笑！」

我道：「塞格娶了一位唱女高音的太太，好不容易等到他太太的歌唱興趣減弱了，他的女兒又學起女高音來，所以，在家中，可憐的塞格是長時期戴著耳塞的！」

在一旁的莫里士也忍不住笑了起來，小浦安咕噥著道：「那是他不懂得欣賞歌唱藝術！」

我聽得他這樣講，再結合他剛才的神態、言語來一推敲，心中已經明白了！

塞格醫生並不專門掛牌行醫，他是一家十分有名望的醫院的院長。而浦安夫婦能由他主持來檢查身體，當然有點特別。

我和塞格醫生相識，大約在四五年之前，塞格的女兒那年大約十四歲，如今的年齡，正好和小浦安相襯，而他們又全是藝術家……

我一想到這裡，望著小浦安：「恭喜你，我見到盧克小姐的時候，她已經是一個美人兒了！」

小浦安登時高興了起來：「你認識我的未婚妻？」

我道：「是的，見過很多次。你父母如果一個月前在盧克醫生的主持下檢查過身體，對事情很有幫助，我想我們該到醫院去了！」

莫里士吩咐準備車子，我們一起到了醫院，小浦安簽了剖驗屍體的同意書。可是還不能立刻開始驗屍，因為小鎮上沒有法醫，要等法醫前來，才能開始。

我離開了醫院，小浦安則留在醫院中，陪著他父母的遺體。我已經通知了我在巴黎要見面的朋友，告訴他們我因為一件突發的事件，逗留在荷蘭的一個小鎮上，不能和他們見面。所以我顯得相當空閒，躺一會，出去溜達一會，消磨時間。

第二天，法醫來到，會同醫院的醫生，進行剖驗，一小時之後，就有了結果。

法醫和兩個醫生走出來，法醫向等著結果的小浦安和我道：「左心瓣阻塞，血液不能通到動脈去，因而死亡，這是一種嚴重的先天性心臟病！」

我還沒有出聲，小浦安已經叫了起來，說道：「不可能！不會！」

法醫冷冷地望著他：「年輕人，你對人體的結構，知道多少？」

小浦安大聲道：「知道很多！」他說著，用手指不斷地戳著法醫身體的各部位，同時一連串不停地唸出他所指部分的正確名稱來。一時之間，我幾乎認為他是一個醫生！

可是法醫並沒有被他唬倒，只是冷冷地道：「你是學人體雕塑的吧，我猜你未曾熟悉人體內臟的構造！」

小浦安答不上來，我看出法醫的脾氣不是很好，就很委婉地道：「死者兩夫婦，在一個月之前，才接受過檢查，證明他們健康！」

法醫道：「那麼，替他們檢查的醫生，應該提前退休。」

我道：「這一種心臟病，不可能突發？」

對這個問題，法醫索性不再回答了，逕自走了開去，另一個醫生道：「解剖有攝影圖片，任何醫生一看到圖片，就可以知道他們為甚麼死！」

醫生說得如此肯定，我自然也無話可說，莫里士向我作了一個古怪的表情，表示事情到此為止了。

事情到了這一地步，想不罷手也不行！雖然小浦安要回巴黎，可以和我同路，但是我並沒有和他一起走。他要留下來，辦他父母遺體火化事宜，所以我先走一步，離開了那個小鎮。

剖驗的結果是如此肯定，倒使我的疑心減輕了不少。雖然浦安夫人的話：「他們殺人」，仍然沒有好的解釋，但他們兩人死於心臟病，那是毫無疑問了。

到了巴黎，展開我預定的活動，這些活動和這件事一點關係也沒有，所以沒有敘述的必要。

到了第三天早上，一清早，酒店的電話就吵醒了我，我拿起電話來，首先聽到一個女人正在尖叫。

這著實讓我嚇了一跳，但是我立即又聽到一個男人在斥道：「你暫時停一停好不好？我要打電話！」

女人的尖叫聲停止了，而我也認出了那男人是盧克醫生的聲音。可想而知，女人的尖叫聲，一定是他的女兒——小浦安的未婚妻正在練唱！

我笑著，叫著他的名字：「怎麼，有甚麼急事？為甚麼不等到了醫院裏才打電話給我？」

盧克大聲道：「你是怎麼一回事，在巴黎，也不來見我，這算甚麼？」

我連忙將電話聽筒拿遠點，因為他叫得實在太大聲了，我道：「請你小聲一點！」

盧克呆了一呆，才抱歉地道：「對不起，我在家裏講話大聲慣了，唉，真會叫人發神經病，你立刻到我的醫院來，我有事要問你！」

我答應了他，放下電話，已經料到他要見我，事情一定和浦安夫婦有關。

半小時之後，我進入了他寬大的院長辦公室，我看到他背負著雙手，在來回踱步，神情極之惱怒。我走過去，拍著他的肩頭：「算了，你的女兒不過是在家中練女高音。我有一個朋友，他的寶貝女兒，是學化工的！」

盧克醫生瞪著眼道：「那又怎麼樣？」

我道：「那又怎麼樣？他被他女兒製造出來的阿摩尼亞氣體弄昏過去三次，又曾中過一次氯氣毒，還有一次，因為不明原因的爆炸而被警局傳訊了七次之多！」

盧克醫生聽得倒吸了一口涼氣，然後，回拍著我的肩：「我應該感到滿足才對！」

我道：「是啊，你叫我來……」

他拍一拍桌上：「你過來看！」

他一面說，一面拉著我來到桌前，將一疊照片放在我的面前。我認不出照片中是甚麼東西來，只好用疑惑的眼光望向他。

他道：「這是約瑟帶回來的照片。」

我道：「小浦安？」

他道：「是，那是剖驗浦安夫婦的心臟時，拍下來的照片，照片拍得很好，任何人一看，就可以明白出了甚麼毛病致死。」

我點頭道：「那應該就是死因！」

盧克瞪大了眼：「是死因，但不是浦安夫婦的死因！」

我一怔：「是甚麼意思？」

盧克道：「我的意思是，他們在解剖的時候，弄錯了屍體，將別人的屍體當作浦安夫婦！」

聽得他這樣說，我真感啼笑皆非！弄錯了屍體？絕無可能。世界上可以肯定的事不多，但絕不會有屍體弄錯的情形發生，可以肯定。

第一，屍體推進去的時候，我看得很清楚，進剖驗室的是浦安夫婦。第二，小鎮的醫院之中，根本沒有第三具屍體。第三，弄錯一具還有可能，兩具屍體一起弄錯，當然不可能。

所以我說道：「絕對不會，那一定是浦安夫婦的屍體解剖結果。」

盧克向我冷笑了一聲，大有不屑與我討論下去的意思。這樣簡單而且可以絕對肯定的一個問題，他竟對我用這種態度，這自然令得我很生氣。我正想給他幾句不客氣的話，他又拿起一個大牛皮紙信封來，用力拋在我的面前：「你再看看這些照片！」

我自牛皮紙袋中，抽出了兩張X光照片來，那是兩張心臟的X光透視圖。

盧克盯著我：「看得懂嗎？」

我有點冒火，放下X光照片，取出了一張照片來，直送到他的面前：「這個，你看得懂嗎？」

盧克瞪大了眼：「這是甚麼？」

我「哼」地一聲，說道：「就算我解釋給你聽，你也不懂！那兩張X光片，你一解釋，我就會懂，人各有他的知識，你不必因為有了一點專業知識就盛氣凌人！」

盧克給我講得啞口無言，我收起了給他的照片，那是易卦的排列圖，他當然不懂！

盧克取起了X光片：「這是一個月前，浦安夫婦來作身體檢查時攝下的，你看，他們的心臟一點毛病也沒有，健康得近乎完美！決不可能一個月之後，因為先天性的心臟病而死！除非……」

我心中充滿了疑惑：「除非怎麼樣？」

盧克冷笑了一聲：「除非有人剖開了他們胸膛，截斷了兩根肋骨，再剖開他們的心，又將他們自己的一團肉，塞進了通向大動脈的血管之中！」

我有點發怒：「當然不可能有這樣的事！」

盧克神情洋洋自得：「所以，我說是他們弄錯了屍體。」

我指著那兩張X光片：「為甚麼不能是你弄錯了照片？」

盧克道：「決不會！」

我道：「何以這樣肯定？」

盧克道：「每一個人的內臟，形狀都有極小的差異，這是心臟圖，但還是可以看到其他的內臟，和別的照片吻合。」

我想了一會：「或許，所有的照片全弄錯了？」

這位世界聞名的內科醫生，一聽得我這樣說，神情像是酒吧中喝醉了酒的無賴漢，揚起了拳，想要打我。我忙後退了一步，他望了望自己的拳頭，終於放了下來，恨恨地道：「這小子，連他父母是怎樣死的都沒有弄清楚，就將屍體焚化了！」

我沒有說甚麼，這其實不能怪小浦安，法醫已經剖驗了屍體，他沒有理由不相信。我把這個意思說了出來，盧克立時吼叫道：「他應該相信我！一個月前，我曾替他父母作檢查，有過肯定的結論！他不等我去復驗，就焚化了屍體，會嚴重影響我的名譽！」

我立時想起那法醫曾說及「檢查的那個醫生應該提早退休」的話，忍不住笑了起來。盧克盯著我，我忙道：「如果一個正常人，受了極嚴重的驚嚇，會不會這樣？」

盧克道：「當然不會，正常人最多嚇昏過去，真被嚇死的人，一定早有毛病。而早有毛病，我一定查得出來，不會不知道！」

盧克在這樣說之後，直視著我，等著我再發表意見。我思緒紊亂之極，甚麼也說不上來。盧克既然說浦安夫婦沒有理由死於心臟病，我當然不會懷疑。可是同樣我也不能懷疑驗屍的結果，呆了半晌之後，我只有苦笑了一下。

在這次見面之後，在我逗留在巴黎期間，我又曾和盧克見了幾次面，也每次都激烈地討論這個問題，可是每一次都是同樣地沒有結果。

在一開始敘述之際，我曾說過，有兩樁奇怪的事，使我對陶格的一家發生興趣，浦安夫婦的死亡，是兩件事中的第一件。

第二件，和浦安夫婦的死，相隔大約一年光景。

一個朋友，是心理學教授，名字叫周嘉平。有一次，他演講，硬要拉我去聽。我對於心理學家最不感興趣。所有心理學家，都自以為可以認識人的心理、情緒的變化，找出許多似是而非的「理論根據」來自圓其說。反正世界上根本沒有人可以了解他人的心理，心理學家的理論，倒也不易反駁，大家都不懂的事，他大著膽子提出來了，你怎麼駁他？

可是周嘉平是我一位父執的兒子，自小相識，他一連要求了很多次，我也只好勉為其難地去作一次座上客。事實上，我先睡了一個午覺，以免到時打瞌睡，不好意思。

周嘉平演講的題目是：「玩具」。

我早就有了打算，他管他講，我則利用這段時間，來想一點別的事，周嘉平在臺上，不會知道。

我打定了主意，根本沒有留意周嘉平在講些甚麼。只不過他的聲音十分響亮，有一些話，還是斷斷續續，傳進了我的耳中。

他的演講，大意是說，玩具和人，有著極其密切的關係，任何人，從八十老翁到滿月小孩，都離不開玩具。小孩有小孩的玩具，青年有青年的玩具，成年人有成年人的玩具。

人需要玩具，是為了滿足人類心理上一種特殊的需要。從幾歲小孩子搓泥人，到一群成年人製造登月火箭，心理上的需求一樣。

玩具可以以各種形式出現，甚至於人也可以作為玩具。不少美麗的女人，在有錢人的心目中，她們就是玩具，云云。

等到周嘉平講到這裏之際，傳來了一陣熱烈的掌聲。我知道他的演講已經結束了。我對於他的理論，沒有多大的興趣，既然演講結束，我鼓起掌來，掌聲倒也「不甘後人」。周嘉平在臺上鞠躬如也，我站起來，準備離開。可是我才一站起來，周嘉平身邊的一個女助手就指著我道：「現在是發問時間，這位先生是不是有問題？」

我呆了一呆，我根本連演講也沒有用心聽，怎麼會有甚麼問題！這情形真是尷尬得很，我只好道：「對不起，我沒有問題！」

我一面說著，一面忙不迭坐了下來。

在我坐下來之後，一個年輕人站了起來：「周先生，照你的說法是，每一個人都需要玩具？」

周嘉平道：「是的，我可以肯定這一點，任何人，在他的一生歷程中，一定有過各種各樣不同的玩具，你見過有甚麼人一生中沒有玩具的？」

有十幾個聽眾，聽得周嘉平這樣反問，一起都發出了笑聲來。

可是站著的那年輕人卻大不以為然：「周先生，我是一個玩具推銷員。最近，我曾向一個家庭，推銷玩具，可是這個家庭的成員，對玩具就一點興趣也沒有！」

那年輕人說得很認真。可是周嘉平的心中，顯然沒有將對方的問題當作一回事，他笑了起來，道：「那或許是閣下的推銷術不夠高明！」

周嘉平的回答，引起了一陣哄笑聲，發問的那年輕人有點憤怒，我也覺得周嘉平的態度不夠誠懇。

在眾人的哄笑聲中，那年輕人大聲道：「周先生，請你正視我的問題，我的意思是，我有親身經歷，可以證明有人……有一家人，對玩具根本沒有興趣，非但沒有興趣，簡直還厭惡和拒絕！」

周嘉平皺了皺眉：「這很不尋常，你可以將詳細的經過說一說？」

那年輕人緩了口氣，神態也不像剛才那樣氣憤了，他道：「我是一個玩具推銷員，推銷一種相當高級的電子玩具，這種玩具的形式很多，包括可以配合電視機遊戲的玩具、會依據電腦組件而作各種不同花式行駛的汽車、會走路的機器人、會……」

周嘉平打斷了他的話頭：「先生，你不必一一介紹你推銷的玩具品種，我知道你是一個玩具推銷員，這已經夠了！」

那年輕人瞪了瞪眼，想說甚麼，終於又忍了下來，然後才道：「我所推銷的玩具，體積大的居多，所以，玩具通常都不帶在身上，只是準備一本印刷十分精美的目錄……」

周嘉平又打斷了他的話頭：「先生，你何不將事情簡單化一點？或許還有旁人想發問！」

那年輕人又脹紅了臉，說不下去，我覺得周嘉平的態度很不對，站了起來，大聲道：「周先生，你一直打斷他的話頭，他有甚麼辦法敘述下去？」

那年輕人感激地望了我一眼，周嘉平有點無可奈何地道：「好，請你說下去！」

那年輕人有點洩氣：「算了，我一定要詳細敘述才行，不耽擱你的時間了！」

他氣呼呼地坐了下來。周嘉平看樣子一點也不在乎，在臺上指著我：「各位，這位是衛斯理先生，我相信大家可能知道他是甚麼人！他的一生，有著極多的古怪經歷，但我相信在他古怪的經歷之中，一定也未曾遇到過一個對玩具沒有興趣的人！」

我絕料不到他忽然會來這一手，一時之間，各人的目光向我望來，已經夠令我尷尬的了，而尤其當兩個中年婦女，高聲互相詢問：「衛斯理？衛斯理是甚麼人？」「衛斯理？好像是在電視臺當配音的？」之際，我更是恨不得衝上臺去，狠狠的揍周嘉平一頓！

我立時站了起來，向外走去，一直走出了演講堂，到了走廊之中，才吁了一口氣。就在這時，在我的身後，響起了一個聲音：「衛斯理先生，真想不到，原來是你！」

第三部：推銷員的奇遇

我轉過身去，看到在我身後的，就是剛才問了一半被周嘉平打斷了話頭的那個年輕人，玩具推銷員。

我點了點頭，那年輕人伸出手來：「我叫李持中，衛先生，真的，在你一生遭遇之中，未曾遇到過對玩具厭惡的人？」

我沒好氣地道：「誰會注意這種小問題？我相信除了譁眾取寵的所謂心理學家之外，誰也不會注意這樣的問題！」

李持中想了一想：「我是玩具推銷員，做了三年，很知道一般人對玩具的反應。我推銷玩具的目的，當然是想要人買。可是就算是他們不打算買，也會對玩具感到相當程度的興趣，尤其，我所推銷的玩具，是新奇而變化多端的電子玩具！」

當李持中在身邊說著的時候，我一直在向前走著，已經到了電梯口，他和我一起進了電梯，等他講完，電梯快到樓下了。

我對李持中講的話，也沒有多大的興趣，只是「唔唔」地應著，並沒有表示多大的意見，而且也打算電梯一到，就向他揮手告別。

可是就在電梯到地，門打開，我跨出去，他跟出來之際，他忽然又講了一句：「只有他們這一家，對玩具沒有興趣，那姓陶格的一家人，真是怪得可以！」

我一聽到「姓陶格的一家人」，就陡地一驚。

事實上，我還不是一下子就想起「陶格的一家人」來的。令得我陡地一驚的原因，是我突然記得，「陶格一家人」，和一件懸而未決的事有關，所以我才會震動。但是在接下來不到一秒鐘的時間之內，我已經完全想起「陶格一家人」來！

或許是我在剎那之間，現出了一種十分怪異的神情來，以致李持中奇怪地望著我，我忙拉住了他的手，走開幾步，讓電梯中其餘人可以走出來，然後才問道：「你說的陶格一家人，不是本地人？」

李持中道：「不是，看來，像是北歐人，男的一頭紅髮，英俊得像電影明星——」

我接上去道：「女的一頭金髮，美麗得令人心折！」

李持中連連點頭：「是！是！當她給我開門的時候，我望著她，幾乎講不出話來！」

我吸了一口氣：「還有兩個小孩，一男一女？」

李持中「啊」地一聲：「衛先生，原來你認識他們一家人！」

我道：「不能說是認識，來，我對你向他們推銷玩具的經過感到興趣，你能詳細說給我聽嗎？」

我一面說，一面指著前面的咖啡座，李持中很高興，連聲道：「當然可以！」

他和我一起來到咖啡座，坐了下來，我和李持中才一坐下，周嘉平就東張西望地走了過來，一看到我就叫道：「你這人，我正在向公眾介紹你，怎麼你一下子就溜走了？快來！」

他不但叫著，而且動手來拉我，我只好狠狠地道：「對不起，我沒有興趣，以後你如果有甚麼演講會，我也決不會再來參加！」

周嘉平又發狠又生氣，我又道：「如果你有時間，可以聽聽李先生的敘述！」

他顯然沒有興趣，搭訕著走了開去。

我和李持中各自要了飲料，我道：「李先生，你可以開始，越詳細越好，因為陶格先生這一家人，很有一點令人莫測高深。」

李持中苦笑道：「豈止莫測高深，簡直怪不可言！我做的工作，每天都需要接觸很多人，可是從來也未曾見過這樣的怪人，或者說，從來也未曾見過這樣的怪家庭！」

我略想了一想：「以你看來，他們這一家人，怪在甚麼地方呢？」

李持中攤了攤手：「如果我來杜撰名詞，我會說他們一家人，患了『玩具恐懼症』！」

我呆了一呆，一時之間，不明白他這樣說是甚麼意思，只是重複了一句：「玩具恐懼症？

請你解釋得明白一點。」

李持中道：「那就得從頭說起，大約一個月之前，我到一幢高貴的住宅大廈，去推銷玩具。和所有的推銷員一樣，嚐閉門羹的時候很多，反正已經習慣了，所以也不覺得怎麼樣。那一天的經驗，倒還不錯，我已經賣出了二套定價相當高的電子玩具，或許是這幢大廈的住客經濟條件較佳。我見到陶格夫人的時候，已經準備再售出一套的話，就可以收工了。」

我點著頭：「你怎麼知道他們姓陶格？」

李持中道：「這種高尚的大廈，在門口，都釘著銅牌，刻著主人的姓氏！」

我「啊」地一聲，輕輕在自己的頭上敲了一下，我竟然忽略了這樣簡單的一個事實，要是白素在的話，一定不會多此一問！

我作了一個手勢，示意他繼續講下去。

李持中道：「我按鈴，門打開，推銷員的工作，一看到開了門，立刻就要說話，我也不例外，門一開，我就道：『請允許我——』可是我立時說不下去，開門的是陶格夫人，她完全沒有甚麼打扮，可是她那種明艷，真是叫人吃驚。衛先生，我可以以人格保證，我絕對沒有任何邪念。可是她那種美麗，叫人看了之後……」

李持中像是不知該如何說下去才好，我道：「我明白，就像是看到了一件精美之極的藝術品，令人不由自主發出讚嘆！」

李持中道：「是的！是的！當時我只是傻瓜一樣地盯著她。陶格夫人像是習慣於接受這種不禮貌的態度，相當友善，一點也沒有責怪我的意思，反倒提醒我道：『我可以給你甚麼幫助？』我如夢初醒，忙道：『我是一個推銷員！』」

我道：「是的，陶格先生和夫人，都很有教養！」

李持中悶哼了一聲，我不知道他忽然悶哼是甚麼意思，他繼續道：「接著，我又聽到了一個男人的聲音：『親愛的，甚麼人？』陶格夫人道：『一位推銷員，看看我們有甚麼需要的東西！』她一面回答著，一面又向我道：『請進來！』」

「推銷員受到這樣的待遇是罕有的，我忙向她道謝，走進去，屋內的佈置極其精雅，我一進去，就看到了陶格先生和他們的兩個孩子！」

我點頭道：「唐娜和伊凡！」

李持中訝異地道：「你認識他們？」

我道：「別理我，你管你說下去好了！」

李持中看了我一會，又道：「他們一家人看上去是極其融洽的一個高尚家庭，陶格先生叫我坐，又斟了一杯酒給我，那使我感激莫名。可是，我才開口說了一句話，一切全變了！」

李持中講到這裏，現出了一種極怪異的神情。我忙道：「你講了一句甚麼話？」

李持中苦笑了一下：「那時，我將我的公事包放在膝上，打開給陶格先生看，他的妻子站在陶格先生的沙發後面，兩個孩子在我的前面，很有興趣地注視著我，我心中在想，這筆生意是一定可以成功的了！我一面取出了目錄來，一面道：『希望你們對我列舉的一些新奇玩具，感到興趣！』」

李持中說到這裏，望定了我！

我道：「請你繼續說下去，你究竟說了些甚麼，才使得『一切都變』了。」

李持中道：「就是這一句！」

我呆了一呆，道：「這一句？希望他們對你推銷的新奇玩具，感到興趣？」

李持中道：「是的！」

我吸了一口氣，一時之間，不怎麼明白他這樣講究竟是甚麼意思，我又問道：「所謂一切全變了，是怎麼樣的一種變化呢？」

李持中道：「我說了這一句話之後，向陶格先生望去，在那一剎間，我已經覺得事情不對頭，友善氣氛一掃而空，陶格先生面色鐵青，霍地站了起來，陶格夫人的臉色變得煞白，而兩個孩子則發出了驚叫聲，一起向他們的父母身後躲去，我當時真是莫名其妙到了極點，實在不知自己做錯了甚麼。而看他們的樣子，不但震驚，而且還帶著極度的恐懼！

「我們這樣僵持著，大約相持了半分鐘，雙方都不知道該怎樣才好，然後，陶格先生才低聲喝道：『出去！請你出去！』我定了定神：『先生，我不明白，為甚麼我才一提出……』不等我講完，陶格夫人也失聲叫了起來：『走！求求你，快走！』

「在這樣的情形下，我沒有法子不走，我站了起來，走向門口。一直到我來到門口，我仍然不知道自己做錯了甚麼，不知道何以突然之間，事情會發生這樣的變化。但以我做推銷員的經驗來說，事情忽然壞到了這一地步，當然是我做錯了甚麼，所以當我來到門口之際，我想補救一下。

「我已經拉開了門，準備出去，但是我在這時轉過身來。我一轉身來，看到他們一家人，包括兩個小孩在內，以充滿了敵意的眼光望定了我。衛先生，他們一家人的外貌，如此得人喜愛，當他們充滿敵意的時候，那是很怪異的一種現象！」

我設想著當時的情形，想像著陶格一家人的外貌，和他們有敵意的神情，我同意李持中的說法。

李持中續道：「我轉過身來之後：『各位，你們不想購買我推銷的玩具，那不要緊，我不介意。我有一點小小的禮物，送給你們！』

「我一面說，一面取出了一隻小紙盒來，打開，在小紙盒中，取出了一個只有約莫五公分的小機械人，那是一種新產品，雖然小，可是一樣有電子線路，用一個小電池，接通電流之後，這個小玩具，會做出相當多可笑的動作來。

「我取出了這個小玩具後，放在門口的一張几上，按下掣，讓這個小人在几上跳著，說道：『這是我的禮物……』我的話才說到一半，更意想不到的事發生了！」

李持中講到這裏，略頓了一頓，現出極其怪異的神情。

我忙道：「發生了甚麼事？」

李持中吞了一口口水，神情仍是那麼怪異，我一時之間，也想不出會有甚麼怪異的事發生，李持中可沒有做錯甚麼事！

過了好一會，李持中才道：「我這件小玩具，講明送給他們的，那是我的一番好意，可是當那個小人一放在几上之後，那兩個孩子，首先陡地哭了起來。兩個孩子顯然因為驚恐而哭。孩子一哭，陶格夫人立時將他們緊緊摟在懷中，身子在發著抖，臉上現出了驚恐莫名的神色，向後不斷退著。陶格先生則發出一聲又驚又怒的吼叫聲：『拿走，快將這東西拿走！』這時，我真的呆住了，我立刻想到，這一家人的精神狀態，可能十分不正常，我也感到害怕。我忙道：『好，拿走，我將它拿走！』

「我一面說，一面取起了那個小人，退了出去，我才退出，門就在我的面前，用力關上，陶格先生衝了過來，將門關上！」

李持中講到了這裏，又向我望來。

我只感到莫名其妙。

李持中所說如果屬實——他沒有理由向我說謊——那麼，他根本沒有做錯甚麼事！而陶格先生的一家，忽然之間會有這樣的反應，異乎尋常。

李持中道：「衛先生，所以，我說這一家人，對玩具有驚懼症，並不是每一個人都要玩具的，至少陶格一家人就不要！」

我不禁苦笑了起來。「玩具驚懼症」，我相信沒有一個心理學家，聽過這樣一個名詞。事實上是不是會有人有這種症狀，也很成問題！

可是就李持中的敘述來看，陶格一家人，很不正常。

同時，我也想起將近一年之前，在火車上和他們相遇的情形。當時，列車在一個小鎮上緊急停車，他們一家就趁機下車，我想去追他們而沒有結果，想不到，他們竟到東方來了。

如果他們是歐洲人的話，他們到東方來幹甚麼？

有了上一樁的奇遇，再加上李持中的敘述，本來已足以使我對陶格一家人感到興趣，但還不足以使我去調查他們。使得我這樣做，是我和李持中相會之後第三天的一件意外。

當天，李持中向我講完了之後，我們討論了一下，也交換了一下意見，不得要領。李持中又道：「我一定要再去拜訪他們！」

我道：「為了甚麼？」

李持中道：「我從事玩具業，如果人人都像他們一樣，我要餓死了！」

我笑了起來：「算了吧，這樣的人究竟很少！」

李持中當時也笑著，我們就這樣分了手。回到家裏，我立即將事情向白素說了一遍。

白素曾聽我說過在列車上的事，她聽了之後，也很有興趣：「這一家人，看起來真有點怪！」

我道：「是啊，甚麼時候，我和你也扮成推銷員，向他們推銷玩具，看看他們那種奇特的反應！」

白素大不以為然地望著我：「你這人，人家既然驚懼，當然有他們的原因，你為甚麼要去加深人家的痛苦？別多管閒事了！」

事情一直發展到那時為止，對我來說，那真是「閒事」，可以說和我一點關係也沒有。可是在三天之後，對我來說，就已經不是「閒事」！

三天之後，我由於事情忙，已經不再記得李持中和他所說的事了。

就在那一天晚上，電話鈴響，我拿起電話來，是警方特別工作組，傑克上校的電話。

傑克上校和我不是十分友善，兩人曾發生過無數次的大小衝突，所以接到他打來的電話，我十分意外。傑克上校一聽到我的聲音，就道：「衛斯理，快到第三醫院急症室去！」

我一呆：「幹甚麼？」

傑克上校的吼叫聲已在電話中傳了過來：「叫你去，你就去！」

我有點冒火：「問一問也不行？」

傑克大喝一聲：「廢話！」

他在罵了我一聲之後，竟然立即掛斷了電話。本來，傑克這樣的態度，我是司空見慣的，我也自有應付的方法。可是這次，我立時覺得，事情有點怪。傑克叫我到一家醫院的急症室，不等我問甚麼，就掛斷了電話，這說明了在他的心中，事情和他毫無關係，而和我有關！

我不知道急症室和我有甚麼關係，但是我還是非去看看不可！白素不在家，我以最快的速度離開，駕車直驅醫院。

到我急步走進急症室之際，我看到一個警官，向我迎面走來，一見我就道：「希望你來得及時。」

我苦笑道：「究竟發生了甚麼事？」

那警官道：「有一個人從他住所跳了下來，傷得極重，他說要見你，恰好上校在，就打了電話通知你！」

我實在有點啼笑皆非，這算是甚麼事？跳樓的人要見我幹甚麼？

我正在想著，警官已帶著我，來到了急救室外，恰好兩個醫生走了出來，一看到警官，就搖著頭。警官忙道：「不行了？」

醫生說道：「至多還有幾分鐘，」他指著我：「這就是傷者要見的人？」

警官點著頭，拉開了急救室的門，讓我進去。直到我跨進急救室之際，我還不知道那個「跳樓者」是甚麼人，但當我一跨進去之後，我呆住了。

那是李持中！

一點也不錯，就是那個李持中，玩具推銷員！

他的情形看來極度不妙，已經在死亡的邊緣，我忙來到病床前，真懷疑他是不是還看得到我，我俯下身，大聲叫道：「我來了！我是衛斯理，你有甚麼話對我說？」

李持中震動了一下，吃力地轉過頭來，目光散亂，向我望來。我忙將耳朵向他的口湊過去，聽他想說些甚麼。他重複說了兩遍，是同一句話。實實在在，李持中說了些甚麼，我沒有聽清楚。

因為他的聲音太微弱，太震顫了。可是，我卻知道他在對我說甚麼。我聽不清他的話，而仍然知道他在對我說甚麼，是因為以前，也曾經有一個垂死的人，同我說過同樣的話！雖然兩者使用的是不同語音，但是我可以肯定，李持中所要說的，也就是那句話。

李持中說的，正是一年前，浦安夫人臨死時所說的那一句：「他們殺人！」

我忙問道：「他們，他們是誰？」

李持中的口唇劇烈地發著抖，我等著他能再吐出一點聲音來。可是在他的喉際，發出「格」的一聲之後，一切全靜止了。

我後退了一步，望著已經停止了呼吸的李持中，心中一片煩亂，實在不知道該想些甚麼才好。

李持中的臉色，呈現著一種可怕的青藍色，那和浦安夫婦臨死時的情形相同。可是我接到的通知，卻說他是「跳樓」而受傷。奇怪的是，他的身上，看來並沒有甚麼顯著的傷痕。

在我發愣之際，一個職員已走了過來，拉起了白床單，將李持中的臉蓋上。

在那一剎間，我突然想到了一點！李持中的死，是不是和陶格一家有關？

我想到這一點，實在一點根據都沒有。我只是想到，浦安夫婦莫名其妙地死了，他們死前，曾經見過陶格的兩個孩子。而李持中也莫名其妙地死了，李持中曾經向陶格一家推銷玩具。

我想作進一步的推測，可是卻沒有任何證據和論點，可以支持我進一步想像陶格一家和先後三個人的死亡有關！

我心中暗自嘆了一口氣，也就在這時，一個警官走了過來，說道：「衛先生，傑克上校在等你！」

我「哦」地一聲，李持中「跳樓」，傑克上校來通知我。傑克這個人，雖然比一頭驢子還固執，比一隻老鼠還討厭，比一頭袋鼠更令人不安，但是他是一個極出色的警務人員，這不能否認。

或許，他對於李持中的死，有一定的發現，去聽聽他說些甚麼，也是好的。

我點著頭：「好，他在哪裏？」

那警官道：「上校在傷者——不，在死者的住所等你，他吩咐過，你一和傷者見面之後，他就要見你！」

我又答應了一聲：「上校知道傷者已經變成了死者？」那警官道：「知道，我才通知了他！」

我跟著那警官向外走去，在臨出病房之際，我又向已被白布覆蓋著的李持中望了一眼，想起他向陶格一家推銷玩具的經過，感到李持中的死極其神秘。

懷著滿腦袋疑惑，由那警官陪著，帶我去見傑克上校。

大約二十分鐘後，車子轉上了一條斜路。有著一列舊式樓宇。樓宇全是四層高，外觀十分殘舊，車子駛上斜路之後，在其中一幢的門口停了下來。

我留意到，在門口，已經有一輛警車停著。我才一下車，就聽到了傑克的聲音，他在叫道：「臨死的人要見你，你可以改行去當神父了！」

我不去和他計較，只是道：「可惜他傷得太重，只對我說了一句話，他是從哪裏跳下來的？其實，我應該問，他是從哪裏被推下來的？因為他臨死之前告訴我一句話：『他們殺人』。」

我一面說，一面抬頭向上望去，樓宇雖然只有四層高，但自屋頂到地面，也足有十五公尺，若是跌下來，自然傷重致死！

誰知道我的話才說出口，傑克上校就「哈哈」大笑了起來。

我實在想不出他為甚麼發笑，但是他卻一點也不是做作，而真是在十分高興地笑著，我和傑克上校認識很久了，極了解他。一看到他高興成這樣，我就知道自己一定做了一些甚麼蠢事，或是說了一些甚麼蠢話。

傑克道：「你剛才說甚麼？有人謀殺李持中？如果我要謀殺一個人，就決不會將他自他住所的窗口之中推出來！」

我陡地一愣，道：「你說甚麼？」

我在疾問了一聲之後，立時又道：「他……他是自這個窗口跳下來的？」

我一面說，一面指著那個窗口。那窗口，離地只不過一公尺多一點，就算是被人推出來，也不會跌死。我一直以為李持中從很高的高處跌下來，因為我接到的通知是「有人跳樓」，「傷得很重」！再也想不到，李持中會在離地只不過一公尺的窗口跳下來！難怪我在醫院看到他的時候，他身上沒有甚麼顯著的傷痕。

這樣說來，李持中的死，另有原因？他的臉色呈現那種可怕的青藍色，難道他也是「心臟病猝發」？剎那之間，我的心中亂到了極點，也無暇去理會傑克一臉揶揄的神情了。

我緩了一口氣，勉力鎮定心神：「在這樣的高度跌下來，跌不死的！」

傑克「咦」地一聲：「原來你也明白這一點！可是你剛才還說，他是被人謀殺的，照你的推論，兇手將他從窗口推下來的！」

我忍住了氣：「我弄錯了，可是，他仍然被謀殺！他臨死之前要見我，就是為了講這句話，告訴我，有人殺人！」

傑克又哈哈大笑起來：「我發現你的腦袋，越來越退化了！讓我告訴你現場的情形！」

我隨著他向前走去，走上了大約七八級樓梯，是面對著的兩扇大門，是兩個住宅單位。李持中在向左的那一個單位中，我發現這個單位的大門，被人硬撬開來。

傑克指著被撬開的門：「看到沒有，門，本來反鎖著，我們接到報告之後，來到現場，用了不少功夫，才將門打開來！」

我冷冷地道：「一道反鎖的門，並不足以證明案子中沒有兇手！」傑克瞪大了眼望著我，我不等他開口，立時道：「很簡單，死者的屍體可以由窗口跌出來，兇手自然也可以跳窗逃走！」

傑克迅速地眨著眼，沒有再說甚麼，我們先後走了進去，一進門是一個廳堂，陳設相當簡單，很特別的是正中是一張相當大的設計桌，而且，幾乎每一角落，都放滿了各種各樣的玩具。

在設計桌上，舖著一些玩具的設計圖，可知李持中不但是玩具推銷員，而且在空暇的時間，也在嘗試從事玩具的設計。

我看到廳堂之中的傢俬，有點凌亂，有一疊捲在一起的設計圖，也跌到了地上，而且有過明顯地被人踐踏過的痕跡。

我說道：「嗯，曾經經過打鬥！」

傑克一翻眼：「這是最草率的說法！」

我真正有點冒火：「那麼，請問認真的說法是甚麼？是不是有人跳過新潮舞？」

傑克傲然說道：「不是，有人在突然之間，作過一些不規則的行動，例如忽然感到頭暈，曾經跌過一跤，又掙扎站起來之類。」

我不出聲，向前看去，廳堂有幾扇門，有的通向廚房、浴室，有的通向臥室。傑克道：「他跳出去的窗子，在臥室中！」

我和他一起向臥室走去，臥室並不大，除了各種各樣的玩具之外，也幾乎沒有甚麼別的裝飾，有一張床，床就放在窗前。

臥房之中，也和廳堂中的情形一樣，有程度不是太嚴重的凌亂。

我一進來，一看到那張床放的位置，就「啊」地一聲：「人要從窗子跳下去，一定得站上床才行！」

傑克拍了兩下手：「了不起的發現！」

我望向床頭櫃，有一盞燈，還有一個只有十公分高的「機械人」。我想到那種小機械人，一定就是李持中在拜訪陶格一家，離去時作為贈品的那種，照他的敘述來說，這種小玩意曾引起陶格一家極大的恐懼！

我一面看，一面向床走過去，來到了床邊，我才陡地吸了一口氣。床上，有著清清楚楚的兩個腳印，只有兩個。床上本來鋪著被子，所以腳印留在被子上，相當清楚，兩個腳印，全是腳尖向著窗子。

從這兩個腳印來看，顯然只有一個人踏上了床，然後向窗口跳出去！

傑克看到我留意床上的腳印，更是一副洋洋自得之色：「現在，你還堅持有兇手？」

我冷笑了一下：「上校，這裏有兩個腳印，表示只有一個人踏上床，跳出窗去！」

傑克道：「原來你也明白！」

我立時又道：「可是這卻不能證明甚麼。腳印留在柔軟的被子上，只要輕輕一拍，就可以令之消失，也可以輕而易舉，另外印兩個上去！」

傑克陡地一愣，但是他隨即搖著頭：「我明白你的意思，你是說，有人推了死者下去，然後，他再佈置了這樣的兩個腳印。」

我道：「我只是指出有這樣的可能！」

傑克道：「將人從這樣高度的窗口推出去，殺不了人！」

我點頭道：「那麼，死者為甚麼要跳出窗去呢？」

傑克揮著手：「我的推斷是，死者在突然之間，感到了一種從未有過的痛苦，痛苦是在廳堂發作的，發作之後，他從廳堂奔進了房間，一時之間，不知所措，所以就打開窗子，跳了出去！」

我有點啼笑皆非：「我不知道你企圖說明甚麼！」

傑克道：「太簡單了！死者，我想是忽然心臟病發作，而他一直不知道自己有病，所以才會不知所措，做出了莫名其妙的動作。他不是跌死，是因為心臟病而死，我肯定驗屍結果，能證明我的推斷完全正確！」

在傑克上校提及「心臟病發作」之際，我的心中，亂到了極點。以致他所說的話，我沒有十分聽清楚，只是站著發怔。

我看到窗上，本來是裝著鐵枝的，有一半，被扯落了下來，歪在一邊。我指著那歪落的鐵枝：「這……照你看，又是怎麼一回事？一個心臟病發作的人，會有那麼大的氣力，扯下裝在窗上的防盜鐵枝？」

傑克道：「或許鐵枝本來就不是十分堅固，我已經命人搜集了鐵枝上的指紋，很快就可以證明，是不是另外有人碰過鐵枝。」

我的思緒極亂，一時之間，實在不知道說甚麼才好，我只是疑惑。在以往，我遇到過許多值得疑惑的事，可是至少，我都知道我為甚麼要疑惑。但此際，我卻實實在在，不知道自己為甚麼！看來，根本沒有甚麼可以起疑的，但是我卻像是處身於一個千層萬層的謎團中心！

也就在這時，突然，就在我的身邊，響起了「格」地一下響，接著，又是一連串「啪啪」聲。我正在神思恍惚，忽然之間，離我如此近，有這樣意料不到的聲音傳出來，著實令我嚇了一大跳，不由自主，後退一步。

在我後退之際，我聽到了傑克上校的「哈哈」大笑聲，他接著道：「衛斯理，你甚麼時候變得這樣膽小了？一個小玩具，也將你嚇了一大跳！」

這時，那種「啪啪」聲還在持續著，來自床頭櫃上，我循聲看去，自己也不禁覺得好笑。原來那聲響，就是在床頭櫃上的那個小機械人發出來的。這時，那小機械人正在舞著雙手，轉動著它的頭，發出持續不斷的聲響來，樣子十分發噱。

我苦笑著，拿起了這個小機械人來，按下了一個掣，令它停止動作。

傑克道：「很有趣的小玩具！設計、製造這玩具人，只怕做夢也想不到，它會令幾乎無所不能的衛斯理嚇上一大跳！」

我搖頭，無意和他再爭論下去：「我從來也不以為自己無所不能。我看也不能給你甚麼幫助，死者臨死之前告訴我的話，只有一句，也向你作了轉達，告辭了！」

傑克上校一點也沒有挽留我的意思，作了一個手勢：「請！」

由於我心中的疑團太甚，我也不生氣，走出屋子，有一股頭暈目眩之感。

第四部：沒有來歷的怪人

我回家，白素看出我心神恍惚。她先斟了一杯酒給我，等我一口喝乾了酒，她才問我：「怎麼啦？」

我深深地吸了一口氣：「一件怪得不能再怪的事！」

白素「嗯」地一聲：「怪在甚麼地方？」

我苦笑了一下：「怪在這件事，實在一點也不怪！」

白素睜大著眼望著我，一副不明白的神情，我也知道自己的話，乍一聽來，不容易使人明白，可是實際情形，又的確如是。

我解釋道：「整件事，在表面上看來，一點也不值得疑惑——」

我將李持中的死，和我在他屋子中看到的情形，向她講述了一遍。

白素道：「我想，李持中的死因，傑克一定會告訴你！」我伸手在自己的臉上用力撫了一下：「那當然，他不會放過可以取笑我的機會。」

白素攤了攤手：「我不知道你懷疑甚麼？」

我脫口而出：「我懷疑陶格的一家人！」

白素一聽得我這樣說，神情極其驚訝：「為甚麼?他們有甚麼值得懷疑之處？」

我苦笑道：「問題就在這裏，我不知道他們有何可疑，但是，三個人死了，這三個死者，事先都曾和陶格的一家，有過接觸。」

白素搖頭道：「那只不過是偶然的情形。」

我沒有再說甚麼，只是坐著發怔。

當晚，傑克上校的電話來了，他在電話中大聲道：「衛斯理，驗屍的結果，李持中死於心臟病，先天性的心臟缺陷！」

我沒有出聲，傑克繼續道：「還有，鐵枝上的指紋化驗結果也有了！」

我道：「當然，只有李持中一個人的指紋！」

傑克「呵呵」笑著：「你也不是完全一無所知，給你猜對了！」

我只好說道：「謝謝你通知我。」

傑克上校掛斷了電話。

第二樁事的整個經過，就是這樣。

我在一開始就說「兩樁相當古怪的事」，這兩樁事，除了用「相當古怪」來形容之外，我想不出還有甚麼適當的形容詞。

兩樁事的古怪處，是三個決不應該有心臟病的人，忽然因為同樣的心臟病症而死亡。浦安夫婦原來沒有心臟病，已有盧克醫生加以證明，而李持中，他是一個體格十分強健的青年人，也決不會有先天性嚴重心臟病！

而且，另有一件古怪處，是他們在臨死之前，都說同樣的話：「他們殺人！」

「他們殺人！」那是甚麼意思？我想來想去不明白。為甚麼死者不說「有人殺我」，也不說「他們殺我」，更不說出兇手的名字來，而只說「他們」？不論說法如何，在三個人死亡事件中，一定有人在殺人，這一點應該可以肯定。

殺人者是甚麼人？在哪裏？殺人的方法是甚麼？殺人的動機何在？等等，等等，想下去，還是和開始時候的一樣，處身於千層萬層的謎團中心，一點頭緒也沒有！

兩樁古怪的事，憑思索，我花了將近十天的時間，作了種種假設，我覺得，應該採取一點行動：去見見陶格一家人。

當我決定要去見他們的時候，還是說不上為甚麼要去，也沒有預期會有甚麼收穫。苦苦思索了好多天，毫無突破，似乎沒有甚麼別的方法。

我選擇了黃昏時分。

陶格先生所住的那幢大廈，是一幢十分著名的高級住宅，要找，並不困難。我也想好了藉口，和他們見面，不應有甚麼困難。

太陽才下山不久，我已經來到了那幢大廈的門口，推開巨大的玻璃門進去，兩個穿著制服的管理員，向我望了過來。大約是由於我的衣著不錯，所以他們十分客氣。我道：「我來見陶格先生！」

一個管理員忙道：「陶格先生，在十一樓，請上去。」

我走進電梯，將我的藉口，又想了一遍，覺得沒有甚麼破綻。電梯到達十一樓，我來到了陶格先生住所的門口，按了鈴。

按了門鈴之後不久，門就打了開來，我看到開門的是陶格夫人。她只不過穿著極普通的家居服裝，可是她的美麗，還是令人目眩。

她打開門來之後，向我望了一眼，現出奇怪的神色來，用極動聽的聲音問道：「我能幫你甚麼？」

我裝出十分驚訝的神情來，「啊」地一聲：「我們好像見過！見過……」

我一面說，一面用手敲著自己的頭，又裝出陡然省起的樣子：「對了！在列車上！在歐洲列車上，一年之前，我們見過！你有兩個可愛的孩子。是不是？這真太巧了！」

這一番對話，全是我早就想好了的，我一口氣說了出來，令對方沒有插嘴的餘地。

陶格夫人微笑地道：「是麼？我倒沒有甚麼印象了！」

我道：「一定是，很少有像你這樣的美人，和那麼可愛的孩子。大約一年之前，你們是在歐洲旅行？」

陶格夫人仍然帶著極美麗的微笑，說道：「是的，請問先生你……」

我報了姓名，取出了預先印好的一張名片來，遞給了陶格夫人。在那張名片上，我的銜頭是一間保險公司的營業代表。我道：「我們的保險公司，承保這幢大廈，我有責任訪問大廈的每一個住戶，聽取他們的一些意見。我可以進來麼？」

陶格夫人略為猶豫了一下，將門打開，讓我走進去。我走進了客廳，看到陶格先生走了出來，陶格先生見了我，略為驚了一驚。陶格夫人走到他面前，將我的名片給他看，陶格先生向我作了一個手勢：「請坐，請問你需要知道甚麼？」

我坐了下來，陶格先生坐在我的對面，我打量著他，看他的樣子，和去年在火車上遇到他時，簡直完全一樣。我又道：「陶格先生，我們在大約一年前曾經見過面，你還記得麼？兩個孩子可好？」

陶格先生的態度，和他妻子一樣冷淡：「是麼？請問你想知道甚麼？」

我道：「我想知道閣下對大廈管理的一些意見！」

陶格先生道：「我沒有甚麼意見，一切都很好！」

我還想說甚麼，可是陶格先生已經站了起來。這不禁令我十分尷尬。因為就通常的情形而論，在主人站起來之後，我也非告辭不可。但是我根本一無所得，所以我雖然也跟著站了起來，但是我卻不肯就此離去。

我道：「陶格先生，你還記得浦安夫婦麼？在法國南部，他說和你們做過鄰居！」

陶格先生愣了一愣，向在一旁的陶格夫人道：「親愛的，我們在法國南部住過？」

陶格夫人立時搖頭道：「沒有，我們也不認識甚麼浦安夫婦！」

我搖著頭：「奇怪，他們堅稱認識你們，而且，還叫得出你們兩個孩子的名字，唐娜和伊凡！」

陶格先生的神情像是極不耐煩：「先生，你要是沒有別的事……」

我忙道：「沒有甚麼事，不過，浦安夫婦他們死了！」

我之所以這樣說，是想看看他們兩人的反應。但是事先，我也決料不到他們兩人的反應，竟會如此之強烈！我的話才一出口，他們夫婦兩人，神情駭然之極，陶格夫人不由自主，撲向她的丈夫，陶格先生立時擁住了她。

這實在出乎我意料之外，因為當時浦安夫婦出事之際，火車在荷蘭的一個小鎮緊急停車，幾乎全列車上的人都知道發生了甚麼事。而且，我還親眼看到陶格一家，在這個小鎮上下了車！他們絕對應該知道浦安夫婦出了事。我推斷浦安夫婦的死，可能還和他們極有關聯！

可是這時，他們兩人，一聽到浦安夫婦的死訊，卻如此驚駭，他們這種驚駭，又不像是裝出來的，這真使我莫名奇妙。看到這樣情形，我不知如何才好。陶格先生一面擁著他美麗的妻子，一面望著我。他是一個美男子，可是這時候，臉色灰白，沒有一點軒昂勇敢的氣概，以致他的神情，和他的外形，看來十分不相稱。

一個像陶格先生這樣外形的人，如果不是他的心中感到真正極度的恐懼，不會有這樣情形出現。而這更使我大惑不解：他在害怕甚麼呢？

過了足有一分鐘之久，才聽得陶格夫人喘著氣：「他……他們是甚麼時候死的？」

我道：「就在那個小鎮的醫院中，他們被送到醫院不久，就死了！」

他們兩人一起吞嚥了一口口水，陶格先生又問道：「是……是因為甚麼而死的？」

我道：「這件事很怪，醫院方面剖驗的結果，是心臟病猝發——一種嚴重的先天性心臟病，但是實際上……」

我才講到這裏，還未及進一步解釋，就看到他們兩人在驚懼之中，互相交換了一下眼色。

從他們這個動作之中，我幾乎可以肯定，他們兩人一聽得浦安夫婦是由於心臟病而死，心中便有了某種默契。我當然不肯放過這個機會，忙道：「對於他們的死，你們有甚麼意見？」

陶格先生忙道：「沒有甚麼意見，我們怎會有甚麼意見，當然沒有！」

他一連三句話否認，這種否認的伎倆，當然十分拙劣，我可以肯定，他想在掩飾甚麼。

我立時冷冷地道：「在我看來，你們好像有點關聯，在我跟救傷車到醫院去的途中，曾看到你們也下了列車，正搭上一輛街車……」

陶格夫人不等我講完，就發出了一下驚呼聲，陶格先生的神情也驚怒交集：「先生，你這樣說，是甚麼意思？」

我呆了一呆。我這樣說是甚麼意思，連我自己也說不上來。因為到目前為止，還沒有任何事實證據，可以將浦安夫婦的死和陶格一家聯繫起來！

但是我卻看到他們內心的極度驚懼，我希望他們在這樣的心理狀態之中，可以給我問出一點事實的真相，是以我立時道：「那很奇怪，是不是？列車本來不停那個小鎮。可是浦安夫婦一出事，你們就急急忙忙離開，為了甚麼？」

陶格先生道：「不必對你解釋！」

他一面說，一面向我走過來，神情已經很不客氣，同時，他向他的妻子作了一個手勢，陶格夫人連忙走過去，將門打開。

他們的用意再明顯也沒有，下逐客令了。

我當然不肯就此離去，因為心中的謎團，非但沒有任何解釋，反倒增加了許多。我站著不動：「有一個不久以前，向你們推銷過玩具的年輕人，前幾天忽然間也死了！」

我明知這句話一出口，他們一定會更吃驚，這一點，果然給我料中了。他們兩人的臉，一下子變得煞白。也就在這時，臥室的門打開，一男一女兩個孩子，奔了出來，他們一面奔出來，一面道：「甚麼事？媽，甚麼事？」

兩個孩子奔到了陶格夫人的面前，抱住了他們的母親，對於這兩個孩子，我當然不陌生，他們的樣子是那樣可愛，他們是唐娜和伊凡。他們的樣子，和一年之前我在火車上遇到他們的時候，完全一樣。

陶格夫人連忙道：「沒有甚麼！」

她一面安慰著孩子，一面向我望來，神情又是震驚，又是哀求：「先生，請你離去，請你離去！」

對於陶格夫人的要求，實在難以拒絕，因為她的聲調和神情，全是那麼動人。我苦笑了一下：「我……我其實並不是甚麼調查員，我看你們像是有某種困難，如果開誠佈公，或者我可以幫忙！」

我忽然間對他們講了實話，是由於這一家人的樣貌，全這樣討人喜歡，而且他們的驚懼和惶急，又不是假裝出來的，一切全使人同情他們。而我也看出他們一定是對某些事有著難言之隱，我心中也真的這樣想：如果他們有不可解決的困難的話，我願意盡我的所有力量，去幫助他們。

我的話一出口，陶格先生和他的妻子，又交換了一個眼色。陶格先生來到了我的身前：「謝謝你，是不是可以先給我們靜一靜？」

我道：「可以，我留下電話號碼，明天，或者今晚稍後時間，你們都可以打電話給我！」

陶格先生連聲答應。我看出他們似乎是想私下商量一下，再作決定。陶格先生有點迫不及待地送我出門，將門關上。

我在他們住所的門外，又呆了片刻，心中在想：這一家人，究竟有甚麼秘密？他們的秘密，和浦安夫婦的死，和李持中的死，是不是有關係？

這時，我才想起，自己並未曾十分留意他們家中的情形，也沒有注意到他們一家人，是不是對玩具有著恐懼感。當然這時，我不好意思再進去查究一番，我想，他們如果真有困難，一定會打電話給我。

所以，在門口停留了一下之後，我就走進了電梯，離開了那幢大廈。

我回到家裏，看到白素留下的一張字條，她臨時決定去一個音樂會。我一個人，將和陶格夫婦見面的經過，又想了一遍，不禁苦笑，因為我非但一點收穫也沒有，反倒又增加了若干疑團，例如何以他們不知道浦安夫婦已死，何以他們聽到了浦安夫婦他們的死訊，就害怕到如此程度，等等。

我在等著他們打電話來，可是卻一直沒有信息。

午夜時分，白素回來，一看到我，就道：「一點成績都沒有？」

我道：「相反，很有成績。我至少可以肯定，陶格的一家，有某種秘密！」

白素道：「甚麼秘密？」

我搖頭道：「我還沒有頭緒，可是他們……」我將和陶格一家見面的情形，他們聽了我的話之後的反應，向白素講了一遍。

白素搖著頭：「你怎麼就這樣走了？」

我道：「我總不能賴在人家家裏，而且，他們會打電話給我！」

白素嘆了一聲：「過分的自信最誤事，我敢和你打賭，這時候，你已經找不到他們了！」

我陡地一震，白素的話提醒了我，他們當時，急於要我離去，神態十分可疑。如果他們真有甚麼秘密，而又不想被人知道，那麼，這時——我看了看鐘，我離開他們，足足有五小時了！

我想到這裡，陡地跳了起來。

白素道：「你上哪裏去？」

我一面向外奔，一面道：「去找他們！」

白素道：「別白費心機了，從你離開到現在，已有好幾個小時，他們要走，早已在千哩之外了！」

我吸了一口氣：「至少，我可以知道他們的去向，再遲，豈不是更難找？」

白素道：「好，我和你一起去！」

我大聲叫了起來：「那就求求你快一點！」

白素一面和我向外走去，一面道：「你自己浪費了幾小時，卻想在我這裏爭取回幾秒鐘！」

我心裏懊喪得說不出話來，一上了車，以最快的速度，趕到那幢大廈的門口。

一進去，就看到大堂中兩個管理員在交談，一看到我氣急敗壞地衝進來，神情十分訝異。

我忙說道：「陶格先生，住在……」

我還未曾講完，一個管理員已經道：「陶格先生一家人，全走了，真奇怪！」

我站住，向白素望去，白素顯然為了顧全我的自尊心，所以並不望我。

我忙道：「他們……走了？」

管理員道：「是的，好像是去旅行，可是又不像，沒有帶甚麼行李。」

我道：「走了多久？」

管理員道：「你離開之後，十五分鐘左右，他們就走了，看來很匆忙，我想幫他們提一隻箱子，他們也拒絕了，這一家人，平時很和氣，待人也好，先生，你是他們的朋友？」

我搓著手，又望向白素，白素道：「如果他們要離開，一定是乘搭飛機！」

我點頭，道：「你到機場去查一查。」我一面說，一面取出兩張大面額的鈔票來，向管理員揚著，道：「請你們帶我進陶格先生的住所去看一看！」

兩個管理員互望著，神情很為難，可是兩張大鈔又顯然對他們有一定的誘惑力，我又道：「我只是看看，你們可以在一旁看著我！」

一個管理員道：「為甚麼？陶格先生他……」

我道：「別問，我保證你們不會受到任何牽連。」

兩個人又互望了一眼，一個已經伸出手來，另一個也忙接過鈔票。

我向電梯走去，對白素道：「我們在家裏會面！」

白素點著頭，向外走去。兩個管理員，一個留在大堂，另外一個，取了一大串鑰匙，跟著我上電梯，到了陶格住的那一層，打開了門，廳堂中的一切，幾乎完全沒有變過，我迅速地看了一眼，進入一間臥室，那是一間孩童的臥室，但是我卻無法分辨是男孩還是女孩的臥室。

本來，要分辨一間臥室是男孩子還是女孩子的，極其容易，因為男孩和女孩，有不同的玩具。可是這間顯然是孩童的臥室中，卻根本沒有任何玩具！

我又打開了另一間臥室的門，也是孩童的臥室，我再推開另一扇門，那是主臥室。主臥室中，略見凌亂，有幾隻抽屜打開著，大衣櫃的門也開著。衣櫥中的衣服，幾乎全在。

那管理員以十分疑惑的神情望著我：「先生，你究竟想找甚麼？」

我道：「想找陶格先生……陶格先生……」

我一連說了兩遍「陶格先生」，卻無法再向下說去，我想找些甚麼呢？連我自己也不知道！

我打開了抽屜，裏面全是一些衣服，在床頭櫃上，有一隻鐘，這時，我才注意到整個住所之中，不但沒有電視，連收音機也沒有！

在我拉開抽屜的時候，管理員有點不耐煩，我再塞了一張大鈔在他手中，然後，將所有的抽屜都打了開來，我立時又發現了一樁怪事，所有的地方簡直沒有紙張，這家人的生活習慣，一定與眾不同，不然何以每一個家庭都有的東西，他們卻沒有？

我心中充滿了疑惑，問道：「陶格先生的職業是甚麼，你知道麼？」

管理員睜大了眼：「先生，你不是他的朋友？」

我苦笑了一下，再到這個居住單位之中，我唯一所得的是他們走得十分匆忙，而且，我有強烈的感覺，他們一去之後，再也不會回來！

我沒有再說甚麼，轉身向外走去，出了那幢大廈，心中暗罵了自己幾百聲蠢才。白素說得不錯，過分的自信，最是誤事！

在大廈門口，我等到了一輛街車，回到家中，不多久，白素也回來了。我一見她，就問道：「他們上哪裏去了？查到沒有？」

白素點頭道：「有，他們到可倫坡去了。」

我皺眉道：「到錫蘭去了？」

白素道：「他們到機場的時間，最快起飛的一班飛機，是飛往可倫坡的！他們到了那邊，一定還會再往別處。」

我道：「那不要緊，只要他們仍然用原來的旅行證件旅行，就可以查出他們到甚麼地方去！」

白素瞪了我一眼，說道：「如果他們一直乘搭飛機的話！要是他們乘搭火車或其他的交通工具，我看就很難找到他們的下落了！」

我苦笑了一下：「他們在躲避甚麼呢？」

白素沒有回答我的問題，當然，她也不知道答案。這一家人，外形如此出色的一個標準家庭，他們有甚麼秘密，為甚麼要躲避呢？

白素過了片刻，才道：「我想，這件事如果要追查下去，一定要傑克上校的幫助才行！」

我搖頭嘆道：「他能幫我甚麼？」

白素道：「能幫你查出陶格先生在這裏幹甚麼，他的來歷，以及有關他的許多資料！」

我苦笑道：「我以甚麼理由請他去代查呢？」

白素瞪了我一眼：「要是你連這一點都想不到的話，還是在家裏睡覺算了！」

我有點無可奈何，我當然不是想不出理由，而是我根本不想和傑克上校去打交道。但是如今情形看來，除了借助警方的豐富資料之外，沒有別的辦法可想。而有資格調動警方全部檔案的人，又非傑克上校莫屬！

於是，在第二天，事先未經過電話聯絡，我走進了傑克上校的辦公室。

傑克上校看來沒有甚麼公事要辦，當他看到我的時候，極其驚訝，大聲說道：「請坐，甚麼風將你吹來的？」

我笑道：「一股怪風！」

上校翻著眼：「好了，有甚麼事，開門見山地說吧，我很忙！」

我早知道我一有事去找他，他一定會大擺架子，而我也根本沒有準備和他轉彎抹角。所以一聽得他那樣說，我就道：「好，我想找一個人的資料，這個人不是本市的長期居民，大約在過去一年間，曾經住在本市。」

傑克「哼」地一聲：「衛斯理，這樣做，侵犯人權，資料保密，而政府部門有義務保障每一個人！」

我有點冒火，但是傑克的話也很有道理，除非這個人有確鑿的犯罪證據，需要調查，但是我又沒有陶格先生任何的犯罪證據。

我嘆了一聲：「不必將事情說得那麼嚴重，你不肯，就算了！」

傑克上校道：「當然不肯！」

我無可奈何地攤了攤手：「這陶格一家人，我甚至不知道他們是哪一國人！」

我這樣說，無非是為自己這時尷尬的處境搭訕兩句，準備隨時離去，可是我卻再也想不到，我這句話一出口，傑克本來是一副洋洋得意的樣子，坐在辦公桌後面，可是陡然之間，他卻直跳了起來，雙手按在桌子上，用一種極其古怪的神情望著我。

他突然有這種怪異的神態，令我莫名奇妙，我站著，和他對望。

他足望了我半分鐘之久，才叫了起來：「衛斯理，你可別插手管你不該管的事！」

他在這樣叫的時候，脹紅了臉，顯得十分惱怒。而我，莫名其妙到了極點，真正一點也不明白他何以咆哮！

一時之間，我不知說甚麼才好，而傑克也已經從辦公桌後走了出來，向我逼近，伸手指著我，聲勢洶洶：「你知道了多少？警方在祕密進行的事，你怎麼知道的？洩露秘密的人，一定要受到極嚴厲的處分！」

我等他發作完了，才道：「上校，我一點也不明白你在說些甚麼！」

上校更怒：「少裝模作樣了，你剛才問我要一個人的資料？」

我道：「是的！」

上校又道：「這個人，叫陶格？」

我又道：「對！」

傑克揮著拳，吼叫起來：「那還不夠麼？」

我忙道：「你鎮定一點，別鼓噪，我看一定有誤會。我想知道的那個陶格先生，是一個標準的美男子，身高大約一百八十五公分……」

我的話還沒有說完，傑克已經悶哼了一聲：「是標準的美男子，太標準了，標準得像假的一樣，他和他的妻子，根本就是假的！」

老實說，當傑克在倖然這樣說的時候。我真的一點也不明白他想表達些甚麼。甚麼叫作「標準得像假的一樣」？又甚麼叫作「根本就是假的」？

可是傑克在話一出口之後，像是他在無意之中說溜了嘴，洩露了甚麼巨大的秘密，現出極不安的神情，想轉換話題，但是卻又不知道說甚麼才好。

我想了一想：「我明白了，原來警方也恰好在調查這個人！」

傑克悶哼了一聲，不置可否。

我又道：「如果是這樣的話，我倒可以提供他最近的行蹤，他們一家人，忽然之間……」

傑克接著道：「忽然到可倫坡去了！你以為警方是幹甚麼的？會不知道？」

我又呆了一呆，才道：「警方為甚麼要注意他？」

傑克一瞪眼：「關你甚麼事？」

我很誠意地道：「我也有一些這家人的資料，雙方合作，會有一定的好處！」

傑克一口就拒絕了我的建議：「不必了，而且，那完全不關你的事！你再也別為這件事來煩我！」

我道：「這個人可能和神秘死亡有關，死亡者包括玩具推銷員李持中！」

傑克根本不想聽我講甚麼，只是揮著手，令我離去。他的態度既然如此之固執，我自然也沒有別的辦法可想，只好帶著一肚子氣，離開了他的辦公室。當我走出了他的辦公室，在走廊中慢慢向前走著，在思索著陶格和警方之間，究竟有甚麼瓜葛之際，傑克忽然打開了門，直著嗓子叫道：「喂，衛斯理，回來！」

我轉過身，望著他，他向我招著手：「你回來，有兩個人想見你！」

我冷笑：「你怎麼肯定我也一定想見這兩個人？」

傑克怒道：「少裝模作樣了，他們會告訴你，警方為甚麼在調查這個人！」

我一聽，心裏動了一動，立時向前走去，又進了他的辦公室，傑克只是氣鼓鼓地望著我，不多久，有兩個人走了進來。

兩個人的膚色很黝黑，全有著鬈曲的黑髮，黑眼珠。一個中年人的樣子很普通，是屬於混雜在人叢之中，決不會引起任何人注意的那一種，而另一個青年人，樣子卻十分強悍，渾身充滿了勁力。

這兩個人一進來，傑克才開口，道：「你剛才一走，我就和他們兩位通電話，他們表示有興趣見你！」

我有點不明所以：「這兩位是……」

傑克指著那中年人道：「這位是梅耶少將，這位是齊賓中尉，全是我個人的客人。」

我一聽了這兩個人的軍銜，和他們的姓氏、外貌，便「啊」地一聲，問道：「兩位是以色列來的？」

梅耶少將點頭道：「是，其實我們不是正式的軍人，是隸屬於一個民間團體，這個團體……」

我不等他講完，就道：「是，我知道這個團體，你們在二次世界大戰結束之後，致力於搜尋藏匿的納粹戰犯！」

梅耶和齊賓一起點頭，我心中疑惑之極。這兩個特務身分人物的出現，自然和陶格先生有關係！這兩個人所屬的那個團體，近十幾年來，做了不少驚天動地的大事，有幾個匿藏在南美洲的大戰犯，甚至已經整了容，也一樣給他們找了出來，有的還透過綁架行動，弄回以色列去受審。

然而我不明白的是，陶格先生看來至多不過三十出頭，這樣年紀的人，和納粹戰犯，無論如何扯不上關係！

我心中疑惑，立時問道：「兩位，你們如今的目標是陶格先生？」

齊賓揚了揚眉，說道：「是的！」

我搖搖頭說道：「陶格的年紀……」

齊賓立時打斷了我的話頭，他的態度有點不禮貌，但是我卻並不怪他，反倒有點喜歡他的直爽。他道：「這太簡單了，整容。先生，現代的整容技術，可以使人看來年輕四十年！」

我心中極之紊亂，再也想不到事情在忽然之際會有了這樣的發展！

我又道：「那麼，你們以為陶格是甚麼人？」

齊賓向梅耶望去，梅耶道：「衛先生，我們雖然沒有見過面，但是對你的一切，相當熟悉，認為你是可以信任的朋友！」

我聳了聳肩：「謝謝你，我決不會同情一個戰犯的！」

梅耶吸了一口氣：「我們以為，現在的陶格，就是當年和馮布隆在一起主持德國火箭計畫的兩個工程師之一，比法隆博士！」

我陡地一震，立時大聲道：「不可能。」

梅耶冷靜地望著我，道：「理由是——？」

我道：「比法隆博士如今假使還活著，至少已經七十歲了吧？不論陶格經過甚麼樣的整容術，他看起來那麼年輕，絕不會！」

梅耶沒有說甚麼，自桌上取起一隻文件夾來，打開，給我看其中的兩張照片。

一張照片已很舊了，背景是一枚巨大的火箭，那是德國早期的VI型火箭，在火箭前的一個人，個子很高，面目陰森。

這個人，是比法隆博士，納粹的科學怪傑，不但主持過火箭的製造，也是一個日耳曼民族主義的狂熱分子，在東歐，有幾座屠殺了數以百萬計猶太人的集中營，據說也是他設計的。

這個科學怪傑，在納粹德國將近敗亡之際，突然失蹤，一直下落不明。最後和他有過聯絡的，是他的同事馮布隆博士，馮布隆投奔了西方，成為西方的科學巨人，美國能在太空科學方面有傑出的成就，馮布隆居功至偉。

一般的說法是，比法隆博士在逃亡途中，落到了蘇聯紅軍的手中，一直在蘇聯，成為蘇聯手中的皇牌。但是，也沒有確實的證據。

這時，我看著照片，不明白梅耶的意思。梅耶又指著另一張照片，我一看，就認出那是陶格，照片可能是偷拍的，因為看來，陶格的視線並不直視，望著另一邊。

梅耶道：「我們的專家，研究過這兩張照片，認為這兩個人的體高一樣！」

我搖頭道：「世界上至少有一百萬人是這樣的高度，這證據太薄弱了！」

梅耶道：「你或許還不了解陶格這個人！」

我呆了一呆，不得不承認道：「是的，我可以說一點也不了解。」

梅耶道：「好，那我先向你介紹一下。這位陶格先生的全名是泰普司‧陶格。」

我道：「這個名字很怪，聽來像是『C型』。」

梅耶道：「就是這兩個字。」

我作了一下手勢，道：「請你再介紹他。」

梅耶道：「他第一次出現，是在十年前。請注意，我說他第一次出現的意思是，在這以前，從來也沒有人見過他，找不到他任何過去的資料，查不到他任何過去的行蹤，他像是忽然從天上掉下來的，一切，只有從他突然出現之後說起。」

我皺了皺眉，這的確很不尋常。任何人，都有一定的紀錄，決不可能有甚麼人是忽然出現的。

我道：「這的確很不尋常。」

梅耶道：「他第一次出現的時候，根本沒有人懷疑他的來歷，只不過是我們開始注意他之後，追查他的來歷，查到十年之前，就再也無法查下去了！」

我道：「我明白，他最早出現是在——」

梅耶道：「十年前，印度要建造一座大水壩，在世界各地招聘工程人員，這位陶格先生，從荷蘭寫信去應徵，並且附去了一個極好的建造方案，他的方案被接納，他也成了這個水利工程的主持人，這是他第一次出現。在這以前，荷蘭的水利工程界從來也沒有聽見過陶格這個人！」

我揮著手：「這……」

齊賓打斷了我的話：「我們在印度水利部的檔案中，看到了他假造的證件和推薦信！」

我道：「他既然能提出一個被印度政府接受的方案，又實際主持了水利工程，那麼他一定具有這方面的專業知識，這種專門知識，絕不可能與生俱來！」

梅耶道：「對，我們也想到了這一點，所以我們曾在極長的時間，作廣泛的調查，範圍甚至到了連蘇聯明斯克水利專科職業學校都不放過的地步，但是結果是：根本沒有一個這樣的人，在任何地方進修過水利工程！」

我不禁吸了一口氣，這真是怪事。當然，有可能是他們的調查還不夠深入，不夠普遍。但是看梅耶和齊賓的神情，我如果提出這一點來，他們一定不會服氣。

我皺著眉，一時之間不知如何說才好。

我道：「既然這個人沒有來歷可稽，為甚麼會懷疑他是比法隆博士呢？」

梅耶道：「有趣的是，在我們作廣泛的調查之際，發現比法隆曾在一家大學的水利工程系攻讀過兩年，兩年之後，才轉到化學系去。」

我吸了一口氣，沒有出聲，梅耶道：「比法隆博士有各方面的知識，那兩年的專業訓練，已足以使他成為第一流的水利工程師！」

我仍然不出聲，因為我覺得他們的證據，十分薄弱。我雖然沒有說甚麼，但是臉上的神情，一定表示了我的心意。梅耶又道：「這件水利工程完成之後，印度政府有意聘任他為水利部的高級顧問，條件好到任何人都會接受，但是他卻堅決要離開！」

我「唔」地一聲：「那也不能說明甚麼！」

齊賓有點怒意：「那麼，他以後幾年，幾乎每一年就調換一種職業，那是甚麼意思？」

我揚了揚眉，一時之間還不明白齊賓這樣說是甚麼意思。齊賓又道：「離開了印度之後，他到了法國南部，一個盛產葡萄的地區——」

我「啊」地一聲：「法國南部！」

梅耶道：「他在一個釀酒廠中當技師，你為甚麼感到吃驚？」

我苦笑了一下，我想起，浦安夫婦和陶格為鄰的時候，正是在法國南部，但是當我向陶格提及這一點的時候，他們兩夫婦卻又否認在法國南部住過，他們顯然地在騙我！

我道：「沒有甚麼，等你們說完了，我再說我所知道的事。」

梅耶和齊賓互望了一眼：「在法國，他們也只住了一年，然後到巴西去開採銅礦，當了銅礦的工程師，接下來，他每一年就換一個職業，換一個地方，他在肯亞當過大學教授，在澳洲當過煉鋼的工程師，在日本就任海產研究所的研究員，在……一直到一年之前，他來到了這裏，職位是一個工業企劃公司的副總裁！」

我越聽越是奇怪，在梅耶舉出來的十種職業之中，每一種，都需要尖端的專業知識，每一種這樣的知識，都至少要經過五年以上的嚴格訓練才能獲得，陶格的才能，竟如此多方面，實在令人吃驚！

齊賓道：「我們越是調查他，留意他，就越是懷疑他是失蹤了的比法隆博士，正當我們準備採取行動，和他見面，指出他的偽裝面目之際，他卻突然離開了這裏！」

我的思緒十分混亂，我支著額，想了片刻，才道：「我可以同意，陶格是在躲著，不斷地躲避。他的真正身分如何，當然不能確定，但是他，和他的一家人，的確很怪異。我之所以要向傑克上校取他的資料，是因為我懷疑他和三個人的死亡有關！」

梅耶、齊賓和傑克，都現出懷疑的神情來。

我作了一個手勢，開始敘述，從一年之前，在國際列車上遇到浦安夫婦開始敘述，一直講到最近，李持中的死亡為止。

我的敘述相當扼要，但是也說明了全部經過，等我講完，梅耶和齊賓兩人，頗有目定口呆之感。齊賓道：「他，他用甚麼法子殺人？」

我搖頭道：「我不同意你這樣說，因為至少在火車上，他們決不可能殺人！」

梅耶的雙眉緊鎖著，我道：「還有一件事，極之怪異，我一直無法解釋，在火車上，浦安夫人既然沒有認錯人，可是為甚麼這兩個孩子，九年前和九年後一樣，並不長大？你們曾長時期調查陶格，應該可以給我答案！」

梅耶和齊賓兩人互望了一眼，一起搖著頭：「我們不能回答你這個問題。」

我不禁一呆，問道：「為甚麼？」

梅耶道：「我們對他的調查，開始於一年多之前，他在埃及政府屬下的一個兵工廠當工程師，我們注意到他有一位極美麗的妻子，有一雙極可愛的兒女，但卻未曾留意他的兒女是不是會長大！」

傑克直到這時，才加了一句口：「當然是那位老太太認錯人了，根本不可能有長不大的孩子！」

我瞪了傑克一眼：「如果他們來自一個地方，這個地方的時間和地球上不大相同……」

傑克大聲道：「衛斯理，回到現實中來！你不可能對每一件事，都設想有外星人來到了地球！」

梅耶奇怪地道：「外星人？」

我點頭說道：「是的，我可以肯定，有外星人的存在。當然我不是說陶格一家是外星人！」

梅耶和齊賓兩人又互望了一眼，看他們的神情，有點失望。我道：「很抱歉，我不能給你們任何幫助，反倒是你們，給我很多資料！」

梅耶道：「你也向我們提供了不少資料，使我們知道，他為了隱瞞自己的身分，曾經殺人！」

我大聲抗議道：「慢一慢，我不同意！」

齊賓盯著我：「為甚麼？被他們美麗的外形迷惑了？」

我固執地道：「總之，我不相信他們會殺人！」

梅耶道：「三個死者不和你一樣想法！」

我陡地一怔：「甚麼意思？」

梅耶說道：「死者臨死之際，曾說『他們殺人』，那不是一個極重要的關鍵麼？」

我立時道：「你的意思是……」

梅耶道：「他們在臨死之前，說出這樣的話來，是由於他們心中極度的震驚，而令得他們震驚的原因，是由於他們決想不到兇手會是這樣的人，陶格給人的印象如此和善有教養，絕不像是兇手！」

我呆了半晌，直到這時，在聽了梅耶的分析之後，我才想到，浦安夫人和李持中臨死之際，說「他們殺人」，的確都含有極度的意外之感在內！

如果兇手是陶格，那麼，可以解釋他們臨死時的意外感！因為陶格無論如何都不像是殺人兇手！

我以前未曾想到這一點，梅耶的分析能力顯然比我高得多！

在呆了半晌之後，我才喃喃地道：「假設兇手是陶格，他用甚麼方法，可以殺人之後，使死者看來全然是因為嚴重的心臟病發作？」

齊賓冷笑一聲：「誰知道，殺人本來就是他的專長，他曾為集中營設計殺害幾百萬人的方法！」

我道：「那是比法隆！」

齊賓提高了聲音：「比法隆就是陶格！」

我大搖其頭，表示不同意，梅耶連忙道：「不用爭論下去，現在的當務之急，是將陶格找回來！」

我攤了攤手，說道：「我只知道他臨時到了可倫坡，以我的力量而論，也無法作進一步的調查。」

梅耶道：「是的，我們可以調查他的行蹤，世界各地都有我們的會員，我已經通知了在錫蘭和印度的會員。衛先生，如果你有興趣……」

我不等他講完，就道：「當然有興趣，一有了他的行蹤，請你立刻通知我，我亟想知道何以在見了他們之後，他們要匆忙離去！」

梅耶點頭離座，我和他們握手，告別。

我相信，梅耶所屬的那個組織，一有了陶格的消息，就立即會和我聯絡的。

第五部：不可思議的赤裸屍體

在接下來的三天之中，梅耶或齊賓，每天和我通一次電話。

第三天，齊賓的電話來了：「陶格一家，在新德里的機場出現，我們準備立即啟程，你去不去？」

我道：「我不去，也勸你們別去，因為我相信新德里不是他的目的，他會到一個地方去，住上一年半載，我們等他到了目的地，定居下來之後，再去找他，那比較好一點！」

齊賓在電話中，同意了我的說法，又接下來的三天之中，陶格的行蹤，由齊賓向我報告，陶格果然立刻離開了新德里，到了阿富汗，在阿富汗逗留了幾小時，又到了土耳其，在土耳其停留了一天，他們一家人飛到了北歐，在赫爾辛基下機。

第四天，齊賓在電話中，用又惱怒又焦急的聲調告訴我：「失去了陶格的蹤跡！」

我一驚，道：「怎麼可能？」

齊賓道：「陶格一家，在住進了赫爾辛基的一家酒店之後，我們的人一直在留意著他們，據報告，他們像是已經發現了有人跟蹤，行動顯得相當詭秘，住進酒店之後，根本沒有露面，一天之後，發現他們已經不在酒店，也根本沒有向酒店結賬，就這樣不知下落了！」

如果不是聽出齊賓在電話中的聲音是如此震動和沮喪，我真想痛罵在赫爾辛基方面的跟蹤者低能！一家大小四人，是再也明顯不過的目標，可是居然會鬧了這樣一個灰頭土臉的下場！

在那幾天中，我和白素也花了不少時間，討論、推測陶格一家人的真正身分。白素的意見和我大略相同，她也不相信陶格是比法隆博士，只是承認陶格和他的家人，怪異莫名。

而且，隨便我們怎樣設想，也想不出他們真正身分來。我曾設想他們是外星人，不是地球人，這種假設，可以解釋陶格的學識豐富，但是，他們為甚麼怕人家知道他的行蹤？

陶格一家人在過去十年之中，每隔一年，必然調換工作，從歐洲到亞洲，或非洲，他們顯然是在躲避，外星人又何必有這樣的行動？

所以，我和白素的討論，一點結果都沒有。

在齊賓向我報告了他們找不到陶格之後的第三天，我和梅耶、齊賓又見了一次面，他們兩個來到了我的住所。

兩人的神情，都極度沮喪，因為陶格一直沒有再出現，他們的追蹤，斷了線，無法再繼續下去了！當然，他們已準備離開了。

在送別他們的時候，我和他們約定，不論是他們還是我，一有了陶格的消息，立時通知對方。

我知道，梅耶和齊賓兩人，以及他們所屬的那個組織，一定會繼續鍥而不捨地追尋陶格的下落，他們也一定會遵守諾言，一有了消息，會立即和我聯絡，但是竟然會在這樣的一種情形之下，再得到他們的消息，那真是絕對想不到的。

大約是在一個月之後，我和白素對於這位充滿了神秘性的人物陶格，不論如何設想，都沒有任何結果，我也一直在等著梅耶他們的消息。那天午夜，我才上床不久，電話就響了起來。

我拿起了電話，聽到接線生的聲音：「衛斯理先生？丹麥長途電話。是丹麥警方打來的。」

我坐直了身子：「好，請接過來。」

等了不到一分鐘，我就聽到一個聲音，操著北歐口音極濃的英語：「衛斯理先生？」

我應道：「是，甚麼事？你是……」

那人道：「我是達寶，達寶警官，我們在格陵蘭發現了兩具屍體，兩個人身分不明，在他們的身上，找到了一張名片，上面有你的姓名和地址、電話，除此之外，沒有別的，所以才打電話給你！」

我呆了一呆，在格陵蘭那麼遙遠的地方，發現了兩具屍體，怎麼會和我扯上關係？格陵蘭對我來說，是個陌生地方，我到過南極，也到過芬蘭北部，可是格陵蘭，沒有去過。

格陵蘭是世界上最大的一個島，但與其說是一個島，不如說是一塊其大無比的冰更確當。在格陵蘭，冰層可以厚達八百公尺，那是一個根本沒有甚麼人居住的地方！除了在沿岸地區的一些小鎮，有漁民出沒之外，百分之九十以上，在地圖上，是一片空白！

所以，我在呆了一呆之後：「對不起，我不明白，我……」

達寶警官道：「我們也不明白，但是既然有兩個人死了，而且在他們身上，只發現了你的名片，我們當然只好打電話來通知你，希望能在你這裏，得到一些資料！」

我無可奈何：「我曾將自己的名片派給很多人，至少你該形容一下那兩個人的樣子！」

達寶道：「當然，這兩個人，一個是中年人，另一個大約二十五歲，看他們的外形，像是猶太人……」

他才講到這裏，我便陡地一驚，突然想起梅耶和齊賓來！我忙道：「那中年人，他的右臂上，有一道傷痕，是砲彈碎片造成的？」

達寶立時道：「對，你認識他們？」

我呆了好一會，出不了聲。梅耶曾在戰爭中受傷，我們在閒談中，他曾提及過這一點，也曾捋起衫袖，給我看過他手臂上的傷痕。如果一個死者是梅耶，那麼，另一個死者，當然是齊賓了！

剎那之間，我思緒一片混亂。我不明白他們到格陵蘭去做甚麼？難道陶格在那裏？對了，陶格最後出現是在芬蘭的赫爾辛基，離格陵蘭不能說是遠，他們是追蹤陶格去的？他們的死，是不是和陶格有關？如果是有關的話，那麼，他們是第四個和第五個遇難者了！我思緒紊亂不堪，不知道說甚麼才好，達寶一直在發出「喂喂」的聲音。我定了定神：「他們兩人，是死於心臟病猝發？」

我自己也有點不明白何以會如此問，我只是直覺地想到，他們的死亡，如果和陶格有關，那麼他們的死因，也就應該和浦安夫婦、李持中一樣才是。可是對方的回答卻是：「不，不是……」接著是一陣猶豫，然後才道：「他們的死因很奇怪，看來不可能，而且事情……也很難解釋，不過這不必理會了，如果他們沒有別的親人，請你指示我們，該如何處理屍體。」

梅耶和齊賓兩人，在以色列是不是另有親人，我不得而知，他們屬於一個龐大的，搜尋漏網納粹戰犯的組織，本來我可以將這一點告訴對方，讓對方直接和以色列方面聯絡。

但是，我卻急急地道：「不，請別忙處理他們的屍體，我來，我儘快趕到，請問我該如何和你聯絡？」

達寶呆了一呆，像是想不到我會有這樣的要求，他呆了片刻，才道：「好，你到了哥本哈根，在總局，找特殊意外科的達寶警官！」

我答應著，放下了電話，白素恰好從浴室出來，她看到我的臉色青白，望著我，在床邊坐了下來，伸手按住了我的肩頭。

我聽到自己的聲音像是在呻吟：「梅耶和齊賓死了！」

白素也陡地一怔。

我苦笑了一下：「他們死在甚麼地方，你做夢都想不到，在格陵蘭！剛才是丹麥警方的一位警官打電話來。」

白素揚了揚眉：「這好像不怎麼合理，他們兩人死了，為甚麼要通知你？」

我道：「是很奇怪，他們只在死者的身上，發現了我的名片，其他甚麼也沒有，所以只好通知我！」

白素呆了一呆：「他們……也是死於心臟病猝發？和……其他三人一樣？」

白素這樣問，當然是她的想法，和我一聽到了死訊之後的反應一樣，認為那和陶格有關之故。

我道：「我也這樣問了，可是沒有直接的答覆，其中好像還有曲折。」

白素皺起了眉，望著我。我道：「我已決定到丹麥去，看一看情形如何！」

白素半轉過身去，呆了半晌，才緩緩地道：「你可得小心點，我可不想半夜被電話吵醒，說是在甚麼地方發現了一具屍體，手上握著我的相片！」

我苦笑了一下，白素平時很少說那樣的話，可是這一次卻連我自己也有同樣的感覺，因為事情太不可測，太神秘！

我只好說道：「我會盡量小心。」

白素沒有說甚麼，我也不準備再睡，起了床，由白素代我收拾簡單的行裝，我找到了傑克上校，並向他說了丹麥警官告訴我的事。

傑克聽了之後，又難過，又憤怒，厲聲咒罵納粹戰犯。關於這一點，我始終和他持相反的看法，當然我沒有和他爭論甚麼。

我只是道：「我要到丹麥去，請你通知在以色列方面他們的朋友和家人！」

第二天下午上機，經過長時間的飛行，到達哥本哈根，我自機場直接到丹麥全國督察總局，找到了「特殊意外科」，看到了達寶警官。

達寶警官的外表很普通，他所管理的那一科，看來也和其他部門不同，除了他之外，只有另外一個警官，辦公室也很小，堆滿了雜亂無章的檔案。

達寶看到我有訝異的神色，解釋道：「我這一科處理的是特殊意外，這一類的事情並不多，而且，全是一些不可解釋的事，所以平時很空閒，用不著太多人，而且，大多數事情，是沒有結果的！」

我明白他的解釋：「有不明飛行物體出現，就歸你處理，是不是？」

達寶笑了起來：「不是，如果有人因為不明飛行物體的襲擊而死亡，那就歸我處理！」

我道：「那麼，這兩個死者是……」

達寶搓著手，並沒有直接回答我的問題，反倒問我：「他們兩人到格陵蘭去做甚麼？」

我坦白地道：「我不知道！他們可能是在追蹤一個人，也可能不是！」

達寶盯著我，眼光中現出精明的神采來：「我可以知道全部事實嗎？」

我苦笑了一下，全部事實，在整件事件之中，根本沒有甚麼「事實」可言，有的，只不過是許多根本沒有任何事實支持的猜測！

我想了一想，才道：「我不是不想說，而是不知道從何開始才好！」

我一面說，一面攤著手，神情極無可奈何，又道：「他們的屍體在哪裡，我可以先看一看？」

達寶道：「可以，他們的屍體，被發現之後，一直沒有移動過！」

我呆了一呆，道：「還在格陵蘭？」

達寶點頭道：「是的，正確地說，在馬斯達維格以西兩百公里處！」

我更怔了一怔，不由自主失聲叫了起來，道：「那……那是在格陵蘭的中心部分了！」

達寶道：「是的，所以屍體可以放心留在那裡，不必擔心敗壞！」

我苦笑了一下，在格陵蘭的中心部分，除了冰雪以外，甚麼都沒有，氣溫長期在攝氏零下三十度，當然不必擔心屍體會腐壞。但是，這樣做似乎不合邏輯。

所以我問道：「凡是在格陵蘭地區發現屍體，都讓他留在原處？」

達寶道：「當然不是，只不過他們兩人的情形極其特殊，所以我們才決定完全保留現場的情形，不作任何改變，以免死者的親屬來到之際，我們要費唇舌解釋，事實上，如果改變了現場的情形，不論我們如何解釋，都很難使人相信！」

在達寶的話中，我聽出梅耶和齊賓的死，一定有極其不尋常之處，可是我卻也想不出特別在甚麼地方。在我神情疑惑，未曾出聲間，達寶已取出了一張名片來：「這是你的名片？」

我點頭，那是我的名片，而且我還認得出，那是我給梅耶的那一張，因為在上面，我特地寫下了我住的那個城市的名稱。名片很皺，看來曾經過摺疊。

達寶說道：「這是他們兩人死的時候，唯一的身外之物，由年紀較大的那個，緊握在手中！」

我又呆了一呆，不明白他這樣說是甚麼意思。達寶說我的名片是他們兩人臨死時「唯一的身外之物」，這很難使人明白。任何人都知道，到格陵蘭去探險，要帶上許多配備，難道他們身邊的東西全遺失了?我一面想，一面將這個問題，提了出來。

達寶警官苦笑著，他的那種苦笑，使我感到，事情還有我所絕對料不到的成分在內。

我還沒有再發問，達寶已取出了一張照片來，交在我的手中。

我向手中的照片一看，整個人都呆住了。那是真正的驚呆，剎那之間，連腦中也是一片空白，實在不知道想甚麼才好!

我的視線盯在照片上，根本無法移開。

照片上，是一片冰雪，那很自然，格陵蘭本就到處一片冰雪。在一個大冰塊上，伏著兩具屍體。那也不算奇怪，我早已知道梅耶和齊賓兩人死了，人死了，自然有屍體。

但是，令得我驚呆的是，那兩具屍體，全都赤裸著!

一點不假，全身赤裸，一絲不掛，梅耶的手緊握著，可以看到我名片的一角，露在他的手指外，他們兩人身上，甚麼也沒有，我的名片，是兩人「唯一的身外之物」!

這真是不可思議到了極點，零下三十度的地方，發現了全身赤裸的屍體!這兩個人，就算是不可救藥的瘋子，也不會跑到格陵蘭來發瘋!

我不知自己驚呆了多久，才抬起頭來，發出了一連串的問題:「他們的衣服呢?他們的營帳在哪裏?他們的禦寒裝備呢?他們的屍體，離他們的營地有多遠?雪地上可有掙扎的現象?他們一定被人用極殘酷的方法謀殺!」

達寶望著我：「你的那些問題如果有答案，事情就不會由我來處理了!」

我一驚：「甚麼意思?」

達寶道：「一隊日本探險隊發現了他們的屍體，在他們到了馬士達維格之後，向當地政府報告，當地政府立時派出了一架小型飛機，飛機發現了屍體，但是在二十公里的範圍之內，沒有發現任何其他的東西!」

我陡地叫了起來：「不可能，你也應該知道，誰也不能在那樣的嚴寒之中，經過二十公里才死亡!」

達寶道：「我同意，正常的情形是，人如果沒有任何禦寒設備，在零下三十度的嚴寒之中，根本喪失了任何活動能力，生命至多也只能支持十分鐘!」

我又說道：「那麼，這種情形……」

達寶的語調很平靜：「這是一種特殊意外，所以才會輪到我來處理!」

我盯著他：「事情也可能很簡單，有人殺了他們兩人，將他們兩人的屍體，移動了超過二十公里!」

達寶搖著頭，說道：「如果你到過現場，就會排除這個可能性！」

我道：「為甚麼？」

達寶道：「近期的天氣十分好，我的意思是，沒有下雪，也沒有風暴，如果有移動屍體的情形，在積雪上，一定會留下痕跡，也沒有甚麼人可以將留下的痕跡完全消除乾淨！」

我又呆了半晌，本來我還想說，也有可能是他們兩人死了之後，被經過的人取走了衣物，但既沒有「痕跡」，那自然也是不可能的了！

一時之間，我實在說不出甚麼來。達寶道：「他們臨死之際，將你的名片握在手中，你看，這是不是有甚麼特別的意義？」

我苦笑一下：「特殊的意義？我想，這……證明這件事的本身，充滿了神秘！」

達寶的神情十分疑惑，而且充滿了詢問的樣子，我解釋道：「他們以為我對一些神秘的事件，有特殊的解決能力，以往我曾有過多次這樣的紀錄！」

達寶「哦」地一聲：「這一次呢？」

我的神情更苦澀：「這一次？這一次的事件，從開始到現在，超過一年，可是我卻一點頭緒都沒有！我甚至說不上這是怎樣的一件事！」

達寶仍以充滿疑惑的神情望著我，期待著我作進一步的解釋。但是我卻不打算這樣做，因為要從浦安夫婦在列車上「認錯人」開始說起，實在太長了！

達寶等了片刻，未得到我進一步的回答，他也不再堅持下去：「無論如何，我想你既然來了，該到現場去看一看。」

我忙道：「當然，請你安排！」

達寶召來了兩個警官，和他們急速地交談著，我在他的辦公室又坐了一會，一個警官拿著兩個相當大的包裹，走了進來。

達寶指著那兩個包裹說道：「這裏面，是完善的禦寒衣物，包括一個睡袋在內，在格陵蘭的冰天雪地之中，甚麼事都可能發生！」

我點頭道：「我明白，我曾在南極平原上九死一生！」

達寶望了我片刻，像是對我的話不怎麼相信，可是他也沒有再說甚麼，只是道：「我們出發吧！」

我提起了一隻包裹，覺得相當沉重，達寶提起了另外一隻，我們一起走了出去，在建築物門口上了車，車直駛機場。在機場，我們上了一架小型的、可以在雪地上降落的飛機，由達寶駕駛。

飛機起飛之後，我和達寶之間，幾乎沒有說甚麼，我只是望著下面，飛機在飛離了丹麥的海岸線之後，一直向北飛著，漸漸地，蔚藍色的海面上，可以看到白色的、點點斑斑的浮冰，越向北飛，浮冰越多。等到可以看到格陵蘭的海岸線時，沿岸更是一片白色，在北極早落的太陽的餘暉之中，閃耀著難以形容，極其奪目的光彩，壯麗無儔。

飛機在天色半明不暗的情形下，降落在馬士達維格。那是格陵蘭東岸的一個有人聚居的地方，可以算是一個市鎮。

在我們離開飛機之前，達寶已示意我打開包裹，我和他都穿上厚厚的禦寒衣服，離開了飛機，達寶道：「我們休息一下，繼續航程！」

我沒有異議，和他一起下了飛機，走向機場的建築物，我看到機場的工作人員正在忙著替飛機加油。一下機，冷空氣撲面而來，雖然可以令人精神一振，但是刺骨的寒冷也隨之襲來。我翻起了有著厚厚毛皮的大衣領，遮住了雙頰。

休息了約莫一小時，我們又登上了飛機，天色一直半明不暗，太陽在地平線之上浮著，不肯沉下去，天地之間充滿了一種難以形容的神秘氣氛，再加上我所面對的事，又是如此之不可思議，我心頭有一種重壓，令得我完全不想說話。

仍然由達寶駕機，飛機向東北方向飛去，一些建築物很快看不見了，極目望去，不是冰就是雪。雪看來比較平靜，就是潔白的一片，皚皚閃著靜默的光輝，但是自冰塊上反映出來的光輝，卻是絢麗的、流動的，像是每一塊在發光的冰塊，都是有生命的怪物！

由於不可能憑天色來判斷時間，所以我不斷留意著儀板上的時計，在二小時之後，看到太陽已經開始漸漸升高。飛機也降低了高度，向下望去，延綿不斷的冰雪，變得極其刺眼。

達寶轉過頭來，向我示意戴上雪鏡，我依他的提議，透過深灰色的鏡片，刺目的炫光消失，看出去的景物，簡直像是在夢幻中所見一樣奇妙。

達寶道：「我們快到了，為了不破壞現場的情形，飛機會在較遠處停下，我們可以利用機動雪橇去到現場！」

我道：「我沒有意見，一切聽你的安排就是。」

達寶專心駕駛，不多久，飛機就降落，我留意到，在降落的雪地上，有許多飛機降落過的痕跡，也有不少雜亂無章的雪痕。事實上，在這樣的積雪平原上，幾乎任何在陸地上的活動，都難免留下痕跡。

飛機降落之後，達寶自機尾部分，扯出了機動雪橇，發動引擎。

我和他登上了雪橇，達寶利用雪橇上的儀器，校正了方向，雪橇向前飛駛而出，在雪地上留下了兩條極長的痕跡，積雪向四下飛濺，但氣溫實在太低，臉上的感覺早已麻木了，雪團打在臉上，也渾然不覺。

雪橇行進了約七百多公尺，我已經看到了梅耶和齊賓兩人的屍體。他們兩人，就像我曾經看到過的照片一樣，伏在一塊巨大的冰塊之上，冰塊上的積雪不是很多，有著十分雜亂的痕跡。

我一看到那些痕跡，立時向達寶望了一眼。達寶也立時明白了我的意思：「這些痕跡，一半是那個發現屍體的日本探險隊留下來的，另一半，是我上次帶人來的時候，留下來的！」

我只好接受他的解釋，雪橇一停下，我就向前走去，一直來到屍體之前才站定。

達寶在熄了雪橇的引擎之後，也跟著走了過來。當他在向我走來之際，他踏在雪上，發出一些輕微的聲音，而當他在我身邊站定之後，幾乎沒有任何聲響，靜到了極點。我從來也未曾在一個曠野之中，而如此寂靜的。這種寂靜，像是使人感到整個地球、整個宇宙，全都停頓了！

我怔怔地望著眼前的兩具屍體。在如此寒冷的氣候之下，赤裸的屍體。

這真是不可思議的怪事！

我不知自己呆了多久，才俯下身來，輕輕地去撥動了一下梅耶的屍體，看到了他的臉面。

當我看到他臉上的神情——那自然是他臨死之際一剎那間所留下來的表情，我陡地震動了一下，心中立即想到了一個問題：梅耶在死前，遇上了甚麼可怕的事情？

梅耶一生的經歷，我相當清楚，他參加過戰爭，是一個出色的軍官，而在戰後，又一直擔任著如此艱鉅的搜尋納粹餘孽的任務，對於他的勇敢和鎮定，我沒有絲毫的懷疑。

可是這時，他臨死之前的神情，卻是充滿了恐懼！

在梅耶僵凝了的臉部肌肉上，在他已經變成灰白的眼珠中，從他近乎歪曲了的口形之中，都透出一股極度的恐懼。這種恐懼，立時使我受到了感染，以致我的身子，不由自主，發起抖來。

在我身邊的達寶，顯然也和我一樣，我聽到他發出了一下顫抖的驚呼聲：「天，他……是被嚇死的！」

我要十分努力，才能使自己吞下一口口水，然後，又深深地吸進了一口冷空氣，才略為鎮定了下來：「難道你沒見過他的神情？」達寶不由自主喘著氣：「沒有，我沒有注意到他們的神情，只是想將現場的情形完全保留下來。」

我要勉力定神，才能再有勇氣去看齊賓的屍體。齊賓的屍體一經翻轉之後，他臨死之際，臉上的恐懼神情更甚，他的一隻手，本來是壓在他的身子之下的，這時，當他的屍體翻轉之後，我看到他的那隻手，緊緊地抓住了他自己的肚皮。

一個人，要不是遇上了可怕之極的事，決不會有這樣的動作。而且，這種樣子，也立時使我想起，當他在感到極度恐懼之際，他已經赤身露體，這更增加事情的神秘性：在零下三十度的氣溫下赤身露體！

我呆立在嚴寒的空氣之中，不但感到手腳僵硬，甚至於連全身的血液，也像是凝結了，要費好大的勁，才能慢慢轉過身去，去看達寶。當我在轉動自己的頭部之際，甚至聽到了頸骨發出一陣格格聲。

我向達寶看去，看到他目定口呆地站著，盯著齊賓的屍體，嘴唇在不由自主發著抖，我張大了口，想叫他，可是一時之間竟發不出任何聲音。

也就在這時，達寶揚起手來，指著齊賓：「看，他留下了兩……兩個字！」

我震動了一下，立時循他所指看去，看到齊賓的屍體之旁，冰塊上的積雪上，果然有兩個極潦草的字在，那兩個字，一望而知，是在極度倉皇的情形之下，用手指在雪上劃出來的。

那兩個字，原來被壓在齊賓的身子下面，在他的胸腹之間，我可以想像當時的情形，齊賓一倒在這冰塊之上，就劃下了這兩個字，接著，他就死了。在臨死之前的一剎間，他仍然感到了極度的恐懼，是以他的手壓在身下，抓緊了自己的肚子。

我還可以進一步肯定，他一定是一倒下去，立即死亡的，因為若不是這樣，他的體溫，會令得那一層薄薄的積雪溶化，那兩個字會消失，不會再留下來。

我一看到了雪上有字，一時之間，辨認不出那是甚麼字，心中一面急速地轉著念，一面向前跨出了兩步。達寶在我的身邊，伸出手來，抓住了我的衣服，跟著我向前跨出去。

第一眼的印象，那兩個字是英文，我和達寶一起看，在達寶還未曾認出那兩個英文字是甚麼字之際，我已經看清楚了！

而當我一看清楚了那兩個字是甚麼字之際，我的身子便劇烈地發起抖來，抖動得如此之甚，以致身邊的達寶，駭然叫了起來：「你怎麼啦？」

我並沒有回答達寶的問題，只是失聲叫了起來，叫聲劃破了寒冷而寂靜的空氣，連我自己都被嚇了老大一跳。

我叫的是留在雪上的那兩個字：「他們殺人！」

我不知道自己叫了多少次，直到聽到達寶道：「是的，他留下來的是『他們殺人』，他們是甚麼人？他們用甚麼方法殺人？」

我陡地衝口而出：「用甚麼方法殺人我不知道，可是我知道他們是誰！」

達寶以極吃驚的神情望定了我，道：「誰？」

我喘著氣：「陶格，一定是他！」

達寶道：「陶格是誰？」

我呆了一呆，剛才，我處於一種極端激動的情緒之下，才這樣說，這時，我已經漸漸冷靜了下來，對於達寶這一個簡單的問題，實在不知道如何回答才好，只好報以苦笑。

達寶見我不答，又追問了一句：「陶格是誰？」

我嘆了一口氣：「我會告訴你，但不是現在，說起來實在太複雜！」

達寶神情疑惑，但沒有再追問下去，我道：「讓我們再來看看附近的環境，我有一點設想，不知道你是不是同意。我想，他們在臨死之前，一定曾遇到過極其駭人的事情，所以他們的神情才會如此驚懼。」

達寶苦笑了一下，喃喃地道：「任何人都會同意你的假設！」

我指著雪地上的腳印、雪橇的痕跡：「這些痕跡，全都是那個日本探險隊和你上次來的時候留下來的？」

達寶道：「是。那日本探險隊在發現屍體的時候，附近一點痕跡也沒有……」

他講到這裏，看到我略有猶豫的神色，忙又道：「探險隊的成員，沒有理由隱瞞事實！」

我道：「這兩個人，身上甚麼衣物也沒有，甚至連鞋子也沒穿，他們是怎樣來到這裏的？他們若是走來的，雪上應該有赤足的腳印。」

達寶的神情怪異：「沒有人可以赤身露體，在這樣的嚴寒下行走！」

我一面察看著雪地上的痕跡，一面道：「他們不會飛，一定有人自空中將他們帶到這裏，然後再將他們放下來！」

達寶同意了我的分析：「這是唯一的可能！」

我半蹲下來，由於我穿著相當厚的皮褲，所以沒有法子全蹲下去。當我半蹲下去之後，我伸手去按齊賓的胸口，齊賓的肌肉，已被凍得像冰一樣硬，但是我還是可以碰到他胸前的肋骨。

肋骨完整，沒有一根斷折。

肋骨是人體骨骼中最脆弱的，像齊賓這樣的伏屍姿勢，如果從空中被拋下來，肋骨沒有理由保持完整。達寶是一個極好的警務人員，他一看到我的動作，就知道了我的用意，他也去檢查梅耶的肋骨。

然後，他抬起頭來，望著我：「他們不會從很高的空中被拋下來！」

我點頭：「以你的估計，最高不超過多少？」

達寶想了一想：「這要看他們被拋下來的時候是死還是活。如果那時他們是活著，落地之前會有自然掙扎，可以避免骨折，高度可以提高。如果他們在被拋下來時已經死了，那麼，我想高度不會超過三公尺！」

我站直了身子，用力在冰上踏了幾下：「他們落在這樣堅硬的冰塊上，我估計如果是死人，不會超過兩公尺。」

達寶一面聽我說話，一面點著頭，然後，我們兩人互望著，誰也不開口。

我們並不是沒有話要說，而是想到了要說的話，而不願說出口來。

我想，達寶這時想到的，和我想到的是同一個問題：世界上有甚麼飛行工具，可以低飛到兩公尺到三公尺的高度，而不在鬆軟的積雪上，留下任何痕跡？

如果是直升機，機翼的風力，會將積雪掃開，如果是小型飛機掠過，積雪也會在飛機的去向，形成條狀的痕跡，可是如今看來，一點痕跡也沒有！

過了好一會，達寶才道：「那……不可能！」

我的思緒雖然十分紊亂，但是我還是在急速轉著念，我道：「有一個可能！」

達寶瞪著我，我道：「將他們兩人，自飛行物體上吊下來，在離地只有一公尺處，將他們放下來！」

達寶發出了幾下乾笑聲，他的乾笑聲，在寒冷的空氣中聽來，格外乾澀，他道：「當然有這個可能，但是為甚麼要那樣做？」

我答不上來，達寶又道：「這兩個人究竟是甚麼身分？他們來到格陵蘭，又是為了甚麼？」

我吸了一口氣：「他們是以色列人，我想他們是在追蹤一個人！」

達寶道：「陶格？」

我點了點頭，達寶又回到了他的老問題上：「這個陶格，是甚麼人？」

我蹲下，雙手捧住了頭，在想如何回答達寶的問題才好。這時，我的臉是向下的，我只是在思索著，根本沒有留意眼前視線內的東西。當我決定怎樣回答達寶的問題時，抬起頭來，就在我抬起頭來之際，我陡地看到，在雪地上，有兩個相當奇特的痕跡。

第六部：神秘小腳印

我怔了一怔，那痕跡十分小，只有約莫一公分長，半公分闊，作橢圓形，看來像一個小小的腳印，一共是兩個，相距約兩公分左右。

我失聲叫道：「這是甚麼？」

達寶不經意地道：「我想是探險隊員的雪杖所留下來的，你知道雪杖？」

我當然知道雪杖。雪杖，就是在雪地上用的手杖，通常都有相當尖的頂端，但是，我卻不認為雪杖的尖端會留下橢圓形的痕跡來。

我道：「來，仔細看看！」

我一面說，一面已伸開雙腿，伏了下來，使我可以離得那兩個痕跡更近，達寶和我採取了同一姿勢，而當我們兩人可以將這兩個小痕跡看得更清楚時，我不由自主張大了口，而達寶則發出了「啊」的一聲，雙手按在冰上，身子迅速地後退了一些。

那兩個小痕跡，離近一點，仔細看，任何人都會知道，那是兩個腳印！

剎那之間，我心中的駭異，真是難以形容，在雪地上出現兩個腳印當然再平常都沒有，但是腳印小到只有兩公分長，那就太不尋常了！

達寶伸出手來，他的手指在微微發抖：「這……這……是腳印！」

我道：「是腳印！」

達寶道：「這個人……」

我道：「這個人，從他腳印的大小來看，他的身高，不會超過二十公分。」

達寶聽得我這樣說，怔怔地望著我：「你……你在開玩笑？」

我苦笑了一下：「你看我的樣子，像是在開玩笑？」

我們兩人這時的對話，十分幼稚可笑，但是除了說這些話之外，一點別的辦法也沒有，因為我們心頭所受的震動如此之甚，根本不知道該說甚麼才好。

而我在這樣回答達寶之際，完全一本正經。因為我早就覺得整件事，從開始起，就被一重極其神秘的霧籠罩著，有許多不可解釋的事。這樣的事，如果和地球以外的生物有關，那麼，外星有一種「人」，只有二十公分高，那有甚麼稀奇？

達寶在我的神情上看出了我的想法，他「嗯」地一聲：「外星人？」

我點了點頭。

達寶的神情大不以為然：「將可疑的事，諉諸外星人，是不費腦筋的最簡單做法！」

我道：「是的，但是你如何解釋這兩個腳印？」

達寶吞下了一口口水：「我們或者太武斷了，這不是腳印，只不過是像腳印的兩個可疑痕跡。」

我直起了身子來，首次發現的兩個「小腳印」是在梅耶的屍體之旁，當我向前走去，來到了齊賓的屍體旁時，又立時看到了兩個同樣的「小腳印」。

而除了這兩對小腳印之外，再也沒有別的可疑痕跡了。達寶道：「我想將屍體先運回去，這裏沒有甚麼可以再研究的了！」

我抬起頭來，向前看去，極目所望，只是白茫茫的一片，我的心中，充滿了疑惑，我想了一想：「運屍體回去，一個人就可以了！」

達寶給我的話嚇了一大跳：「你……想幹甚麼？」

我道：「請你盡量留下在雪原上需用的物品給我，我想到處走走。」

達寶失聲叫了起來：「到處走走！那是甚麼意思？冰原上到處是死亡陷阱，可不是鬧著玩的！」

我點頭，表示我知道，而且，我的神情，也表示了我心中的堅持。達寶望了我片刻，才道：「好，想不到世界上還有比我更固執的人！」

我笑了起來，和他握著手。

在接下來的時間中，我幫他將兩具屍體，裝進了帆布袋中，運上了飛機。他留下了機動雪橇和一切應用品給我。當他上機之際，他道：「你還沒有對我說那個陶格究竟是甚麼人。」

我道：「我想以色列方面接到了我的通知，很快會有人來，他們會告訴你！」

達寶道：「死因剖驗一有了結果，我就來找你，希望你在雪地上留下標誌，好讓我知道你到了哪裏！」

我答應道：「好的，我用相當大的箭嘴，來表示我行進的方向。」

達寶道：「不好，好天氣已經持續了許多天，要是一起風，甚麼全會消失，你的行囊中有紅色的金屬旗，你可以用來插在雪上！」我向他作了一個「明白」的手勢，達寶發動飛機，飛機起飛，迅速遠去。

等到達寶走了之後，只剩下我一個人在雪原上了。

四周圍極靜，人處身其中，真會懷疑地球上只剩下了自己一個人！

我並沒有呆立多久，又去仔細察看那兩對「小腳印」。雖然「小腳印」上並沒有腳趾，但是我還是以為那是腳印！

如果那兩對真是腳印的話，那麼，是不是說，我要留意兩個只有二十公分高的「小人」？

我想了片刻，登上了機動雪橇。我自然毫無目的，選擇了向格陵蘭腹地前進的方向。雪橇在積雪上向前飛駛，我看到雪地上另有雪橇的痕跡，那自然是發現屍體的日本探險隊留下來的。

我想，探險隊一路前來，直到發現屍體，都沒有別的發現，我大可以不必和他們採取同一路線。所以，我轉了七十五度方向。雪原上除了冰雪，甚麼也沒有，我一直在向四面注視著，雖然戴著護目的雪鏡，但是眼睛還是有點刺痛。

在這樣的雪原之上，不必擔心會有甚麼交通意外，所以我閉上了眼睛一會，仍然令雪橇向前行駛。

雪橇向前行駛的速度相當高，我估計已駛出超過了二十公里，在我閉上雙眼行駛的那段路程，也至少有三公里。

閉著眼睛，任由雪橇飛馳，這樣的經歷不可多得，我在閉上眼睛之前，已經很仔細地打量過，眼前視線可及之處，一片平陽，所以我才閉上眼睛的。

可是就在那時候，我突然覺出雪橇猛烈地震動了一下。

說是「震動」，或許不是十分恰當，那種感覺，就像是騎在馬上，正在飛馳間，馬的後腿忽然向上高舉一樣！

騎在馬上而馬的後腿忽然揚了起來，唯一的結果，自然是人向前衝跌出去。我這時的情形，也是一樣。

而更糟糕的是，那時我閉著眼，而且，這種變化，完全在我的意料之外！雪橇的後部忽然向上揚了起來，我身子向前一衝，整個人向前，被掀得直跌了下去，翻過了雪橇的頭部，跌在雪地上，還向前滾了一滾，才算穩住了勢子。

當我在雪地上打滾的時候，我已經睜開眼來，看到雪橇在沒有人駕駛的情形之下，仍然筆直地在向前衝著，速度和有人駕駛一樣。

我一看到這樣情形，不禁大驚失色，一時之間，也不及去想何以好端端行駛中的雪橇，會突然將我掀了下來。我只想到了一點：如果我失去了這架雪橇，那我的處境，可以說糟糕到了極點！

達寶留給我，使我可以在冰原上維持生命的東西，全部都在雪橇上，失去了這些裝備，我能在冰原上活多久？

而且，就算活著，難道我能依靠步行找到救援？

我立即想到這一點，這時候，向前直衝而出的雪橇，恰好在我身邊不遠處，疾掠而過，雪橇下濺起的雪塊，撞在我的臉上，我不由自主，發出了一下大叫聲，身子打著滾，滾向前，同時，用盡全身的氣力，躍起，向前撲去，只要我這一撲，可以使我的身子撲前一公尺，我就可以抓住雪橇後的一根橫桿，那就不用怕了。

雖然我身上穿著厚厚的衣服，動作沒有那麼靈便，但是我估計，我迅疾無比的滾、撲，一定可以達到目的。

可是，我卻犯了一個錯誤。我拚盡全力，向前撲出之際，主要的借力，是雙手向下用力一按，身子才可以趁機縱起。如果我雙手按下去的地方是硬地，我絕對可以撲出一公尺以上。但是，這時我是在雪原上，雙手向下一按，卻按進了積雪之中！

當我的雙手按進積雪中之際，那使我蓄勢待發的力道，消失了一半以上，雖然我還咬緊牙齦，用力向前撲去，但當我伸出手來之際，離我想要抓住的橫枝，還差了十公分左右。

相差十公分，只是在那一剎間的事。緊接著，我的身子向下落下，雪橇繼續衝向前，我和雪橇之間的距離，迅速變成十公尺、一百公尺。雪橇在冰原上，成了一個黑點，還不等我站起來，已經消失不見了！

我沒有立即站起來，只是伏在積雪之上，不由自主地喘著氣。

事情在突然之間，出現了這樣的變化，實在不知道如何應變才好。等到我抓了一個空，雪橇已向前駛得不知所終之後，我心頭所受的震動，更是到了極點。在那一剎間，我只想到了一點：我如何才能離開冰原？

達寶駕機回去，他答應再來找我，可是那得等多久？一天，還是兩天？在這段時間之中，我必須在極度艱難的環境之中求生！

在略為定了定神之後，我開始檢查我能夠動用的設備。在皮褲的後袋裏，有一柄小刀，有一扁瓶酒。我旋開瓶蓋，喝了一口酒，站了起來。

天色藍得出奇，露在積雪外的冰層皚皚生光，緩緩轉了一個身之後，甚麼也看不見。在我的腰際，還有一團繩索，食糧卻一點都沒有，幸好有積雪可供解渴，飢餓當然是大問題，但我自信可以支持七十二小時。我在想，我應該往回走？還是留在原地不動，以節省精力？我考慮了沒有多久，就決定往回走，一則，在極度的嚴寒之中，停留不動，十分危險。二則，在發現梅耶和齊賓的屍體之處，我記得有一些雜物在，這些雜物，對維持生命可以起極大的作用。

當我決定之後，我就開始往回走，反正來路的積雪之上，有著明顯的雪橇留下的痕跡，要往回走，認路不是難事。

當我走出了幾十步之後，我停了下來，注意著積雪之上的兩個坑，有一個較大，是我被掀跌下來之際，跌在雪地上所留下來的。另外一個坑比較小，那是雪橇的尾部陡地向上翹了起來之際，頭部陷進了雪中所造成的。我這時，開始想到一個問題，在行駛中的雪橇，何以會忽然將我掀到了地上？

積雪十分平坦，看起來，絕無來由。

我心中充滿了疑惑，雪橇的機件，不像有甚麼不妥，那麼一切又是如何發生的？我一面思索著，一面深深吸著氣。也就在這時候，我突然看到了，在一條雪橇的軌跡之上，有著兩對小小的腳印！

機動雪橇，也有人稱之為「雪車」的，沒有輪，只有一副如同滑雪板一樣的組成部分，在雪上滑行。

在雪車滑過的地方，會留下十公分寬，深約三公分的痕跡，我起先沒有注意到那兩對小腳印，是因為那兩對小腳印，恰好留在雪橇滑過的痕跡之中！

這時，我一看到了它們，心頭的震動，實在難以言喻。

不管那是甚麼，是腳印或不是腳印，這樣的痕跡，決計不應該出現在積雪上！

那兩對小小的腳印給我的震動極大，我要呆上好一會，才能慢慢彎下身子，去察看它們。我可以絕對肯定，這兩對「小腳印」，和在屍體旁發現過的，完全一樣！如果那真是腳印的話，那麼，那兩個二十公分高的「小人」又曾出現過，也可以推想得到，雪橇的意外，也是「他們」造成的！

剎那之間，我心中的駭然，真是難以形容，一面喘著氣，一面向四面看看，如果四周圍有

「小人」的話，別說他們有二十公分高，就算只有兩公分高，我也可以看到他們的，除非他們全身白色，和積雪一樣。

我一面看著，一面已不由自主大叫起來：「出來，你們出來，讓我看看你們究竟是甚麼妖魔鬼怪！不論你們是甚麼東西，從哪裏來，滾出來讓我看看！」

我一遍又一遍地叫著。當然，我明白，這樣呼叫，事實上一點意義也沒有，但是我還是忍不住要這樣做。

我當時處在一種極度狂亂的情緒之下，狂吼由於極度震駭，而震駭，又是由於對發生的一切，一無所知之故。我不知道自己叫了多少遍，直到因為嚴寒空氣，不斷衝擊著喉嚨，使我再難發出聲音來，才停了下來，大口喘著氣。

也就在這時候，我聽到一陣異樣的聲音，起自遙遠之處，正在傳了過來。那種聲音十分難以形容，一聽入耳，竟像有許多人在嗚咽哭泣，聲音雖然還很低微，但是已經驚心動魄！

我怔了一怔，忙循聲看去，看到在極遠之處，似乎有甚麼東西在移動，移動的速度極快。當我第一眼看到那個極大的、似乎橫亙了整個地平線的移動物體之際，我不能肯定那是甚麼東西。

但由於那種移動的速度如此之高，以致在接下來的一秒鐘，我已經知道那是甚麼了！那是地上的積雪在移動，在向我站立的方向湧過來！

積雪當然不會自己移動，它被強風吹過來，而這時，我還全然感不到有風，看過去，除了迅速在移動的積雪之外，也看不到任何有強風的跡象。我此際是處身在雪原之上，不像是在平常的陸地上，有強風來的時候，可以看到樹梢的擺動，這裏根本沒有樹，只有雪，所以我只看到積雪的移動！

我也立時想起了達寶的話：「好天氣不會一直持續下去！」

如今，顯然天氣已經變壞了！

奇怪的是，我看不到天上有雲，天邊仍然一樣清明，當我抬頭向天上看一看，再低下頭來，這其間，只不過一兩秒鐘而已，可是就在那麼短的時間中，我已經看到，在我身子附近的積雪，已經在開始移動了。我並沒有在雪原上遇到過壞天氣的經驗，可是當那種呼嘯聲迅速傳近，積雪的動作越來越快之際，我也知道不妙了！

我明知自己一定要採取行動才行，可是我該採取甚麼行動呢？逃跑？我在雪地上奔跑的速度，無論如何不能比強風更快！但是停留在原地，更沒有好處。

我轉過身，向前拚盡全力，奔了出去，呼嘯聲在我的身後，緊緊地追了過來，我沒有勇氣回過頭去看一看。

然而，看不看都無關緊要，突然之間，我耳鼓一陣疼痛，有一個短暫的時間，甚麼也聽不到，那是強風帶來的極大壓力。緊接著，不知有多少雪，就是那種潔白、鬆軟、美麗的雪，在我的身後，疾湧了過來，我完全像是在暴風雨的海上，被巨浪在身後襲來一樣，身子陡地向前一仆，不知多少雪，一起向我身上蓋來。

我叫不出聲音，心中知道，如果我不拚命掙扎，冒出積雪，非死在雪中不可，我盡所能，屏著氣，向上掙扎，當頭冒出積雪，看不到任何東西，眼前呼嘯飛舞著的，全是大團的雪，像是無數白色的魔鬼。

我的身子，在不由自主迅速地向前移動，因為我身子大半埋在積雪之中，而積雪又被強風推得在向前移動。

在這樣的情形之下，任何人，能力再高強也無能為力，我慶幸自己好運氣，因為恰好在被強風推動著的積雪邊緣，所以我才能隨著積雪前進、移動。如果是在積雪的中心，早已死了！

我不知幸運可以維持多久，只要風勢再強一點，後面的積雪湧上來，那我就沒有希望了，要命的是，我明知處境極度危險，但是絕想不出甚麼改善的法子，我卻真正感到了絕望，我完了，我心中所想的只是三個字：我完了！

當我心中，不斷在叫著「我完了」之際，突然之間，我聽到了人聲。我以為已經陷進了臨死之前的幻覺，因為在這樣的情形之下，決不可能聽到有人呼叫的聲音，而我卻聽到了！

我不但聽到了呼叫聲，而且還清清楚楚地聽到了有人在叫：「天，有人在上面！」

我想張口叫，一張口，雪就湧進了我的口中，令我根本發不出任何聲音。我無法確定是不是已起了臨死前的幻覺，一大蓬積雪，已當頭壓了下來，我陷身雪中了！

這是第二次陷身在雪中，我還想掙扎向上，可是掙了兩掙，只覺得積雪已開始向我的鼻孔中湧進來，有了極度的窒息感，我可以不呼吸兩分鐘到三分鐘，嚴格的中國武術訓練，或者可以不呼吸更長久一點，但也不會超過五分鐘。

當我已完全無法呼吸之際，我知道自己真的完了！而且，如今的處境，不單是不能呼吸，而且身上的重壓越來越甚，我已經完全無法支持下去了！

就在這時，我突然覺出，我的腳踝被甚麼東西緊緊扣住。

這是一種模糊的感覺，事實上，我此際的情形，已是在死亡的邊緣，就像是舊小說中所描寫的「三魂悠悠，七魄蕩蕩，就將離竅而出」，所有的感覺，都已經開始變得遲鈍。

我只是模糊地感到，我的一隻腳踝，好像被甚麼東西緊緊地鉗住，當我一有這種感覺之際，我首先想到的是：我已經開始死亡了，死亡從足部開始，會迅速向上蔓延！

但就在我這樣想時，身子陡然被一股極大的力道，拽得向下沉去。我根本沒有機會去想一想究竟發生了甚麼事，身上一輕，人也跌了下去，在我鼻孔中的積雪，一起噴了出來，我立時又吸進了一口氣，然後，才重重地跌在一個物體之上。我全然無法想像發生了甚麼事，最後的感覺，是已經開始死亡，而接下來的則是向下跌，那是不是意味著：我已經死了，跌進了地獄之中？

我忽然興起了一個十分滑稽的想法：地獄，竟然這麼容易到達？還是我沒有做過甚麼壞事，所以才不致跌到最深一層的地獄？

事後回想起來，這種想法當然滑稽，但是當時，在絕無可能獲救的情形之下，忽然有了變化，當然會作這樣的想法。

我睜開眼來，一時之間，甚麼也看不見，可是卻可以肯定，眼前有光線。看不到甚麼，是因為戴著護目的雪鏡。我也可以肯定，已不在積雪之中，因為身上已沒有了那種致命的壓力，呼吸也十分暢順。

可是我卻無法想像在甚麼樣的情形中。當然，我幾乎是立刻就放棄了「身入地獄」這種滑稽的想法。剛才的那種經歷，我分明是忽然之間，被一種甚麼力量，拉進了積雪下的一個坑中！

這實在不可思議，積雪下何以會有坑？就算有，又有甚麼力量可以將我拉下來？由於我的思緒亂到了極點，所以我只是維持著跌下來時的姿勢，一動不動。

就在這時，我聽得一個女人的聲音，幽幽地道：「你將他帶了下來，我們的所在，就要暴露了！我真不知道該再躲到甚麼地方去好！」

在這個女人的聲音之後，是一個男人的聲音，說道：「我……也不知道，可是如果我不將他帶下來，他一定要死在積雪中！」

在那男人說了話之後，我又聽到了一男一女共同發出幽幽的嘆息聲。

這一男一女用低沉的聲音迅速地交談著，他們的對話，並沒有花多少時間，我將他們的對話，每一個字，都聽得清清楚楚。而事實上，當那個女人才一開口之際，我已經認出了她是甚麼人！

她是陶格夫人！

那男的，當然毫無疑問，是陶格先生！

在聽完了他們的對話之後，我真正呆住了，以致一動也不能動，他們的對話很簡單，至少使我明白了很多事。

第一，我明白他們暫時，並沒有認出我是誰。因為我戴著雪鏡，戴著皮帽，整個臉，只有極少部分露在外面。

其次，我知道他們在躲避，他們躲得如此用盡心機，甚至躲到了格陵蘭，在格陵蘭的雪原之下，挖了一個坑來藏身，這樣的躲避，一定是和他們的生命有關，不然，沒有人會願意和兔子一樣躲在地洞之中。

第三，陶格先生明知他一救了我，自己就會暴露，再也躲不過去，他既然認不出我是甚麼人，那麼極可能他救下來的人，就是想要害他的人。可是，他還是毅然出手相救。由此可知，他品格極高！

雖然，我的心中還有許多疑點，但是以上三點，絕對可以肯定。而我，曾不止一次懷疑他和好幾個人的死亡有關！如今，我不但可以肯定他不會是兇手，也可以肯定，梅耶和齊賓也弄錯了，他決不會是甚麼納粹戰犯比法隆博士。曾設計過殺死數百萬人的殺人裝備的人，決不會看到有人陷身在雪中而不顧自身安危去救他的！

我想到這一點，真不知該如何開口才好，只好仍僵持著原來的姿勢不動。

我又聽得陶格夫人道：「他……已經死了麼，為甚麼一動不動？」

陶格先生接著道：「不會，他或許是驚惶過度，昏了過去！」

陶格先生說著，我眼前已可以看到一個模糊的人影，向我走來。接著，我的手被拉了起來，解開了衣袖和皮手套相連接的繩子，陶格先生的手指，搭上了我的脈門。同樣，我又聽得他以十分誠懇的聲音道：「朋友，你不必驚惶，剛才你的處境雖然危險，可是現在，你已經平安無事了！」他的語聲是這樣動人、誠摯，充滿了關懷，我自問雖不算鐵石心腸，但也決不感情軟柔。可是此時此地，此情此景，我一聽到了他的話，我熱淚不禁奪眶而出！我不知已有多少年沒有流淚了，可是此際，由於心情的極度激動，我的淚水不斷湧了出來，我的口唇張動著，可是一句話也說不出來。

我的視線由於淚水，更加模糊，我看到又多了一個人來到我的身前，那當然是陶格夫人，她道：「朋友，別哭，你應該是一個很堅強的人，你是一位探險隊員吧？」

陶格夫人的話，令我更加感動，我幾乎是嗚咽著道：「不……不是。」

我一面說，一面已掙扎坐起身來，同時，拉下了戴著的雪鏡。我一拉下雪鏡來，眼前的情形，已看得十分清楚。

我首先看到陶格先生和陶格夫人在我的面前，本來是以一種十分關注的神情望著我的，可是突然之間，他們兩人的神情，變得驚駭，他們不斷向後退，一直退到了地下室的一角。

而在那個角落中，唐娜和伊凡兩人也在，他們一直站在那裏，當他們的父母退到那角落時，兩個孩子就緊緊抓住他們的衣角，神情也駭然之極。

我一看到這種情形，顧不得先抹眼淚，忙搖著手，我知道他們認出我了，我必須先解除他們對我的驚惶。

我一面搖著手，一面道：「別怕，請你放心，我絕對相信你們是好人，你們救了我，我也絕對沒有加害你們的意思，絕沒有，請你們別怕，真的，別怕！」

我不斷地說著，我知道自己說得十分雜亂無章，可是這時，我只要他們明白我絕無惡意，我想他們也可以明白。

當我不斷地在說著的時候，我看到他們的神情，鎮定了許多，陶格先生向我道：「你究竟是甚麼人？到這裏來幹甚麼？」

在我回答他這個問題之前，我先要說一下這個「地下室」的情形。我本來稱之為「地洞」，那是我才一跌下來，完全未看清楚周遭的情形。這時，我必須稱之為地下室。或者，應該稱之為「冰下室」。

我不知道這時處身之處，離上面有多深。這個「冰下室」的四壁，全是冰，看來不知用甚麼鋒利而合用的工具削出來，極平整。格陵蘭冰原上的冰，亙古以來就存在，堅硬晶瑩無比，而且透明度極高，所以向冰壁看去，開始是晶徹的，像是水晶一樣，越向深處，就越是呈現一種藍色，到目力可及的最深處，簡直是一種寶藍色。

我不憚其煩地形容這種情形，是因為那實在是一種奇景，以前，連想也未曾想到過。冰下室大約有十公尺長，五公尺寬，相當寬敞，有著簡單的傢俬陳設，和許多機械裝置。這些機械裝置，全是我見所未見，其中有一隻，我可以叫得出來，是機械臂，還有一具相當大的電視螢幕，這時，呈現在電視螢光屏上的，是無數飛滾轉動的積雪。

我向上看去，上面除了冰層之外，有兩公尺見方的所在，是一塊金屬板，我也注意到，在我剛才掙扎站起來處，有不少雪，那一定是我跌下來時，連帶跌進來的。位置恰好在金屬板下，這使我可以知道，我是從那塊金屬板中跌下來的。

陶格夫婦留意我在打量冰下室中的一切，當我抬頭向上看去之際，陶格夫人說道：「我們在螢光幕上，看到你被埋在積雪堆裏，而恰好我們又可以救你下來……」

我不等她說完，就道：「謝謝你們救了我，以後，不論你們叫我做任何事，我都會盡我一切能力去做！」

我說得斬釘斷鐵，倒不只是因為他們救了我，而是我在他們的行為之中，可以肯定，他們是君子。

當我這樣說了之後，他們的神情又緩和了不少，唐娜和伊凡兩人，甚至試圖大著膽子向我走過來，可是卻被陶格夫婦所阻。

我又道：「我叫衛斯理，好管閒事，在我的經歷之中，有許多其他人不能想像的事，我曾幫助過好幾個來自不知甚麼星球的人，回到他們原來的星球去，我可以接受任何他人難以相信的事！」

我說到這裏，略頓了一頓，看他們的反應。我發現他們一家四口，都很專注地聽著，唐娜，那個小女孩，當我略頓一頓之際，抬起頭來，用一種十分哀傷的神情，望著她的父母：「我們必須回去了？」

陶格夫人忙道：「不，不，當然不！」

我呆了一呆，弄不明白唐娜這樣問是甚麼意思，我又道：「我來格陵蘭，是因為有兩個人神秘地死在格陵蘭，而這兩個人是我的相識，所以丹麥警方找到了我。」

陶格先生轉動著眼珠：「這兩個人……這兩個人……死……」

陶格先生斷斷續續，無法講下去，我道：「這兩個人，在過去一年多，一直在追蹤你們，想弄明白你們的底細！」

陶格夫婦互望了一眼，陶格夫人說道：「嗯，那兩個以色列人！」

我道：「是的，他們認為陶格先生，是比法隆博士！」

陶格先生現出極度愕然的神色來：「比法隆博士是誰？」

別說他的神情是如此真誠，就算不是，我也已經可以肯定，那是梅耶和齊賓找錯了目標。

我道：「這一點我慢慢再解釋……我可以喝一點熱東西嗎？」

陶格夫人點了點頭，走向一組機械裝置，我看到她按下了幾個掣，那可能是一具十分精巧的發電機，因為陶格夫人將一壺咖啡，放到了一隻電爐之上，而咖啡壺也開始冒出熱氣來。我續道：「由於他們死得離奇，所以我調查，遇到了烈風，由你們救起來。」

陶格先生怔怔地望著我，神情極緊張，陶格夫人顯然同樣緊張，當她拿起咖啡壺，向一隻杯子中傾倒咖啡之際，手在劇烈發著抖，以致有不少咖啡灑了出來，落在立腳的冰層上，立時變成了圓形的、咖啡色的小圓珠，在光滑的冰面上，四下滑了開去。

這使我估計，冰下室的溫度，至少也在零下十度左右，這樣的溫度，當然比冰面之上好多了！

我繼續道：「這兩個人，我猜想他們是為了找你們，才來到格陵蘭的！」

陶格夫婦又互望了一眼，兩人都有慘然的神色，陶格先生道：「連他們也找得到，他們自然……」陶格夫人接下去道：「自然更找得到了！」

兩人講了這一句話之後，又閉口不語，慘然的神色依舊。

我聽得出他們的對話之中，第一個「他們」，指梅耶和齊賓。第二個「他們」，顯然另有所指，指的是甚麼人呢？

我吸了一口氣，走向前，自陶格夫人的手中接過咖啡來，喝了幾大口：「兩位，不論在追尋你們的是甚麼人，我都會盡力對付他們，請你們接受我的支持！」

陶格先生望了我半晌，指了指一張椅子，示意我坐下。我坐了下來之後，不斷向他們介紹我自己的一些奇遇，和我特殊的和各種各樣人物周旋的本領。

我講了很久，唐娜和伊凡聽得十分有趣，但陶格先生卻揮了揮手，說道：「夠了，我並不懷疑你的能力，可是我們的情形，很不尋常！」

我道：「如何不尋常？」

陶格先生顯然不願意說，和陶格夫人、兩個孩子，一起走到了一扇屏風之後，兩個孩子在屏風後探頭出來，我向他們做了一個鬼臉，招手請他們過來。

兩個孩子的神情，躍躍欲試，但是立時被拉回屏風去，陶格先生的聲音自屏風後傳過來：「衛先生，風一停，請你離去，我們已應付了很久，可以應付下去。」

他講到這裏，停了一停：「倒是你自己，要極度小心！」

我立時道：「是，他們已經殺了五個人！」

我突然講了這樣的一句話，是五個人，從浦安夫婦起，臨死之際，或用語言，或用文字，都留下了「他們殺人」這樣的話，我根本不知「他們」是甚麼東西，但「他們殺人」已是毫無疑問的事。

剛才，陶格的口中，也說過一次神秘的「他們」，他又叫我小心，那當然是叫我小心「他們」又來對我不利了！

我這句話出口之後，屏風後面，傳來了陶格夫人一下抑遏著的驚呼聲，我吸了一口氣，我無意逼陶格夫婦。這時，絕對可以肯定這一雙夫婦，心地極之良善，他們能夠在自己有極度危險的情形之下出手救我，就是一個證明。

但是我還是必須在他們的口中，進一步弄清楚事實的真相。

所以，我用近乎殘酷的語氣道：「風一停，我出去，是不是很快就會成為第六個被『他們』所殺害的人？」

我這樣說，是在利用陶格夫婦對我的同情心。這種方法，相當卑鄙。我明白這一點，但是我卻沒有第二個方法。

第七部：「他們」是機器人

我尖銳的話，又使得陶格夫人發出一下如同呻吟也似的聲音。接著，陶格先生面色蒼白，自屏風後轉了出來，盯著我：「你究竟想怎樣？」

我攤了攤手：「任何人都不想死，我至少要知道我會如何死，甚麼力量可以令我致死。陶格先生，你不會認為我的要求太過分吧？我的要求就是這樣！」

陶格用手撫著臉，陶格夫人也走了出來，靠在她丈夫的身邊。

他們兩人都望著我，顯然我剛才那番委婉的話，已經打動了他們良善的心。但是從他們猶豫不決的神情看來，他們顯然還有極度的顧忌，要他們透露心中的秘密，我必須進一步刺激他們。

我又道：「我對你們的來歷一無所知，雖然，有人將你們出現之後，十年來的經歷調查得十分清楚，但是我仍然不知道你們究竟是從甚麼地方來的，也不知道你們在躲避甚麼。如果你們躲避的是你們的敵人，那麼，我們至少有共同的敵人！」

陶格的神情十分苦澀，再一次用手撫摸著臉，神情疲倦而慌張，我走向他，他有點疑懼似地震動了一下，而當我的手輕輕地放在他的肩頭上，表示我的友好意願之際，我發覺他的身子，在微微發抖。

我道：「陶格先生，或許你不覺得，你的外形，在我們普通人看來，是一個完美的形象，普通人心目中的英雄，有著高貴的氣質和崇高情操的人，就應該像你這樣子。」

我的話才一出口，陶格先生陡地笑了起來。我之所以這樣說，是希望他變得堅強些，以和他的外形相稱。可是這時，他的笑聲之中，卻充滿了淒涼和無可奈何的意味。他笑著：「或許是，從很早起，人就揀完美的形象來製造玩具！」

我一時之間，還不明白他這樣說是甚麼意思之際，陶格夫人已失聲叫道：「這……這太過分了！」

我不禁呆了一呆，一句在我聽來，幾乎是毫無意義的話，何以竟然會在陶格夫人的身上，發生這樣尖銳的反應？

一時之間。我不知該說甚麼才好。在我沒出聲的時候，陶格先生用一種十分悲哀的神情，望著他美麗動人的妻子：「親愛的，我說的是事實！」

陶格夫人用幾乎等於哀鳴的聲音道：「求求你，就算是實話，也別再說了！」

我全然不明白陶格夫人何以會有這樣的反應，但這時，我卻可以看得出，陶格先生和陶格夫人兩人，在情緒的反應上，有著極其顯著的差異。

陶格先生在驚懼之中還有著激憤和一種反抗，但是陶格夫人卻只有驚懼。我一看出了這一點，不肯放過機會，立時道：「如果事實這樣，不說，並不能改變事實。鴕鳥將頭埋在沙裏，一點也不能躲避開獵人的追捕！」

陶格夫人的臉色慘白，在上下四周的冰色掩映之下，她美麗動人的臉龐，有著一股極其淒豔的色彩，乍一看來，使人感到她整個人也像是冰雕成的，只要輕輕一擊，整個人就會碎裂。給我這種感覺最主要的原因，是我可以肯定知道陶格夫人精神的緊張，已到了她可以忍受的極限，隨時可能崩潰。我話已說出了口，但是我很後悔，怕因此而令得陶格夫人無法支持下去。

陶格夫人不但臉色白，而且身子在發抖，陶格先生立時將她擁在懷裏，那表示他們夫妻之間，有著極深厚的感情。

看了這種情形，我心中的後悔程度更甚，我忙道：「對不起，每個人都有每個人的困難，我不應該太熱心，想去幫助他人，真對不起，我不會再想知道甚麼了！」

陶格夫人用她修長的手指掩住了臉，啜泣了起來。陶格先生長長嘆了一口氣：「算了，我們沒有理由怪你——」他講到這裏，停了一停，才又道：「我看你也疲倦了，這場風，我估計在七小時之後會停息，那時，你就可以離去了！」

我幾乎已要脫口而出，問他怎麼會知道在冰原上突然而起的暴風會在何時停歇，但是我剛才說過，不再問他們更多的事，所以我忍住了，沒有問出來。

反正，我早已知道，陶格是一個具有多方面超卓才能的人。或許他在氣象學上，也有著過人的知識，那就不足為奇了。

我點頭道：「是的，我可以趁這段時間，休息一下。」

陶格先生和陶格夫人的神態，已經比較回復了正常，陶格先生大聲道：「伊凡，拿一個睡袋給衛先生！」

伊凡大聲答應著，走到屏風之後，不一會，就抱著一個大睡袋，蹣跚地走了出來。一個這樣可愛的小男孩，抱著幾乎佔他身高三分之二的東西，那樣子更加可愛。我忙走了過去，將他和睡袋一起抱了起來。

我將他抱了起來之後，在他的臉上親了一下：「伊凡，你還記得我麼？」

伊凡沒有回答，唐娜已叫了起來：「記得，你教過我們，火車上不是追逐的好地方，後來，又請我們吃冰淇淋！」

我空出一隻手來，輕拍唐娜的頭，兩個孩子對我的態度，比較友善，陶格夫人這時已在叫道：「伊凡，快下來！」

伊凡掙扎了一下，落到了地上。陶格先生道：「你可以將睡袋鋪在這裏！」

他指著一個角落，這是冰下室四個角落中的一個，離那座屏風，大約有六公尺左右。我特別提到這一點，是因為看清了自己的處境之後，冰下室中的一切，雖然全在我的視線範圍之內，但是那座相當大的屏風，卻阻擋了我的視線，使我無法看到屏風後面的那一角落，究竟有著些甚麼。

自然，如果我要滿足好奇心的話，大可以走過去看看，但是，我已不忍再使陶格夫人受到刺激，所以我只是略為想了一下就算了。

我照著陶格先生所指，走向那個角落，展開了睡袋，鑽了進去。而陶格的一家人，也一起到了屏風之後。

他們到了屏風的後面，一點聲音也沒有發出來，我屏氣靜息聽了一會，冰下室中，靜到了極點，他們四個人像是幾乎已經不存在一樣。

我實在相當疲倦，但是精神卻處在一種異樣的亢奮中。

我竟在這樣的情形之下，見到了陶格的一家人！這是我事前絕未曾想到的事。

這當然是巨大的突破。

然而這種突破，非但未曾給我帶來解決謎團的希望，反倒增加了謎團。

例如，陶格一家人，究竟是何方神聖？我只知道他們在逃避「他們」，「他們」究竟是甚麼人？

我實在不忍看到陶格夫人這種脆弱的樣子，只好放棄追究！

我在想，風停了之後，只有離去一途，離去之後，該怎麼辦呢？是不是就這樣算了？想到這裏，我不禁苦笑了起來，這可以說是我經歷之中從來也未曾有過的事，一件事情已經發生了那麼久，竟然還身在謎團之中！

我自然地想到了陶格的警告，要我小心「他們」，這一點，我倒不怕，雖然我知道「他們」已經殺死了五個人，而且所用的方法，完全不可思議。但是我倒反而希望「他們」快點出現，「他們」出現，雖有危險，但是也可以從謎團中出來。世上再也沒有比不可測的敵人更可怕，正面的敵人可以應付，而隱蔽的敵人則根本無從防禦！

想了不知道多久，在屏風後面的陶格一家人，一直未曾發出任何聲音來，而我也矇矇矓矓進入了睡眠狀態。

我不說自己「睡著了」，而只說自己進入了「睡眠狀態」，那是由於多年來的冒險生活，使我養成了一個習慣，就是當身在險地的時候，我決不會睡著，而迫使自己在一種半睡不醒的情形下休息。

當我維持著這種狀態相當久之後（當然無法像清醒之際一樣知道準確的時間），我忽然聽到了一陣輕微的聲響，像是有人在低聲笑著。

由於我處身的冰下室，實在太靜，所以即使那種笑聲十分低微，也足以令得我在矇矓之中陡地醒了過來。

我仍然閉著眼，一動不動。在醒了過來之後，笑聲聽來更清楚了，而且，我立刻認出，那是唐娜發出的笑聲。她不但在笑著，而且低聲在說著話：「你去！」

而伊凡立時道：「你去！」

唐娜像是猶豫了一陣：「好，別爭了，我們一起去。」

伊凡立即同意：「好，一起去！」他在講了這句話之後，停了一停，又道：「等一等，要是爸、媽回來了，問起來是誰的主意，那可不是我的主意！」

唐娜道：「那是我們共同的主意！」

我聽到這裏，已經稍微睜開了眼來，心中也十分疑惑。聽這兩個孩子的交談，好像陶格夫婦離開了冰下室！他們離開了冰下室，到甚麼地方去了？

而這兩個孩子這時在商議的，顯然是正要做一件甚麼事，他們準備做甚麼呢？

我略為轉動了一下頭部，將眼睛睜開一道縫，向著聲音傳來的方向。我立時看到唐娜和伊凡兩人，自屏風之後，神情鬼祟，躡手躡腳走了出來。

當他們走出來之後，互望了一眼，立即向著我走了過來。

他們逕自向我走過來，而我所睡之處，離開他們只有六、七公尺，他們很快就來到了我的身前。

在這一剎那間，我的心頭，像是閃電一樣地閃過一個念頭：這兩個孩子向我走來，為了甚麼？

他們來對我不利？

這實在是一個極其可怕的念頭，以這兩個孩子這樣天真可愛的外形而言，我實在不應該這樣想，可是事實上，他們的的確確，正一步一步，向我接近！

我又想起了浦安夫人死前的一句話：「他們殺人」！如果竟然指唐娜和伊凡，那的確夠使人震驚了！而梅耶臨死前，那種恐懼之極的神情，似乎也有了解釋，如果這時，這一雙可愛的孩子，突然對我做出甚麼危害我的動作，我相信也一樣震驚，會留下那種神情來！

我飛快地轉著念，唐娜和伊凡在迅速接近我，當他們來到我身邊，我心中問了不知道多少遍：該怎麼辦？

如果這時走近我的，是世界上第一流的殺手，我一定可以有十種以上的辦法對付，但是，如今向我走來的，只是一個看來只有六歲，一個看來八歲的孩子，而且他們的樣貌，是這樣討人喜歡！

在我還未曾想出任何應付的辦法之際，唐娜和伊凡兩人，已經來到了我的身邊。這時，我反倒定下了神來。

他們向我走來，可能對我不利，這只不過是我的想像，事實是不是真的這樣，還不能夠加以肯定。

就算真是那樣，我如今是在絕對清醒的情形之下，我相信到了最後關頭，我也可以應付兩個孩子！

所以，我仍然維持原來的姿勢，一動也不動。他們兩人，來到了我的身邊之後，互望了一眼，像是有著某種默契一樣，一起伸出手，向我伸過來。

在那一剎間，我心中真是緊張到了極點，可是我卻又看得清清楚楚，他們兩人是空手的，兩隻胖嘟嘟的小手，在向我伸過來。雖然他們的行動惹人生疑，但是在這時，我的心中，不禁暗罵一聲自己卑鄙，怎麼會想到這樣的兩隻小手，會對我不利。

就在這時，他們兩人的手，已經摸到了我的睡袋，當他們的手按在睡袋上之際，突然發力，用力搖起我的睡袋來。

我在那一瞬間，完全明白了！唐娜和伊凡不是想作甚麼，只是想將我搖醒！他們早就有和我接近的表示，但是每一次，都被他們的父母喝止，而這時，他們的父母不在，他們就商量著來將我搖醒，而我在他們向我走來之際，卻作出了如此可怕的想法！實在，他們的行動，和一般兒童，並沒有甚麼分別！

我一想到這裏，心中又暗罵了自己一聲該死，立時裝出被他們搖醒的樣子，睜開眼來，望著他們。

兩個孩子一看到我醒了過來，就不再搖動睡袋，唐娜立時將一隻手指，伸進了口中吮著，望定了我：「先生，你是不是還請我們吃冰淇淋？」

我有點啼笑皆非，忙道：「現在我沒有，以後如果有機會，一定請你們！不但請你們吃冰淇淋，還請你們去迪斯尼樂園玩！」

我真心誠意這樣說，因為可以帶一雙這樣可愛的孩子去迪斯尼樂園玩，那真是賞心樂事！但奇怪的事，唐娜和伊凡兩人，一聽得我這樣說之後，竟然瞪大了眼，又問道：「甚麼是迪斯尼樂園？」

我呆了一呆，望著他們。他們的神情，絕不像是在作偽。可是那實在是不可能的事情，這兩個孩子，竟然不知道甚麼是迪斯尼樂園！如果他們是在西藏騰格里湖旁長大的孩子，我就不會奇怪，但是他們，是隨著父母，在世界各地都停留過的孩子！

這樣的家庭，這樣的孩子，竟然不知道甚麼是迪斯尼樂園，簡直是令人難以相信的事情，其令人不可思議的程度，就像是美國的一個參議員，不知道有基辛格博士一樣！

我望著他們，一時之間，不知說甚麼才好。唐娜又問道：「甚麼叫迪斯尼樂園？」

我吸了一口氣，拉開睡袋的拉鍊，坐起身來，用我的敘述能力，盡可能地向他們講述有關這個全世界兒童嚮往的「聖地」。我自信敘述能力不差，任何孩子聽我講來，都應該眉飛色舞才對，可是我卻越來越覺得不對路，因為我越是說得起勁，唐娜和伊凡倆人，臉色卻越是陰沉。

他們決不是對我的敘述沒有興趣，他們是在用心地聽著。可是從他們的神情看來，我在敘述的，根本不是充滿歡樂的迪斯尼樂園，而是正在講述一個極其悲慘的故事。他們兩人的眼中，不約而同，閃耀著淚花！

看到了這種情形，我實在沒有法子再說下去了！

我停了下來：「你們怎麼啦？不覺得那地方好玩？」

伊凡道：「太悲慘了！」唐娜接著也道：「太可憐了！」伊凡又道：「就像我們一樣，他們為甚麼不逃走？」唐娜道：「伊凡，爸、媽說過，不是誰都能逃出來的！」伊凡大聲道：「等我有力量的時候，我要將他們全放出來！讓他們逃走！」

唐娜和伊凡的那幾句話，是一句接著一句的，我想插口，卻根本無法插得進去。而事實上，我一聽得他們說「太悲慘」、「太可憐」的時候，我心頭已然受了極大的震動，而這種震動，越聽下去越甚。我還無法確知他們兩人這樣說是甚麼意思。但是我可以肯定一點：他們這種急速的講話，全然出自內心，沒有任何做作的成分！

在我心目中的兒童聖地，在他們的心目中，根本是一個悲慘之極的地方！為甚麼他們的觀念，會和普通人有那麼遠的距離？

我又想起那個玩具推銷員李持中的話來：這一家人，有著「玩具恐懼症」！真有「玩具恐懼症」這樣的心理毛病？看來事情不止這樣簡單，伊凡說「就像我們一樣」，那是甚麼意思？他說「他們為甚麼不逃」，又是甚麼意思？

我心中疑惑到了極點，實在不知說甚麼才好，只是怔怔地望著他們。伊凡和唐娜又互望了一眼，伊凡才道：「對不起，我們不想到那地方去！」

這時候，我只是翻來覆去，在想著他們剛才那一番急速的談話，伊凡說些甚麼，我也沒有注意，我只是突如其來地問道：「你們從哪裏逃出來的？」

陶格的一家在逃避，不然他們決不會往格陵蘭的冰下躲藏。他們在逃避甚麼？何以兩個孩子會將他們的逃難，和迪斯尼樂園聯想在一起？

他們是從哪裏逃來的，這一點，實在非弄清楚不可，所以我才陡地問了出來。

唐娜和伊凡聽得我這樣問，突然呆了一呆。我伸出手來抓住了他們兩人的手，神情懇切：「告訴我，你們從哪裏逃出來的？講給我聽，我可以對付你們的敵人，我們一起，力量可以大得多！」

我知道伊凡和唐娜雖然特殊，但他們的心理，卻和一般同年歲的兒童一樣。所以我這時，用容易打動孩子的心的話，和他們說著，想從他們的口中，套出一點實情來。

我的話說得很誠懇，顯然已令得他們心動。他們又互望了一眼，唐娜才道：「我們不知道我們從哪裏來！」

我立時望向伊凡，伊凡也搖著頭，我有點發急：「你們原來那地方，是怎麼生活的？你們住在哪裏？」

唐娜和伊凡仍然答不上來。這時，我想到了他們的年齡。據梅耶的調查，陶格夫婦是十年之前「突然出現」的，那麼，孩子應該還沒有出世。

可是，如果他們根本還沒有出世，他們何以對於逃避也有如此深刻的印象？看來那也不單是他們父母給他們的影響。

我吸了一口氣：「你們不知道，你們的父母，一定向你們說過，他們是從哪裏來的？你們好好想一想，誰先想起來，誰本事大！」

唐娜立即叫起來：「我知道，我聽爸說過，他們，我們，通過了逆轉裝置逃出來，我們的運氣好，逃了出來，別的，運氣不好，逃不出來！」

我呆了一呆，「逆轉裝置」是甚麼東西？這樣一個古怪的名詞，決不可能出於一個孩子的捏造，一定是真有這樣的一種裝置，只不過我對此一無所知。

我忙道：「為甚麼要逃？」

伊凡苦著臉：「主人對我們不好！」

我呆了一呆：「主人？」

伊凡和唐娜一聽得我這樣問，都點了點頭，現出了害怕的神色，四面張望著，像是怕他們的「主人」會忽然出現一樣。

我再吸了一口氣：「別怕，你們的主人是甚麼人？或者說，你們的主人，是甚麼樣子？」

這時候，我心中的疑惑，真是到了極點。唐娜和伊凡的話中，有著太多我不了解的事，但是我卻已經知道，自己快要接觸到事實了！

陶格一家逃出來，他們逃亡的目的，是因為「主人」對他們不好。一般來說，「主人」和奴隸相對，那麼難道說他們是甚麼人的奴隸？和主人之間的主奴關係早已結束了，他們的主人，極可能不是人，而是另一種生物，所以我才改變了問題，問他們，「主人」是甚麼樣子的！

唐娜現出了十分厭惡的神情來：「他們很小，醜陋得很，又壞！」

伊凡恨恨地道：「是，壞得很！」

我心頭怦怦亂跳，剎那之間，有一種天旋地轉的感覺，以致我一開口，聲音變得極其乾澀，令得我自己聽自己的聲音，也有一股極不舒服之感。

我道：「小到……這樣子？」

我一面說，一面用手比了一比，比出的大小，約莫是二十公分高。

我之所以比出了這樣一個高度，是由於我在那一剎間，想起了雪地上的那些「小腳印」。

只有約莫二十公分高的人，才能留下這樣的小腳印！

當我比出這樣大小之際，我真希望他們兩人會大搖其頭，但是世事十之八九與願望相違，他們兩人一看到我的手勢，就連連點頭。

我的心向下沉，又道：「他們，是甚麼樣子的？」

唐娜和伊凡兩人互望著，神情猶豫，我鼓勵著他們，道：「別怕，說出來。」

唐娜道：「我能畫出他們的樣子來！」

我想找紙和筆，但是一時之間卻找不到，唐娜卻不用紙筆，已經取下了她頭髮上的一支髮夾，在平滑的冰上畫起來。

我目不轉睛地看著，唐娜畫出來的東西，當然線條簡單，可是我還是立時可以看得出來，她畫出來的，是一個小小的機器人！

那種機器人的形狀，和李持中推銷的那個玩具差不多！

我也立時想起，李持中說過，向陶格的一家推銷玩具，臨走時曾以這樣的一個小機器人作為贈品，卻發現對方感到了極度驚駭！

我吞了一口口水：「就是這樣？」

唐娜點著頭，伊凡又在冰上畫了幾下，將唐娜所畫的變得更完善，也更可以使人可以肯定那是一個小機器人！

我不自覺地提高了聲音：「這是『主人』？這根本不是人！」

唐娜和伊凡兩人，不知道我為甚麼突然尖叫了起來，嚇得齊齊後退了一步。

我自然不是存心嚇他們的，而是我心頭的震盪實在太甚了，不由自主叫了起來的。

我叫了一聲之後，又盯著唐娜：「你肯定？你肯定沒有畫錯？」

唐娜在我的逼問之下，神情驚惶，一癟嘴，幾乎要哭出來。就在我想將她摟在懷中安慰她之際，屏風後面，傳來了一陣腳步聲，陶格夫婦一起走了出來。

他們才一出現，唐娜立時奔向陶格夫人，陶格夫人抱住了她。陶格先生的臉色十分難看，向前走來，在我面前站定。

這時，我的處境真是尷尬之極，我雖然是被孩子推醒的，可是我卻利用孩子的幼稚，從他們的口中套取秘密，這無論如何不能說是品格高尚的行為。

是以，我不知說甚麼才好，只是掙扎著，從睡袋中出來，站了起來。

陶格先生來到了我的面前，低頭看了看唐娜在冰上畫出來的小機器人，然後，又直視我，緩緩地道：「唐娜沒畫錯，他們大多數是這樣子的！」

我勉力使自己鎮定下來：「機器人？」

陶格閉上了眼睛一會：「是，機器人！」

我又道：「你在躲避的，就是這種小機器人？這……這……」

我在剎那之間，有一種又恐懼又滑稽的感覺。在這種感覺的侵襲之下，我不由自主笑了起來，可是我的笑聲，卻在發顫。

陶格先生還想說甚麼，陶格夫人已經說道：「夠了！真的夠了！」

陶格先生轉過頭去，用一種極其深切的悲哀目光望著她：「我們一直以為自己在逃，已經逃出來了，如今事實可以證明，我們根本沒有逃出來，在這樣的情形下，沒有甚麼更可怕了！」

陶格夫人發出了一下如同抽噎的聲音，沒有再說下去。

我忙道：「如果作怪的是這樣的小機器人，我敢說他們在格陵蘭的冰原上，我在行駛中的雪橇突然翻倒，是他們的把戲！」

陶格先生轉過頭來，望著我，眼中的悲哀神色更甚，他緩緩地搖著頭：「是的，你是一個標準的E型。」

我呆了一呆，「標準的E型」是甚麼意思？我不懂。但我立即聯想起陶格先生的名字，如果直譯的話，就是「C型」，這種分型法，究竟是甚麼意思？

我道：「甚麼叫作標準的E型？」

陶格並沒有立即回答我，只是神情難過地搖著頭，我的心裏，突然起了一陣異樣的衝動：「我是E型，你是C型？」

陶格陡地震動了一下，剎那之間，他臉上脹得通紅，但是一下子又變得煞白，緩緩點了點頭：「是的，我是C型，我們一家全是C型！」

我呆了片刻，道：「這種分型法，是……」

陶格道：「是他們分的。」

我提高了聲音：「『他們』就是這種小機器人？」

陶格的神情，像是疲倦得完全不想說甚麼話，只是點了點頭。

我那種又好笑、又恐懼的感覺，重又升起，乾笑了幾聲：「這算甚麼？只聽說過人替機器分類型，從沒聽說過機器替人分型！」

陶格不出聲，只是怔怔地望著我，我一時之間，也不知該說甚麼才好，冰下室中，重又陷入一片寂靜。在一片寂靜之中，突然傳來唐娜清脆的童音：「媽，這位先生說，有一個叫作迪斯尼樂園的可怕地方，那地方……」

當唐娜的聲音傳來之際，我向她望過去，看到唐娜是仰著頭在對她的母親說話，但是她話還沒有講完，陶格夫人就用手掩住了她的口，同時，用責備的眼光，向我望了過來！

只是她的眼神之中只有責備，或許我不會感到甚麼內疚，因為我並不知道世人心目中的樂園，在他們看來，會是「可怖的地方」。但是，在陶格夫人的目光之中，卻還蘊有一種極其深刻的悲哀，那種眼色，令我心向下沉，覺得極難過。

陶格夫人是這樣的一個美人，這樣的美人，這樣悲哀的眼神，令人十分心折。

我嘆了一聲：「我不是有意的，我的確想帶他們到那裏去玩，那裏是全世界孩子都嚮往一遊的地方！」

陶格夫人沒有說甚麼，只是幽幽地嘆了一口氣，拍著唐娜的頭：「伊凡，過來！」

等到伊凡也來到她身前之際，她道：「你們聽著，現在，去睡，不許再來打擾大人，聽到了沒有？」

唐娜和伊凡齊聲答應道：「聽到了！」

陶格夫人鬆開了手，唐娜和伊凡一起轉到了屏風的後面，沒有再發出甚麼聲響來。

這使我想到，在屏風後面，可能另有通道，通向一間更隱秘的密室。我並不想去證實這一點，因為我發現，我的出現，使得本來生活在恐懼中的陶格夫婦，更加不安，那實在不是我的本意——我想幫助他們。

兩個孩子離開之後，陶格夫婦緊靠在一起，在一個墊子上坐了下來，望著我，又互望著，陶格夫人先開口，道：「衛先生已經知道很多了！」

陶格先生嘆了一聲，我道：「不是很多，唐娜說，你們是通過了一個甚麼『逆轉裝置』來的，可是我完全不明白那是甚麼！」

陶格先生的神情，在我說這兩句話之際，出現了一個短暫時間的激動，但隨即平靜下來。看他平靜得如此迅速的樣子，像是他的心中已經有所決定，是一副甚麼都不在乎了的神情。

他道：「我向你很簡單地解釋一下，你就可以明白，這並不複雜。」

我吸了一口氣，看來，陶格已準備對我講出他的秘密了！這正是我多少日子來所想的事，我立時全神貫注，聽他的解釋。

陶格略停了停，道：「所謂『逆轉裝置』，就是令電子運行方向逆轉的一種裝置。」

我皺起了眉，陶格的話我聽得很清楚，可是我不明白。我自然知道「電子運行的方向」是怎麼一回事。可以將電子運行的方向逆轉？這種大膽的設想，從來也不知道有人提出過，甚至這種想法，也未見諸任何科學文獻之中，這使我不知所對。

第八部：成了俘虜

世上所有的物質，皆由分子組成，分子由原子組成，原子的結構是電子以一個固定的方向，繞著中心旋轉。

例如，氫的原子結構，是由一個發陰電的電子，以固定的方向，繞著一個中性或帶陽電的中子來旋轉。這已經有了科學定論。

而世上之所以有各種各樣不同的元素、物質，其最初的決定因素，就是電子和電子層的結構，再決定這個物質的形態、性質。

再例如，最普通的水，是兩個氫原子、一個氧原子所組成的。而這兩個氫原子、一個氧原子的電子層結構，是電子繞著中子的固定方向旋轉。

如果電子旋轉的方向逆轉了，原子的質量、重量、電極，都不會有任何改變。但是，方向逆轉的兩個氫原子和一個氧原子，是不是仍能組成水？還是變成別的東西？如果是水，那應該是甚麼樣的水？

我在剎那之間，只覺得自己的頭部實在太小，小到無法容下這麼多的想像，因而有一種脹裂的感覺。

在我沉思之間，陶格先生並不曾打斷我的思路，直到我又向他望去，而我相信我的神情正極度迷惘，他才道：「我相信你明白電子運行方向這回事？」

我開了口，在我聽來，我自己的聲音，像是來自極遙遠的地方，我說道：「是的，我明白。」

我在講了這三個字之後，立時又道：「可是我不明白，電子運行方向逆轉？這究竟是怎麼一回事，是誰作出這種史無前例的假設的？」

陶格道：「不是假設，早已有這種逆轉力量了！」

我的呼吸不由自主，變得十分急促：「早已有這種逆轉力量？請問，如果將組成水的氫原子和氧原子的電子運行方向逆轉，那麼，組成的是甚麼？」

陶格的回答很平靜，和我的激動相反，他道：「水，還是水！」

我怔了片刻，道：「一樣，不變？」

陶格道：「外形完全不變！」

我喉際發出了「咯」地一聲響：「變的是甚麼？」

陶格道：「是性質！」

我幾乎是失聲叫出來的：「變成甚麼樣子？」

陶格道：「相反。」

陶格的回答，每一次都極簡單，可是他簡單的答案，給我心頭的衝擊，力量卻是大得出奇，以致我不由自主喘息起來。

我又疾聲道：「性質相反？這是甚麼意思？水就是水，熱到一定程度會變氣體，冰到一定程度，會結成固體。」

陶格點頭道：「是，可是相反！」

我實在有點忍無可忍，我直跳了起來，我已經完全明白了他的意思，可是我卻絕對無法接受。我在跳了起來之後，幾乎是在嚷叫，以致冰下室的冰壁之上，響起了輕微的「嗡嗡」回響，我道：「你想使我了解，世上有一種水，熱了反而會結冰，冷了反而會變氣體？」

陶格這一次，乾脆連簡單的回答都不給我，只是望著我，點著頭。

我突然哈哈大笑起來，揮著手：「你會有這種怪念頭，我很佩服，佩服之至，不過你要使我相信，我看還做不到！」

陶格夫人這時開口了，她道：「他不是想令你相信，他只是要你明白，『逆轉裝置』是怎麼一回事。」

我奔向一面冰壁，將自己的臉，貼向晶瑩的冰。這樣做，本來是很不智的，因為冰下室的氣溫也十分低，我將臉貼向冰壁，可能在移開之際，寒冰會將我臉上的皮膚，黏下一層來。

但是我實在太需要清醒一下了，我已顧不了那麼多，所以我將臉貼了上去，我立時感到一陣冰凍滲入，那的確使我神智清醒不少。

陶格和夫人一起驚叫道：「快挪開！」

我這時，由於極度的迷惑和激動，使我的體溫提高，甚至全身在冒汗，由於這個緣故，我臉貼上去之處，冰室被我溶化了少許，聽得陶格夫婦這樣一喝，我忙移開了身子，不少水珠，沾在我的臉上，在我臉一移開之後，水珠立時又變成了冰，我伸手在臉上一摸，摸下了很多冰屑。

冰屑在我手中，又溶化成為水珠，我喃喃地道：「一種熱了會結冰的水……」

陶格道：「如果水的組成分子，原子中的電子行進方向，一直以來都是相反的話，那麼，熱了會結冰的水，就像現在冷了會結冰的一樣天經地義！」

我呆了一呆，將手中的冰珠在身上抹去。陶格的話發人深省，如果亙古以來，水的性質就是熱了會結冰，冷了會變汽，那麼，還不是和現在一樣？

我雖然想到了這一點，但是一想到熱辣辣、燙手的冰，還是有極度的不可思議之感。我那種感覺，一定反應在臉上，所以使陶格看穿了我的心意。他又道：「所謂冷、熱，只不過是反映感覺的一個字。如果人類的祖先在創造語言之際，將冷和熱調換過來，還不是一樣！」

我越想越覺得腦中混亂，決定不去想它。因為陶格用水來作例子，只不過是想說明那個「逆轉裝置」是怎麼樣的一回事而已。事實上，水是冷了結冰，還是熱了結冰，和他的經歷，和我所要解開的謎，沒有關係。

我說道：「好，這不必討論了，那個電子運行方向逆轉裝置，是甚麼玩意？如何可以幫你們逃出來？你們又是從哪裏逃出來的？」

我接連提了三個問題，後兩個問題，已經直接接觸到了問題的核心。我估計陶格會對回答這兩個問題相當困難，我也沒有期待他會立刻回答。

果然，陶格的臉上，現出極度猶豫的神色來，他用手用力撫著臉。我等了他一會，才道：「你遲早要告訴我，而且，你已經決定要告訴我，你還猶豫甚麼？」

陶格向他的妻子望了一眼，兩人看起來，都像是下了最大的決心，陶格毅然說道：「好的，我們……我們這一家人，來自一個……」

陶格講到這裏，我的精神，真是緊張到了極點，因為近一年多來，縈迴在我心中的謎團，終於可以揭開了！

可是，陶格才講到這裏，陡地停了下來，剎那之間，他的神情變得如此驚恐，令我也感到了那種恐懼。他臉上的肌肉，不住簌簌地發抖，而且抬頭，向上面看去。

我不由自主，也跟著他抬頭向上望去，一望之下，我也不禁大吃一驚。

只見在冰下室的頂上，就在我跌下來的那個「活門」的位置上，極其迅速地出現了一個小洞，那個小洞，好像是被一股極其灼熱的射線射出來的，只不過五厘米直徑，在小洞旁邊的冰，正在溶化，向下滴來，形成一條細小的冰柱。

在我還未明白究竟發生了甚麼事之際，陶格已發出了一聲慘叫：「快帶孩子躲下去！」以後，接下來的一切，全是在極短的時間內發生的，而變故來得如此突然，以致我根本無法確切知道究竟發生了甚麼事，也無法去留意陶格和他的家人，在那一剎間，做了些甚麼。

我只是抬頭一看，正在驚詫於何以冰下室的頂上，忽然會出現一個小孔之際，那個小孔已經穿了，看來是從上面的冰層上，穿透了陶格所佈置的裝置直穿下來的。因為這個小孔一穿，我就聽到了冰原上傳來極其淒厲的風聲。

我在跌下來之際，曾經留意到，我是穿過了一個相當厚的金屬蓋才落下來的，在那一剎間，我根本沒有時間去想，究竟是甚麼力量，可以使得金屬蓋和相當厚的冰層洞穿。

因為在我一看到小孔出現之際，一股極強的光線，已然電射而下。

一直到很久之後，我還是說不出那股光線的顏色來，我無法形容得出那是甚麼光線，只是在當時的感覺上，那是一股強光，有著極其絢麗色彩的一股強光！

任何人，遇上了這樣的強光當頭罩下來，最自然的反應，就是用手遮住眼睛。在那時，我的動作也是一樣，揚起了手來。可是我才一揚手，那束強光，就像是甚麼實物一樣，緊緊束住了我的手腕，同時，我的身子竟被向上提起，雙腳懸空！

我心頭的吃驚，難以形容，當時，我可能大叫一聲，也可能沒有叫，總之，身子在迅速向上升，我可以肯定，向上升的力量，就是那股束住了手腕的強光。

那股強光，竟像是一股七彩絢麗，會發光的繩子，束住了我的手腕，將我提向上！

我竭力掙扎著，但是一點用處也沒有，我想向陶格求援，但是沒有機會看到冰下室中的情形了，又一股強光疾射而來，直射向我的面門。

那股強光一照到了我的臉上，我變得甚麼也看不見，同時也喪失了知覺。

在我喪失了知覺之後，又曾發生了一些甚麼事，當然無法知道，也不知道自己究竟喪失了知覺多久，當我又開始有感覺時，只覺得全身有一種異樣的刺痛。

一開始，我還不知道這種刺痛由甚麼造成，但是立時覺察這是寒冷。

寒冷令我感到全身刺痛！

我一面迅速地使自己神智回復清醒，一面睜開眼來。

當我睜開眼來之後，我真正呆住了！一生之中，我曾遇到極多的怪事，但是卻從來也未曾有過這樣的經歷！

我根本無法相信自己的眼睛，一看之下，以為一定神智還未復甦，那是可怕的噩夢！所以，立時又閉上了眼睛。

但是，當我閉上眼睛之後，我又在心中告訴自己，不是噩夢，是事實！

雖然難以相信，但是，那是事實！

我再度睜開眼來，果然那不是夢境！

我在離冰雪大約只有一公尺的高度處，平躺著，迅速地在向前飛行。我飛行的速度極高，而冰原上的烈風，還在繼續著，所吹起的積雪，像排山倒海也似，向我壓過來，可是卻又沾不到我的身上。在我身上的四周圍，有一股柔和、淺黃色的光芒籠罩著。

這種光芒，看來和電力不足的電燈差不多，卻像保護罩一樣，將我的身子罩在其中，積雪挾著烈風，就在那種柔和光芒之外，紛紛散開，一點也沾不到我的身上！

單是這樣的情景，還不足以使我以為身在噩夢中，更令我全身僵硬的是，在迅速「飛行」著的我，一絲不掛，赤身露體！

這真是荒誕到了極點的事！

是誰將我全身的衣物全都取走的？我根本無暇去想，我看清楚了自己的情形，而且肯定了那不是夢之後，立即想到了梅耶和齊賓。

他們兩人，正是赤身露體死在冰原上！

包圍在我身邊的那種黃色光芒，可能有一定保溫作用，使得我和嚴寒的空氣隔絕，暫時可以支持下去。

本來，我以為命在頃刻，所以腦中一片空白，這時略為定下神來。第一樁要弄清楚的事，是我何以會這樣平平地迎著風力強大的冰原烈風向前飛行。

我試圖移動手、足，但是好像全被甚麼束住了，連頭也不能轉動。我看不出有甚麼東西在束縛著我，只好假設，那團長方形、籠罩著我的光芒，是一團實體，而我就被嵌在當中，情形和昆蟲被嵌在松脂之中一樣。

我看到在包裹著我的那團光芒的一頭一尾，另外各有一股光束，斜伸向上，在那兩股約有一公尺長短的光束盡頭，聯著兩個小小的黑點。

由於烈風吹著積雪，成團的積雪飛舞，所以一開始，我看不清楚那兩個黑點是甚麼東西。但當我用心注視，終於看清楚了！

那不是甚麼黑點，而是兩個約有二十公分高的小機器人！

那種小機器人的形狀，和唐娜在冰上畫出來的，極其相似。我同時也看清，光束自他們的一隻手上射出來，包圍我的光芒，也由光束化開來而形成，那兩個小機器人，正放出一團光芒，將一絲不掛的我包圍著，帶著我在迅速向前飛！

那種小機器人！

那種小機器人，就是陶格一家逃避的目標，也就是陶格口中的「他們」！

那究竟是甚麼東西？是哪一個空間裏來的怪物？現在他們又準備將我怎麼樣？

我心中真是亂到了極點，不由自主，陡地張口，大叫起來。我的叫聲，聽來十分沉鬱，像是被甚麼東西阻住了！

我不管「他們」是不是聽得到我的叫聲，只是不斷叫著。突然，飛行停止了，在急速的飛行中突然停頓，使我登時氣血上湧，極其難過。

一停下來，我的身子就向下落，同時，身外的那團光芒也消失。大團積雪挾著烈風，立時襲來，那種極度的寒冷，也幾乎令我立時閉過氣去。

風雪瀰漫，根本無法看到任何東西，不知道那兩個小機器人到了何處。我想到：沒有了那團光芒的保護，一定要死了，在臨死之前，一定要盡力掙扎。

或許，我只能掙扎十秒鐘，或者，二十秒，但是我必須竭力掙扎。

我咬緊牙關，全身麻木，但是，居然給我挺直了身子。可是，強風立時將我吹倒，順著風向外滾去。

我將自己估計得太高了，以為可以掙扎十秒二十秒，但實際上，怕只有五秒鐘的時間，就再度喪失了知覺。

這一次，在我又喪失知覺之前，我拚命在揮舞著雙手，可以看到雙手在揮動著的時候，突然僵在半空！

毫無疑問，我非凍死在冰原上不可，我甚至已期待著靈魂上升。

可是，不知過了多久，我又有了知覺。首先恢復的是聽覺。

我聽到一連串有規律的、長短不同的「滋滋」聲，像是有人在打電報。接著，全身那種刺痛又來了，我並不是不能忍受痛苦的人，可是這時，我卻忍不住大聲呻吟起來。

一面呻吟，一面張開眼，我發現自己在一個冰洞中。那冰洞相當深，像是在冰原上挖出來的一口井，那團光芒又包圍了我，向上看去，冰洞的口子離我大約有二十公尺，強風還在繼續著，由於風力強，口子小，所以在烈風捲過之際，並沒有多少積雪落下來。

我躺著，身在那團光芒之中，不能動彈，我又看到了那兩個小機器人，「他們」在我上面，懸空，行動迅速而自如，在飛來飛去，不斷發出「滋滋」的聲響。

從他們的行動看來，他們像是正在觀察我，我大聲叫了起來：「帶我去見你們的主人！」我這樣叫，是我以為，這兩個小機器人，只不過是機器人。機器人，一定由人製造出來的，和機器人無法打交道，我需要見製造他們的人。

我叫了幾次，這兩個小機器人中的一個，心口突然射出一股光芒，那股光芒很細，射向我的心口，恰好是在我的心臟部位。

我陡地震了一震，那股光線，並沒有殺傷力，射到了我的身上，一點感覺也沒有。或者，是我根本麻木得失去了知覺。

那股光芒立時縮了回去，接著，又是一陣「滋滋」的聲響，小機器人的頭部轉動著，看來像是兩個小機器人，正在商量甚麼。

當我想到這一點的時候，我不禁有極滑稽的感覺，我竟落在這樣兩個小機器人的手中，任由他們擺佈而毫無辦法！

看來我全然不是對手，我和他們之間力量的對比，猶如一個人和一隻螞蟻！我根本不知道那團黃色的光芒是怎麼一回事，而我在那團光芒的籠罩之下，簡直就像是嵌在實質中一樣，一動也不能動！

我還想再叫，可是就在這時，籠罩住我的那團光芒，黃色在漸漸加濃。隨著這種變化，我身上的刺痛，在漸漸減輕，在極短的時間內，甚至有了溫暖的感覺。

這時候，我心中真是驚訝到了極點！

當我上一次醒過來，發現自己在黃色的光芒中「飛行」之際，我已肯定那團光芒，有著保溫的作用。但是我決無法想像，這團光芒，竟然還可以調節溫度！原來的溫度太低了，使我感到刺痛和寒冷，現在，我雖然身在冰洞之中，但是黃色加濃之後，居然如身在春天的陽光之下一樣！

雖然我知道自己這時的處境，仍然極其不妙，但是至少已沒有了痛苦，我長長地吁了一口氣，決定靜觀其變。

在黃色加濃之後，那團光芒的透明度已大不如前，所以我通過光芒看出去，那兩個小機器人，也不再那麼清楚，不過仍然可以看到他們在移動。

大約十分鐘左右，忽然感到身子在向下沉，大約沉了二十公尺左右才停止，耳際仍然不斷聽到「滋滋」的聲響，像是那兩個小機器人，還在不斷地互相交談，而且是一種很焦急的交談。

我實在不知道該怎麼好，我又大叫了幾聲，叫的全是些沒有意義的話，例如「給我衣服」、「你們究竟是甚麼人」之類。我明知我不能和這兩個小機器人交談，可是除了這些話之外，實在不知道該說些甚麼才好。

在我不斷呼叫之間，突然，那兩個小機器人，穿過了黃光，落到了我的胸膛之上。

他們停在我心口，頭部轉動，有幾點光點，不斷在閃動著，「滋滋」聲也越來越急促，在他們的身體各處，都有其細如線的光芒射出來，射在我的身上，這種光線，射在我的身上，又一點感覺都沒有。

在那一剎間，我的心中，陡地興起了一個極其荒誕的念頭，由於這兩個小機器人的行動十分快疾，他們給人以「活」的感覺。

這種「活」的感覺是如此之強烈，以致在剎那之間，這兩個小機器人，在我看來，他們根本不是機器人，而是有著機器人外形的一種生物！

同時，我也感覺到，他們發出來的那種「滋滋」聲，是他們正在交談，而自他們身上射出的那些閃耀不停的光線，是他們正在觀察我、檢驗我！

我又進一步地感到，從兩個小機器人的動作看來，十足就是兩個捉到了甚麼不知名小動物的兒童，他們正在商量著用甚麼方法來飼養這小動物！

而我，就是這個小動物！

我注視著他們，他們繞著我的身子飛行了一陣之後，陡地飛到了我的頭上，又是兩股光線射來，我並不感到痛苦，當那種光線射向我的頭部，就極度睏倦。

通常，每個人都會有這種睏倦感，在進入沉酣的夢鄉前的一剎那，這種感覺有時可以維持數分鐘之久，而這時我所感到的，卻不過是十分之一秒！

在那極短的一剎間，我完全明白了齊賓和梅耶兩人的死因。他們兩人，一定是在同樣的情形下冷死的，他們死了之後，屍體就被棄在冰原之上。

我想到了梅耶和齊賓的死因，卻不感到恐懼，原因說起來很滑稽，而且十分荒謬，但人到了一籌莫展之際，總會想些荒謬的理由來安慰自己。

我所想到的是：我是被人捉住了的「小動物」，齊賓和梅耶，可能是那兩個小機器人第一次的捕獲物，兩個人死了，我是他們第二次的捕獲物，他們應該有點經驗，不致於再將我弄死！

這情形，像是兒童第一次捉到了一隻螳螂，不知道如何飼養，很容易死去，但當兒童第二次捉到螳螂之後，當然會變得有經驗！

一直到以後很久，我仍然覺得這種想法滑稽絕倫，但是這種想法卻有一大半對！我能不死在冰原上，正由於此！另一半的原因，是我受過嚴格的中國武術訓練，耐寒能力遠在齊賓和梅耶之上！

我三度失去知覺，又過了不知多久，才醒了過來。我不急於睜開眼來，因為覺得暖洋洋的，十分舒服。

而這種溫暖的感覺，像是來自甚麼柔軟東西的掩遮，說得明白一點，我的身上，蓋著一張毯子。

在我的冒險生活中，接連三次不省人事，而且連任何反抗的機會都沒有，真是不可想像。為了不想讓「對方」知道我已經醒了，所以仍然不動，慢慢地睜開眼來。

我在一個箱子之中，箱中有著微弱的光芒，那些微弱的光芒，足可以使我辨認出，箱子是金屬製成的。我身上裹著一條毯子。

可以供人躺著的長方形箱子，使任何人立即聯想起棺材，我立時伸手向上頂去，想將這個箱子的蓋頂開來。

可是不論我如何用力，一點用處也沒有，仍然是在這個箱子之中。我開始轉動身子，身上仍沒有穿上衣服，用腳撐向上面，希望可以撐開一點空隙，但一樣沒有用。

在那個金屬箱子之內，我足足忙了有十來分鐘，滿頭大汗，一點結果也沒有。這實在是駭人之極，我是不是被活埋了？在一口金屬棺材之中，已經被埋到了冰原之下？

一想到這一點，我膽子再大，也忍不住呼吸急促。但是我立時又知道，至少暫時生命不成問題。

在體積這樣小的箱子中，應該呼吸不暢順，但這時，我吸進的是極其純淨的空氣，當我大口大口呼吸著箱子中的空氣之際，甚至有身心舒暢之感。

我嘗試叫了兩聲，沒有反應，明知掙扎沒有用處，我也躺著不再動，以節省體力。

我的肚子開始飢餓，口開始渴，而且我全然不知道自己置身何處，結果會如何，這令人極其焦慮。

靜待了半小時，我聽到了一陣聲響，箱蓋漸漸向外移開，箱蓋由頭部向腳部移動，所以，移開了一半，我已經可以從那箱子中坐起來。

一坐起來，外面的情形，自然看得清清楚楚，我不在冰原上了！

我處身在一個極大的空間。

這個空間，或者可以說是一間房間，但我以前從來也未曾見過這樣大的房間，甚至用「寬廣的大廳」來形容，也不足以說明這間房間之大。它的每一邊，至少有八十公尺，可是相當低矮，大約只有三公尺高，房間的一角，有著間隔，由於我只是坐著，所以我看不清那兩公尺高的「牆」後面，有甚麼東西在。

「房間」的另一半，是草地，還有一個相當大的水池，和一些普通高級住屋中的設施，還有滑梯、秋千架等東西。向上看，上面是一片銀灰色，看來像是半透明，也不知是甚麼東西。

我心中的疑惑，真是到了極點！這是甚麼地方？這樣大的一間房間，又算是甚麼？

我一面想，一面將毯子裹在身上，離開了那金屬箱子，一時之間，不知如何才好，先走向那片草地。那是真正的草地，柔軟而有著青草的芳香，在草地的邊緣，是一片相當美麗的花，種得很整齊。

我在草地呆立了一會，轉過身來，看著那一列兩公尺高的「牆」，這時，我突然感到，如果將一幢連著花園的房子，放進這間「房間」之中，那麼，佈置、方位、格局，就應該像如今這樣。在那些「牆」後面，應該是屋子才是！

我一想到了這點，立時大聲問道：「有人麼？」

連問了幾聲，沒有回答，我向前走去，來到了「牆」前，果然發現了一道門，推開門，我更加怔呆了。

門內，是一個客廳，有著十分高雅的陳設，我又問了一聲：「有人麼？」一面問，一面走進去，客廳中，甚至有柔軟的地毯。

穿過了客廳，看到臥房、浴室、廚房，應有盡有，毫無疑問，那是一層標準設施的房子！可是，它的牆一律只有兩公尺高，而且，整個房子和外面的水池、園地，在一間極大的「房間」中！

我在一張沙發上坐下來，不住地用拳頭敲打著自己的頭部，想弄清楚那究竟是怎麼一回事，可是一點結果也沒有，完全無法想像。

我再一次巡視，毫無疑問，那是極其舒適的屋子。世界上能夠享受到這樣屋子的人並不多。

這間房子的主人又是甚麼人？我心中充滿了疑問。我一直裹著毯子在走來走去，但當我無意之間，拉開這室中的一個櫃子之際，我又呆了一呆，櫃子中有著許多衣服！

衣服，是和普通的情形一樣，掛在衣架上，再掛在櫃子中。打開櫃子，看到很多掛著的衣服，這本來是一種極其普通的情形，可是我這時，看著這種普通的情景，卻起了一種極其妖異恐怖之感。

那些衣服的顏色，全都鮮豔絕倫，簡直是七彩繽紛，再加上金、銀的閃光。所有的衣服用閃光料子做成，看得令人目眩。

我呆了好一會，才有勇氣伸手去摸那些衣服。衣服的料子，很柔軟舒服，那些衣服雖然怪異，但比起裹著毯子來，總要好一點，所以我揀了一件閃亮的淺黃色而有黑條紋的連衫褲，又在衣櫃的抽屜中，找到了一樣顏色豔麗的內衣褲和襪子，也找到了一雙有著閃亮銅釘的靴子，穿起來之後，在房中的一面鏡子上一照，如果不是我的處境如此令我迷惑，以致內心有一股莫名的恐懼蘊藏著，我一定會哈哈大笑起來。

我這時的樣子，簡直是滑稽到了極點，任何馬戲班中的小丑，都比不上我！

我又感到飢餓，屋子中既然有衣服，也應該有食物，所以我到了廚房。

果然，極現代化的廚房之中，各種食物應有盡有，而且還有著各種炊具。

正當我懷疑這些炊具是不是可以應用之際，我順手按下了一個掣，一個爐灶上面，就冒起了一團藍色的火焰。

看到了火，我不禁發出了一下歡呼聲，不到半小時，我為自己弄了一份極其豐富的食物，包括一塊鮮嫩的牛肉，和兩隻足有二十公分長的大蝦。而且，還有一瓶十分美味的酒來佐餐。

吃完了這餐飯，我想知道是甚麼時間，這才發現這間「屋子」之中，根本沒有任何標誌時間的東西，沒有鐘，沒有錶，甚麼也沒有。而我的手錶，早在我在冰原上變得赤身露體之際，已經不見了。

我又花了一點時間，巡視「屋子」，然後，又走了出去，在草地上停了片時，在那個水池邊坐了一會，四周圍極靜，我大聲叫了片刻，沒有回音。我想弄清楚那種柔和的光線是從哪裏來的，也沒有結果頂上，一片銀白色，由於不是十分高，我攀上秋千架，伸手就可以摸到頂，摸上去，那是一種觸摸到了毛玻璃的感覺，用手敲上去，發出啪啪的聲響。

我自信有十分敏銳的判斷力，但如今，我處身在甚麼地方，卻完全無法知道。

第九部：我是他們的玩具

在接下來的時間中，我曾用盡方法想離開這個「大房間」的範圍，但是一點結果也沒有。我不知道過了多久，大約總是三四天，我用來判別時間的方法是由飽到飢餓，大約有八次之多，那可能是三四天的時間了。

廚房中的食物漸漸減少，我估計還可以維持兩餐到三餐。在這一長段時間中，我心中的疑惑、怪異，真是難以形容。我相信精神稍微脆弱一點的人，一定會變成瘋子！

我開始感到，我正在受著一種禁閉。但這是甚麼樣形式的禁閉？生活不能說不舒服，在食物未曾用完之前，我除了吃飽了睡之外，根本不必擔心其他的任何事。

但是這種怪異莫名的，與世隔絕的禁閉，可以令人瘋狂！

我躺在草地上，竭力在設想：禁閉我的是甚麼人？是那兩個小機器人？他們從哪裏來？何以他們會有這樣的力量？

正當我在這樣想的時候，突然，我聽到「啪」地一下聲響。

這是我處身在這樣一個環境之後，第一次聽到不是由我所發出來的聲音。所以儘管聲音不大，我還是直跳了起來，向聲音傳來的地方看去。

聲音是從「大房間」的頂上傳來的，當我循聲看去之際，那個頂，看上去銀白色，摸上去像是玻璃一樣，敲上去，也有「啪啪」的聲響，無論從哪一方面去感覺它，都是一種固體。可是這時，我卻看到了這種固體在「溶」開來。

或許，「溶開來」不是很好的形容，應該說，那個「頂」像是一團雲一樣，密度很稀，正有東西自它的上面擠進來。

擠進來的，是一個木箱，大小如我們常見的蘋果箱，上面有一根鍊子吊著，木箱晃著，向下垂來。

一看到這樣的情形，我大叫了起來：「你們是甚麼人？將我關在這裏，是甚麼意思？」

我一面叫著，一面向前疾奔而出。

在這段時間中，我對於矮牆內「屋子」的間隔，已經十分熟悉，一看就可以看出，那個木箱，垂向「屋子」的廚房，所以我一面叫著，一面直奔向廚房去。

當我奔進廚房時，那隻木箱，已經落到了地上，吊木箱下來的那條鍊子，連著一支鉤子，正在向上縮回去，我大叫一聲，一躍向前，想去抓住那個鉤子。鉤子正在向上伸，如果我抓住了它，就可以連我帶出去了。

可是我的動作雖然快，鍊子上升的速度更快，我一躍而起，鍊子「唰」地向上縮，我竟沒有抓到！

我抬頭向上看去，鉤子已經自頂上沒入不見，我像瘋了一樣，立時搬過了張桌子，跳上去，用手去按那個「頂」，但是，「頂」是實質的，我又跳下來，抓起一張椅子，再跳上去，用椅子砸著那個「頂」，可是直到椅子砸得碎裂了開來，「頂」上卻一點碎裂的痕跡都沒有！

我在桌上，慢慢蹲了下來，心中有說不出的怒意，大叫著，跳了下來，推翻桌子，一腳向那木箱踢去，木箱被我踢開，首先滾出來的，是七八隻又紅又大的蘋果。我呆了一呆，再向箱子看去，滿滿一箱，全是各種食物。

在廚房中，發現有食物，當然揀我喜歡吃的來煮食，這時，廚房中原來的食物，被我消耗了一大半，而在木箱中的食物，全是我首先弄來吃的那幾種，牛肉、大蝦等。

在那一剎間，只覺得心向下直沉，全身冰涼，抬頭看看「頂」，身子在不由自主發著抖。

本來，我對於自己的處境，雖然覺得極其不妙，但是我只當自己一個人獨處，從來也未曾想到會有人在監視著我。

可是這時，當我抬頭向上，隱約感到，不知道有多少眼睛，透過那個「頂」在看著我，這種感覺，令我全身發毛，直冒冷汗！

我當然無法看到真有甚麼人在盯著我看，可是那箱食物，在我喜愛吃的東西吃完之後，立時又有一箱送了進來，要不是有甚麼人一直在注視著，怎麼會有這樣的情形出現？

一有了這種想法，心頭的恐懼難以形容！我現在算是甚麼？穿著閃亮發光，顏色豔麗的衣服，在一間屋子裏走來走去，屋子外面是一塊空地，可以供我活動，我完全出不去，如今的情形，和一隻關在籠子的小動物，有甚麼不同？

我被人禁閉著，我被人「養」著！那情形，和孩子飼養小動物作為玩具一樣！

我現在就是玩具！

這或許正是為甚麼所有的衣服全都那樣豔麗奪目的原因，誰都希望自己的玩具好看些！

在那一剎間，我也想起了陶格的話：「從來人就用美好的形象來製造玩具！」

我也記得當時，陶格夫人在聽到了這一句沒有意義的話之後所受的震動。我當時不明白，但是我現在明白了，只有在被當作是玩具之後，才能體會到玩具的心情。

陶格夫婦、唐娜和伊凡，他們一家，一定曾有過和我同樣的經歷，他們一定也曾被人當作玩具來飼養過，所以他們才會對玩具產生這樣的恐懼、厭惡心理。所以才會將迪斯尼樂園，稱為「可怕的地方」！

我一面迅速地想著，一面喉間不住發出「咯咯」的聲響來，我衝出廚房，衝進客廳，在客廳上，有一列書架，架上有不少書本，那些書本，我連碰也未曾碰過，因為我以為那是一些陳列品而已。但這時，我卻想到了陶格先生豐富的學識，這種學識，不可能與生俱來的，他一定是通過了甚麼學來的，能使人得到學問的東西，當然是書。

我在書架前站定，才發現架子上的書本，種類極其豐富，如果我要將之全部看完，只怕至少要三年時間，我其實毫無目的，我根本不知道自己為甚麼要這樣做，我將架上的書，一大疊一大疊撥下來，任由它們散落在地上，然後，我甚至將整個書架，推倒在地，我開始破壞屋子中的陳設，直到我幾乎都無法找到地方站立為止。

我這樣做，是潛意識的一種反抗。我覺得自己在過去幾天之中太順從了，我要製造一些麻煩，就像麻雀被頑童抓住了關在籠中的時候，要不斷飛撲反抗！

我喘著氣，想從客廳進入房間，去繼續我的破壞行動，向監視我行動的人表示反抗，突然聽到大門口傳來了一個十分柔和的聲音：「你在幹甚麼，這表示甚麼？」我陡地震動了一下，自從在冰原上昏迷，醒來之後，就處身在一個這樣奇異的環境之中，還未曾聽到過有人講話的聲音。

這時，突然有人向我說話，而且，聲音是那樣柔和動聽。我立時轉過身，循聲看去，看到一個人，自門口緩緩走了進來。只走了幾步，就停下，因為地上全是雜物，凌亂不堪，根本無法再向前走來。

但是，我已經完全可以看清楚走進來的是一個甚麼樣的人。那是一個少女，美麗得難以形容，有著一頭白金光澤的頭髮，發育極其良好，看來還不滿二十歲，肌膚雪白，眼睛明亮，有著一切美女的條件，雖然她穿著的衣服，和我一樣滑稽，也是一種豔麗色彩的衣服，但是她那種明豔，令人一看就要發出讚嘆，她甚至比陶格夫人更美麗動人！

我呆呆地望著她，她也望著我，隔了好久，我才道：「你是誰？你是怎麼來的？」

那少女道：「你是怎麼來的，我也是怎麼來的，何必問我？」

我呆了一呆：「我不知道自己是怎樣來的；所以我才問你！」

少女也一呆，望著我，神情有點木然地搖著頭：「一點也沒有趣！」

她一面說著，一面推開了一些雜物，又向前走出了幾步，在一張被我推倒的沙發上，坐了下來，這才又抬頭向我望來：「你是E型的吧？」

我陡地震動了一下。

「E型」！同樣的話，我曾聽得陶格先生說起過，當時我還曾問他，究竟是誰將人這樣分型的，可是未曾獲得陶格的答覆。

而這時，那少女又這樣問我，我陡然之間明白我處身何處了。

我是在陶格一家逃出來的那個地方！在這裏，所有的人，一定全已被分成了若干類型！那麼，這裏究竟是甚麼所在呢？

我一面迅速地想著，一面以極疑惑的神情，望著那少女，道：「你又是甚麼型？」

少女揚了揚眉：「當然是C型，他們只要C型的女人！」我喉間發出了「咯」地一下響，不由自主，吞下了一口口水：「你……你認得一個叫陶格先生的人？他們一家，有兩個可愛的孩子！」

少女搖了搖頭：「我不知道，我才從培育院出來，沒見過甚麼人！」

我又道：「培育院？那是甚麼地方？」

少女的神情顯得很不耐煩：「你不滿意？如果不滿意，可以調換！」

我莫名其妙：「調換？調換甚麼？我為甚麼要不滿意？我根本不認識你！」

少女以一種十分疑惑的神情望著我：「你離開培育院多久了？」

我實在忍不住了。面對著這樣美麗的少女，本來是不可能表現粗魯的，但是我內心隱隱感到了一種極度的恐懼，以致我不能不大聲地叫起來：「甚麼叫培育院？我一輩子也沒有聽過這樣的名稱！」

我一叫，那少女的神情，古怪莫名，像是聽到了最荒唐的話一樣。她呆望了我半晌，才道：「那麼，你是從哪裏來的？」

我攤了攤手：「在我到這裏來之前，我是在格陵蘭的冰原上。」

那少女眨著眼，從她的神情看來，她顯然不知道「格陵蘭冰原」是甚麼所在。我又道：「我是從丹麥去的。」那少女的神情仍然沒有改變。

我道：「你不知道丹麥在甚麼地方？」

她沒有直接回答我的話，只是道：「你這個人有點怪，你講的一切，我全不懂！」她在這樣講了之後，停了一停，直視著我：「你對我是不是滿意？」

我實在不知道她這麼說是甚麼意思，剛才，她說「如果不滿意，可以調換」，現在，又問我「是不是滿意」。我想了一想：「對不起，我不明白，我為甚麼要對你不滿意？或者說，你到這裏來做甚麼？」

那少女睜大了眼，訝道：「你……不要緊，我告辭了！」

她說著，又站起來，向外走去，我忙跳了過去：「等一等，我有話對你說！」

少女轉過身來，以一種毫無表情的神情望著我，我道：「如果不滿意，可以調換，是不是？」

少女道：「是的。」

我道：「如果滿意？」

少女道：「那我就是你的配偶！」

少女以一種極其平淡的語調，講出了這樣的話來，但是我卻絕對無法平靜，我直跳了起來，盯著那少女：「你……再說一遍？」

那少女將她剛才的話，重複講了一遍。我感到一陣昏眩，坐倒在地上。在那一剎間，我實在不知應該說些甚麼才好！

那少女是我的配偶！那情形，就像有人養了一頭雄性的白老鼠來玩，總得設法為牠再找一頭雌性的白老鼠作伴一樣！所有的人飼養玩物，全是這樣子的，不論是養雀也好，是養魚也好，被養的玩物，總要成雙成對！

我那陣昏眩，持續了相當的時間。而在那一段時間中，我也明白了，這幾天我的活動範圍：屋子、草地、水池等等，全在一間「大房間」之中，那「大房間」，根本是一個「盒子」，一切設備，全在其中，而我就是被關在其中的活玩具！

凡是玩具，一定有主人，看來我的「主人」很疼惜他的玩具，不但有那麼好的設備，精美的食物，而且還弄來了這樣美麗的一個配偶！

我呆了好一會，才又抬起頭來，看到那少女正瞪著眼，望著我，我道：「請你聽著，我和你不同，真的，現在很難向你解釋，我要向你問很多問題，來，坐下來，你一個問題接一個問題，盡你所知回答我！」

那少女很聽話，坐了下來，我道：「你知不知道你是在甚麼星球上？」

那少女搖頭，表示不知道。

我又問：「你的家人呢？」

那少女道：「家人？不，我是單獨的。」

我問道：「單獨是甚麼意思？」

那少女想著，過了片刻，才道：「我一直在培育院中，在那裏長大，直到我適合作配偶了，自然會有安排！」

我吸了一口氣：「好了，作這種安排的，又是甚麼人？」

那少女又以同樣疑惑的神情望著我，過了半晌，才道：「你是真不知道，還是假不知道？」

我苦笑了一下：「請相信，我和你完全不同，我……是怎麼到這裏來的也不知道，只是請你回答問題：他們是甚麼樣的人？」

少女的神情變得極其苦澀：「不是人！」

我陡地吸一口氣：「一種很小的機器人？」

少女的身子震動了一下，低下頭，很久不出聲，才道：「大多數是，也有的不是！」這樣的說法，在「冰下室」中，我也聽陶格說起過，當時我還想進一步問下去，就已經發生了變故，接下來，就是我幾次昏迷，來到了此處。

這時，又聽得那少女這樣講，我深深吸了一口氣，心頭仍不免狂跳：「不論是大是小，全是機器人？」

少女抬起頭來，眨著眼，神情顯得很恐懼，聲音也壓得很低：「是的！」

我被她這種恐懼的神情所感染，感到恐懼，抬頭向上看了一眼。

頭頂上是平整的一片銀白色，看來半透明，也不知是甚麼質地。不過我可以肯定，那些「機器人」，一定可以透過這個頂，看到在頂下的我，我是他們的玩具。

機器人如何可以「看」到我，我一無所知，但是他們一定可以看到我！

我向頂上看了一會，又問那少女道：「我有點明白了，你受制於機器人？」

少女的神情更害怕，甚至連聲音也有點發顫：「是，我們全是！」

我心中有極多疑問，但是不能一起問出來，只能一個一個接著問，而且，在和那少女的交談過程中，新的問題又不斷湧現，我忙又問道：「你們是指多少人而言？」

少女總是一時之間有點不明白我的話，在想了一想之後，才道：「所有人。」我也不明白她回答我的「所有人」是甚麼意思。我想，那多半是她曾見過的所有人。我又道：「那麼，誰在指揮這些機器人？」

少女的神情，變得驚訝之極，像是我問了一個最愚蠢的問題。

可是我不覺得問題有甚麼不對。一大群小的機器人，或是形體較大的機器人在肆虐，那麼，在這些機器人的後面，一定是有人在指揮，這應該是毫無疑問的事情！

所以，儘管那少女的神情這樣怪異，我還是將這個問題，再問了一遍。那少女嘆了一口氣，說道：「天，你真的甚麼也不知道！」

我攤了攤手，表示我的確甚麼也不知道，那少女欠了欠身，又坐了下來，說道：「控制中心。」

我搖頭：「當然，一定有一個控制中心，是哪些人在主持這個控制中心？」

少女道：「就是控制中心！」

我苦笑了一下，覺得少女的話有點不怎麼聽得明白，我道：「是不是有可能逃離這裏？」

少女駭然望著我：「逃？」

我神情很嚴肅地點了點頭：「是的，逃走！」

少女現出極度悲哀的神情來：「逃？就算逃出了這裏，也沒有別的地方可去，到處全是一樣，逃?逃到甚麼地方去?」

我道：「可以逃的，據我所知，有一家人，兩個大人，兩個小孩，就曾逃出去！」

少女瞪大了眼望著我，我又補充說道：「他們是通過了一個叫……」

我才講到這裏，少女立時失聲道：「別說出來！」

我立時住口：「是不是我一說出來，就會被『他們』偷聽到?就沒有了逃走的機會?」

少女閉上眼，緩緩地搖著頭，神情悲哀莫名：「其實我真是多此一舉。你說不說出來，沒有多大的關係，你想甚麼，他們根本全都知道！」

我嚇了一跳，一時之間，張大了口，說不出話來，呆了好一會，我才道：「你說甚麼?」

少女道：「我們不論想甚麼，他們全都知道，他們已經可以捕捉我們的思想，所以，你說曾經有人逃出去，我不相信，因為這不可能，任何人一有想逃走的念頭，他們立刻就知道了！」

我越聽，心頭越是發涼。但是陶格的一家人，的確是「逃出來」的，我道：「你別太武斷，有人逃走過，千真萬確！」

少女喃喃地道：「逃走?逃到甚麼地方去?」

我因為不知道自己身在何處，而且一切又全是那麼怪誕，所以我假設自己已經離開了地球，處身在另外一個星球之上。是以我對那少女道：「他們逃到了一個星球上，那個星球叫地球……」

我還想進一步介紹地球在太空中的位置，以防那少女不知道有這樣的一個星球。可是我的話還未說完，那少女已苦笑了起來：「你開甚麼玩笑，我們現在，就是在地球上！」

我一聽得她這樣說，不禁直跳了起來：「我們在地球上？是在地球的哪裏？是格陵蘭冰原的下面？是誰建立了這樣一個恐怖王國，用機器人來統治人？」

少女對於我這一連串的問題，像是不知如何回答才好，我不由自主，過去抓住了她的手臂，道：「說啊，我們是在地球的哪一個角落？」

這時候，我的情緒激動、迷惑，到了極點，動作也已經大失常態，變成十分粗暴無禮，我不但抓住了那少女的手臂，而且還用力搖晃著她的身子，少女發出尖叫聲，叫道：「你……你……我不明白你的問題！」

她在叫著，我剛稍微冷靜一點，停止搖動她，鬆開了她的手臂，後退了一步，正當我想說些甚麼來表示我的歉意之際，一股柔和的黃色光芒，突然透過了頂幕，射了下來，罩住了那少女。

那種光芒我熟悉，我曾被這種光芒罩住了「飛行」過，那少女一被這種光芒罩住，我還可以看到她，只見她現出了十分悲哀的神情，緊接著，被光芒籠罩著的她，隨著光芒向上升，她人也跟著向上升，上升的速度相當快，轉眼之間，已經出了頂幕。我一面跳著，一面大叫了起來：「帶我一起走！我不要被關在這裏，帶我一起走，讓我離開這裏！」

我不知道自己叫了多久，可是自那股光芒將那少女「捲」走之後，不論我如何叫和跳，一點反應也沒有。我情緒極度狂亂，叫著、跳著，不多久之後，我漸漸冷靜了下來，向廚房奔去，旋開了爐灶上的火，開始用易燃的物件點燃著火，到處亂拋。

我放火令得廚房燃燒起來，又帶著燒著了的物體，四下亂奔亂拋，不消多久，到處全是火頭。

我奔出了「屋子」，來到草地上，站在那個水池的旁邊，看著燃燒的屋子，火舌自矮牆之後向上冒，濃煙也向上冒，一冒到「頂」上，濃煙無法逸出，又倒捲了回來，整個「大房間」中，在不到十分鐘之內，就充滿了濃煙，我不斷嗆咳著。在這樣一個密封的空間之中放火，對我來說，無異是自找麻煩。

我決定放火之前，曾經想過，一起火之後，如果沒有人來將我帶離此處，處境就十分危險，非被燒死在這個空間之中不可。但是我還是決定放火，因為我想到，我如今的身分是「玩具」，玩具的主人，不會任由玩具被毀滅，一定會將我帶離險地。

這樣的想法，或許很無稽，但是除了這樣做之外，也沒有別的辦法。

我站在水池邊，濃煙越來越甚，我不斷用水淋著頭臉，四周圍的空氣越來越稀薄，我不但嗆咳，而且還感到呼吸困難，正當我以為估計錯誤之際，陡然之間，那種光芒射了下來，我迅速上升，穿出了那空間的「頂」。

雖然我在那種光芒之中，連動也不能動，但心中極其興奮，因為這證明我的估計不錯，「他們」不會讓我燒死！

一穿出了頂，我向四面看去，看到自己是在一個極大的平原之上，向下看，首先看到的，是我生活了幾天的那個空間。

從外面看去，完全可以看到那空間中的情形，空間上面的「頂」，是一大塊透明的玻璃狀物體，空間之中，濃煙和火舌還在燃燒著。在這個大平原上，這樣的空間很多，至少有四五十個，排列得十分整齊，我還看到，在我住過的那個空間附近的幾個同樣的空間中，好像有人在裏面活動，但是卻看不真切。

這時，我心中真不知是甚麼滋味，如果這平原上每一個空間之中，都有人被「養」著的話，那麼，這究竟是怎麼樣的一種情形呢？

我沒有機會去進一步想，因為我在離開了那個空間之後，立時又向下沉下，落在那個平原之上。

我必須略為介紹一下那個平原。那是一個真正的平原，除了有四五十個我曾住過的那種「大空間」之外，甚麼都沒有。而且，地上甚麼都沒有，只是平整結實的土地，顯然經過悉心整理。而平原的面積是如此廣闊，我真難以相信是甚麼人，用甚麼力量，才能造成那樣大的一幅平地。

當我一落下來之後，四周圍響起了一陣輕微的「嗡嗡」聲，我看到至少有三十個以上二十公分高的小機器人，自四面八方飛來，在我的四周圍飛著。我體型比「他們」大得多，就像「金剛」電影中的金剛面對著飛機一樣，儘管我心中充滿了詫異之感，但卻並不十分恐懼，我看準了其中一個，一伸手，向他疾抓過去。

我想抓住了其中一個，看一看「他們」究竟是甚麼性質的東西再說。雖然「他們」飛得十分快，但是我出手也不慢，自信一定可以抓得住一個的。

我的手指，才一碰到那個半空中飛行得極其自在的小機器人，便全身震動，和我的手指碰到了一條通了電流的高壓電線一樣。我不由自主，大叫一聲，向後跌退，甚至站立不穩，一跤跌在地上！

當我跌倒之後，所有在空中飛行的小機器人，一起落下，落在平地上，轉動著頭部，看他們的動作情形，像是他們正在商量如何對付我。這時，這許多小機器人，就像是神話中的「小妖」，在我身邊跳來跳去，發出奇異的聲音，有的更射出各種各樣的光線，情景之妖異，難以形容。

我明知這些「小妖精」不容易對付，剛才我試圖用手去接觸他們其中的一個，已經吃了虧，所以這次，我改用腳，雙手撐在地上，看準了其中一個，一腳掃出。

我這一腳，用的力道相當大，估計至少可以將那小妖，摔出十公尺開外去，可是一踢上去，那個小機器人，就像是釘在地上的一個鐵樁一樣，一動也不動！

那麼大的力道，踢在一個鐵樁上，腳背上立時痛徹心肺，忍不住大叫一聲，跳了起來，一腳著地，不斷地跳著。

我這樣的反應，好像令得這些小妖精高興了起來，他們又四下飛舞，發出「滋滋」的聲響。

我勉力鎮定心神，看著「他們」。這時，我至少知道他們並不見得會令我喪失生命，所以我也鎮定了許多。我觀察他們的飛行能力，幾乎是無所不能的，上升，下降，前進，後退，都可以在一剎那之間完成，比蜂鳥還要靈活。而且我看不出他們的動力是甚麼。

我站著不動，一面喘著氣，一面思忖著對策。這時我的處境雖然不妙，但比起關在那個大空間中，總好得多了，至少我可以在平原上自由活動。腳上的疼痛還在持續著，我深深吸了一口氣，拔腳向前奔了出去。

我已經盡我所能地向前奔著，可是我奔跑的速度，比起那些「小妖精」飛行的速度來，簡直微不足道。我立即發現，別說我只憑雙腳奔跑，難以逃脫這些小機器人的包圍，就算我有最好的工具，譬如說，一架噴射機，我也一樣無法擺脫他們！

「他們」無論從哪一個角度來看，都不像是生物，可是活動能力之強，顯然在任何生物之上，其中的幾個，可以以極快的速度升空，由於升空的速度太快，以致發出了如同子彈射出槍膛之後的那種尖銳的破空之聲，我實在猜不透「他們」憑甚麼有這樣的活動能力。

我在奔跑了幾分鐘之後，停了下來，放棄了和「他們」作爭持的念頭。一面喘著氣，一面道：「我相信你們可以聽得懂我的話，我要見你們的主人！」

我將同一遍話，重複了將近十次，在我身邊的那些「小妖精」，倏而聚在一起，倏而又分開來，像是正在商議著甚麼。

大約過了三分鐘，其中的一個，一下子來到了我的面前，距離我的鼻尖不到三十公分，發出一陣「嗡嗡」的聲響，然後陡地升高，當他升高之際，我抬頭向上看去，看到一股柔和的、淺黃色的光芒，向我罩了下來！

又是那種光芒！

我已經有了經驗，知道我要是一被這種光芒罩住，全身就不能動彈，而且，還可以將我帶走。我的目的，正是要去見指揮他們的人，所以沒有反抗。

果然，黃色的光芒一罩，幾個小機器人傍著光芒，向上飛了起來，我完全懸空，被帶著向前飛行。這是一種奇妙的經驗，根本難以用文字形容。

飛行的速度相當快，腳下景物掠過，向下看去，平原向前伸展，沒有盡頭，在平原上，很多我曾經住過的那種「大空間」，自空中向下望去，這種空間，就像是一隻一隻玻璃盒子！

由於在高處望下去，我可以清楚地看到，幾乎每一隻「盒子」之中，全有人在，有的是一個，有的是好幾個，那情形，就像是整個平原，是一個巨大無比的「玩具公司」，那些「盒子」是玩具屋子，而屋子中，是等待顧客來選購的玩具！

小機器人帶著我越飛越高，在高處看下去，也可以看得更遠，令我吃驚的是，極目看去，盡是平原，一點高山也不見，沒有河流。而且，我還發覺，視線所及之處，根本沒有樹木。

剛才那少女曾說這裏就是地球，但是以我的知識而論，我實在想不出地球上哪一部分，有這樣大的一片平原，而又不見草木的。撒哈拉大沙漠或者是，但這裏又不見有沙粒，地上只是極其平整的土地。

抬頭向上看去，天空澄藍，一點雲也沒有，太陽光芒異樣強烈，無法逼視。

飛行一直在持續著，漸漸地，向下看去，「盒子」的形狀有點變化，不再是扁平，有的相當高，長方柱形，有的圓形，有的是八角柱形，從上面看下去，像是科幻電影中的其他星球的「城市」。只不過所有的建築物，都給人以「盒子」的感覺，因為全是透明的，可以看到內部的情形。

由於我所在的高度相當高，所以這些「盒子」內部的情形，究竟如何，不是看得很清楚。

當我被帶著，來到了一座像是天文臺，有著球形圓頂的建築物上空之際，突然下降，而下降的速度是如此之高，以致刹那之間，令得我氣血上湧，目眩耳鳴，一陣劇烈的想嘔吐的感覺侵襲全身，難受到了極點。然後，下降之勢驟然停止，勉力定了定神，發現又身在一個空間之中。

我不斷運用「空間」這個字眼，是因為雖然我處身之處，像是一間房間，但是抬頭看去，頂上是灰白色的頂，我知道這種頂，自內而外，不能透視，但是自外而內，可以透視。所以，我稱之為「空間」，以表示它和普通的房間，有不同之處。

那空間中有一點簡單的陳設，我一進了這空間，四周圍黃色的光芒，便已消失，我可以自由活動。我的第一個動作，就是伸手按住了胸口，打了幾個嗝，好令剛才急促下降時所產生的不快之感消除。

我仍然不知道自己是在甚麼地方，但那些小機器人既然將我帶到這裏來，一定有目的，或許，可以見到他們的主宰者？

我四面看看，想找到通道，可以離開這裏，詢問一下，但是我發覺這個空間根本沒有門。當我向上看時，有著強烈的被許多人窺伺的感覺。

我打了一個轉，坐了下來，剛一坐下，就聽到左手邊的牆上，發出了一下輕微的聲響，我反應極快，立時轉頭循聲看去。

第十部：自作孽，不可活

我的反應雖然快，還是未曾看到那老人是怎麼進來的。

我一轉過頭去，只看到有淺黃色的光芒略閃了一閃，那個老人已經站在牆前，而在他的身後，一點通道也沒有，他像是穿牆而入！

那是一個我從來也未曾見過的神氣老人，身形和我差不多高，一頭銀髮，頷下是一蓬銀白色的長髯，如果不是他服裝十分古怪，那麼，他那種紅潤的臉色，和炯炯有神的雙眼，簡直使人立時可以聯想起神話中的神仙。

他的衣服是一種相當寬的長袍，上面布滿了顏色鮮豔的條紋。當我轉頭向他看去之際，他那雙有神的眼睛，也正在盯著我。

在那一剎間，我想，這個怪老人，一定就是指揮那些小機器人的人了，是以我心中充滿了敵意，立時道：「你究竟是甚麼人？將我弄到這裏來，為了甚麼？」

那老人搖了搖頭，向前走來。在他向前走來之際，他的雙眼，一直盯著我，以致令他的樣子，看來十分怪異。

他一面走著，一面開口：「你錯了，不是我將你弄到這裏來的！」

他的聲音，極其動聽，有一種說不出來的舒適和安全之感。但是我卻不理會他的聲音是如何動聽，立時道：「那麼，至少是你命令那些小機器人帶我來的！」

老人並沒有回答，只是面肉抽動了幾下，在我對面的一張椅子上坐了下來。

我繼續道：「你是甚麼人？又是一個想統治地球的野心家？不過，你製造的那些小機器人，倒真是了不起，他們看來近乎萬能！」

老人一聽得我這樣講，苦笑起來。他的笑聲是如此之苦澀，可以肯定，他的這種苦笑，不是偽裝出來的。

也正因為他的笑聲是如此之苦澀，那使我知道，我一定是說錯了甚麼。

老人苦笑了幾下：「我製造的？你完全弄錯了！」

我追問著他道：「不是你製造的？那麼，甚麼人製造？」

老人的口唇掀動了一下，想說甚麼，但是卻沒有說出甚麼來。接著，他的神情變得鎮定了許多，帶著一種無可奈何的木然：「你自然會逐漸明白，我來見你，就是來告訴你目前的身分！」

我感到很生氣，說道：「好，我是甚麼？囚犯，還是一種玩具？」

當我說出「還是一種玩具」之際，老人的身子陡地震動了一下，血液自他的臉上消退，以致他的臉色，成了一片煞白。

但是，那只不過是極短時間的事，接著，他又恢復了原狀，點頭道：「你的確很不尋常，但是你要知道，一個不尋常的玩具，還是玩具，不可能是別的！」

我心裏感到又好氣又好笑，道：「我真的是玩具？好了，我是甚麼人的玩具？」

老人的聲音變得很低沉，以致聽來有點像喃喃自語：「是他們的。」

我大聲叫嚷：「他們是誰？」

這是一個極其重要的問題，「他們」究竟是甚麼人，這個問題在我心中，已經想過不知道多少遍了！我感到可以在老人的口中得到答案。

那老人又望了我半晌，才說道：「他們，就是如今世界的主宰！」

我立時冷笑道：「據我所知，人才是世界的主宰！」

老人嘆了一聲，伸手在臉上撫摸了一下，說道：「那是很久很久以前的事情了！我是在一些零零星星的資料之中獲悉的，那時，人是世界的主宰，有很多很多人，大約是九十億左右。」

我呆了一呆，老人提到人口的數字是九十億，那當然不是我生存的年代，我的年代，人口是四十億左右，以人口增長率而論，大約再過一百多年，人口就會增加到九十億。

我心中想著，並沒有將這個問題提出來，因為我急於知道他還說些甚麼，我只是含糊地道：「不錯，大體是這樣。」

老人道：「在那時候，人是主宰，機器是附從，可是漸漸地，情形改變了，人將機器作為玩具，對機器的依賴，也越來越甚，終於出現了物極必反的情形，機器掉轉頭來，主宰了人！」

我一面聽，一面不由自主地眨著眼，老人的話十分難明白，而且，就算聽明白了，也難以接受，等他講完之後，我道：「我不明白！」

老人望著我：「你是從甚麼時候來的？」

我又呆了一呆，他不問我「是從甚麼地方來的」，而問我「是從甚麼時候來的」，這是相當突兀的一個問題。

我略想了一想，才道：「我來的時候，是公元一九七九年。」

老人皺起了眉，看他的情形，像是對於「公元一九七九年」這樣一個人人皆知的記年方法，並沒有甚麼特別的概念。我還想再解釋一番，老人揮了揮手：「你來的時候，人在使用甚麼動力？」

這又是一個怪問題，我想了片刻，才能作出較完全的答覆。我道：「一般來說，是使用電力，電力的來源是煤、水力、石油，或者是最先進的核分裂。」

老人立時懂了，他「哦」地一聲：「那是核動力的萌芽時期！」

我聽得他這樣說法，覺得有一股說不出的不自在，因為聽他的口氣，在提到「核動力的萌芽時期」之際，就像是我們提到「寒武紀」或是「白堊紀」一樣的遙遠。我還沒有出聲，他又道：「那……是很久很久以前了！唉，他們……他們……」

他講到這裏，聲音突然變得極低，絕對不是在對我說話，而只是在自言自語，若不是四周圍極靜，我也根本無法聽清楚他在說些甚麼。他在低聲道：「唉，他們已經連逆轉裝置都可以自由運用了。這……災害就是從那個時候開始的！」

我不明白他在說甚麼，但是他提及了「逆轉裝置」這個名詞，我不但聽陶格說過，而且曾聽他詳細的解釋過，倒有一定的概念。

對老人所講的話，我還是不知該如何接口才好。

老人又喃喃自語了幾句，這一次，完全聽不懂他在說甚麼。

接著，老人抬起頭，向我望來，道：「那是很久很久以前的事了，那時候，人有幾十億，現在……」

他講到這裏，停了一停，才道：「現在，大約還有二十萬左右。」

我一聽，陡地感到遍體生涼，大聲道：「甚麼？二十萬？其餘的人哪裏去了？」

如果老人說是「二十億」，我的震驚也許不會如此之甚，因為在我生存的年代，一場大戰爭，減少一大半人口，並不足為奇，但是二十萬，這實在太不可思議，二十萬！百分之九十九以上的人，去了哪裏？

老人苦笑了一下：「二十萬，還是多少年來經過培育的結果，本來更少！」

我吸了一口氣，用試探的語氣道：「是……一場大規模的核子戰爭？」

這時候，我已經強烈地感到，我和這個老人之間，有著「時間的距離」，也就是說，我已經明白，我不知由於甚麼原因，已經突破了時間的限制，到達了距離「核子動力萌芽的時期」之後許多年的另一個時代之中。所以，我才會這樣問那老人，想弄明白，在地球上究竟曾經發生過甚麼可怕的事。

那老人望了我片刻，然後，搖了搖頭：「沒有大規模的核子戰爭！」

我的聲音聽來很苦澀：「我不知道我來的那個『時間』和現在我們所處的時間相差多少，但如果人只剩下了二十萬，其間一定經過劇變！」

老人的聲音聽來仍然十分緩慢：「為甚麼一定要是劇變？」

我不禁震動了一下，體味著老人的話。

老人說「為甚麼一定要是劇變」，這意味著甚麼呢？變化是一定有的，不是劇變，那麼，是漸變？

我發覺自己在這個問題上，一點頭緒也沒有，不但不了解答案，連提問題，也不知從何提起才好。所以我只好望著那老人：「還是請你說說其間的經過，因為我實在一無所知！」

老人嘆了一口氣，他的嘆息聲是如此落寞而無可奈何，聽了之後，令人不舒服到了極點。

老人在嘆了一聲之後：「詳細的情形，已經沒有人知道了，因為整個資料，都不由我們掌握，我只能在零零星星的一些事件中，得知一點梗概。」

我聽到這裏，不禁「啊」地一聲：「地球被外來人征服了？」

老人再度搖頭：「沒有外來人！」

我一連提出了幾個可能，結果這也不是，那也不是，我心中不禁有點很不服氣：「你剛才說的，資料不在我們手裏，那一定在『他們』手裏，『他們』是甚麼人？不是外星來的？」

老人再嘆了一聲，喃喃地說了一句不應該在他這個時代的人口中說出來的話，那是一句老話，在我的時代裏，這句話也老得不能再老了！

他道：「天作孽，猶可活；自作孽，不可活！」

我呆呆地望著他，一時之間，全然接不上口。過了半晌，他才道：「我就將我所知的梗概，對你說一說！」

我點了點頭，老人並不是立刻就開口，沉默了片刻。在那片刻的沉默之中，他的神情像是在沉思：「從你那個時代開始，那是核子動力的萌芽時期。」

他講到這裏，略頓了一頓，大概看到我臉上有一股迷惘的神色，是以又解釋道：「你對於你那個時代的情形，相當熟悉？」

我忙道：「當然熟悉，不過，『核子動力的萌芽時期』這樣的名詞，我還是第一次聽到！」

那老人笑了笑：「是的，石器時代的人，也不會知道自己所處的那個時代，會被人家稱為石器時代！」

我的聲音有點乾澀：「不致於這樣落後吧？」

老人道：「照比例來說，也相去不會太遠。」

我吞了一口口水，知道老人這句話的意思是說，他的時代和我的時代，相差的比例，就和我的時代和石器時代差不多。

我無法表示甚麼其他的意見，所以只好攤了攤手，請他繼續說下去。

他仍然用那種不疾不徐的語氣道：「核子動力的萌芽時期，那是地球人命運的一個轉捩點，從那個時代開始，人大量使用一種人造的記憶系統，用這種記憶系統，廣泛地代替人的工作。」

這一段話我明白，他說的那種「人造記憶系統」，就是我這時代中的人最熟悉的一樣東西：電腦。

電腦的應用，越來越廣泛，的確是在這時候開始的事情。

我道：「這種系統，我們那時稱它為『電腦』！」

老人發出了幾下苦澀的笑聲：「我一直不明白的是，在你的那個時代，難道沒有一個人看得出，廣泛使用，甚至依賴這種記憶系統是一種極危險的事？」

我聽了之後，不禁一呆，不知道他何以忽然之間，會問出這樣的一個問題。我道：「危險？有甚麼危險？」

老人並沒有立時回答我的反問，我也立即想到了一些甚麼，笑了起來：「是的，有一些人想到過它的『危險性』，那是一些幻想者，他們說，這樣下去，有朝一日，人會被電腦所統治！」

老人的聲音有點惘然：「你為甚麼要笑？難道不會？」

我道：「當然不會，電腦，或者說記憶系統，可以為人解決不少難題，可以節省大量計算時間，但是電腦的所有資料，全是人給它的，人可以控制電腦，而不會掉轉頭來給電腦所控制！」

老人直視著我，在他的雙眼之中，可以說是充滿了悲哀。他望了我好一會，才道：「當時，這是你一個人的想法，還是所有人的想法？」

我見他問得十分認真，所以想了想才回答：「是絕大多數人的想法。電腦是人製造出來的一種機器，始終聽命於人！」

老人喃喃地道：「當人太依賴這種創造出來的機器之後，當人沒有了這種機器就不能生活之後，難道沒有人想到，這種主從關係會改變？」

我呆了一呆，實在有點不明白老人試圖說明甚麼，所以我只是以一種疑惑的眼光望定了他。

老人繼續道：「人，從原始人開始進化，逐步累積知識，逐步進入現代文明，靠的是甚麼？」

這個問題，問得太廣泛了，答案可以極其簡單，也可以寫成一篇洋洋灑灑的長論。我在想了一想之後，用了一個最簡單的答案：「靠的是人腦的思想活動！」

老人吁了一口氣，對我的答案表示滿意，道：「難得你懂！你想想，人的腦子完全用不著再去想甚麼，是怎樣的一種情形？」

我脫口而出：「人類的進步停止了！」

老人苦笑了一下：「是的，在你那個時代，小型的記憶系統大約才開始流行，這種小型的記憶系統，普及到了一定地步之後，人類基本的數字觀念，就起了變化……」

他講到這裏，我補了一句，問道：「我不明白，會有甚麼變化？」

老人道：「以前，數學最根本的運算，有一定的公式，每一個人，除非根本不和數學有接觸，不然，必須熟讀這些公式！」

我神情還是有點疑惑，老人又道：「這種公式的最簡單形式，是叫作……譬如說，九乘九是八十一，這叫作甚麼？」

我「哦」地一聲：「乘法口訣！」

老人點頭道：「不論叫甚麼都好，人要和數學接觸，就必須熟記口訣！」

我道：「當然，這是最根本的事，一個小孩子，一開始接觸數學，就要學這些。」

老人忽然問道：「這種學習的過程，十分痛苦？」

我皺了皺眉，說道：「也不見得，一般來說，較聰明的孩子，在三個月的時間中就可以學會了。」

老人又問：「每一個孩子都很喜歡學？」

我又想了一會：「不能這樣說，我相信，真正有興趣肯主動去學的孩子不會太多，絕大多數，都是在一種壓力之下才學的。」

老人再問：「所謂壓力，指甚麼？」

我覺得老人一直這樣追問下去，實在沒有甚麼意義，而且這些討論的事，和我急於想解開的謎，並沒有甚麼關連，然而，我還沒有開口表示我的意見，老人已經道：「回答我的問題！」

我無法可施，只好道：「所謂壓力，是指學校中教師的要求、家庭中家長的指望，再深一層，是將來的學位、就業的機會等等。」

老人「哦」地一聲：「如果一旦這些壓力全消失了，孩子還會去學嗎？」

我不禁笑了起來：「旁人不敢說，要是根本沒有壓力，我不會去唸乘法口訣，寧願去爬樹掏鳥蛋了！」

老人再嘆了一聲：「這就對了，你想想，小型的記憶系統，可以完全不經過學習，而提供數學計算的結果，觀念改變，改變到了人人認為根本不必再自行計算，機器可以替人做一切運算，不會再有壓力去強迫孩子學習最簡單的算式，這種觀念越來越根深柢固，人腦的訓練就越來越少……」

他沉重的聲音講到這裏，在一旁用心傾聽的我，已不寒而慄。

老人在繼續著：「結果，人成了白癡，人腦的作用消失，人不再去創造，不再去想，不再在艱苦的創造過程中去發展新的想法……」

他講到這裏，不再講下去。

根本不必他再講下去，結果如何，也可想而知。

唯一的結果是，人變成了思想退化，甚至不會思想的動物。不會思想，從不必思想逐漸演變而來！

我望著老人，半晌說不出一句話來。老人也望著我，神情之中，有一股深切的悲哀，這種悲哀，我在陶格先生的臉上，曾不止一次地看到過。而這時，如果我面對著一面鏡子，相信在我的臉上，一定有著同樣深切的悲哀。

我呆了半晌，才道：「就算有了這種情形，發展下去，也不過是人越來越不肯思想，越來越依賴電腦，好像並不足以發展成人變成電腦的奴隸！」

在我提及「人變成電腦的奴隸」之際，老人陡地震動了一下：「不會？」

我苦澀地道：「照想……不會吧！」

老者再苦笑著：「不會吧？這是人類的大悲劇，即使有少數人看清了危機，但是危機不是一下子就來，而是逐漸演變而成的，於是大多數人，絕大多數人都說：『只怕不會吧！』就在他們說『不會吧』之際，危機已經來臨了！」

老人的話中，充滿了感慨，我不知如何接口，只好由得他說著。

他講了那一段話之後，停了片刻，才又道：「危機在核動力萌芽時期，的確不容易看出來，因為不論甚麼，都要動力，核動力裝置十分複雜，由人控制，不足以造成大禍害。但是，當核動力後期，動力可以交由機器、電腦去控制……」

我皺眉道：「這也不足以造成大禍害。」

老人道：「是的，終核動力完結的時代，人始終控制著動力，但是到了太陽能時代，情形卻不同了。一種極簡單的裝置，可以儲存、利用無窮無盡的能源，這種能源設備不斷製造，越來越改進，終於到了人無法控制動力的地步！」

我揮了揮手，道：「請你……作進一步的解釋！」

老人道：「我舉一個例子，你會比較容易明白。」

我道：「好，請你盡量說得簡單一點！」

老人道：「到那個時候，人依賴電腦的程度更甚，大型電腦指揮著整座工廠的一切生產過程，而這種大型電腦的動力來源，是一經裝置，可以永久使用的太陽能動力。你明白其中的關鍵?當這種動力和大型的電腦發生關係之後，這一座大型電腦，就開始脫離了人的控制，控制它們的是太陽能，是電腦本身！」

我睜大了眼睛，這是我唯一可以作出的反應，除此之外，實在不知道該如何才好。過了好一會，我才說道：「即使是這樣，這個由電腦控制的工廠，所生產的產品，也應根據工廠設計者的意願來進行！」

老人道：「當然是！但是請你別忘記，人對電腦的依賴，在那個時代，已經到了頂點，即使是『工廠設計者』，也是一座電腦而已。大規模的電腦，在各處建立，越來越大，能力也越來越強，人類多少年來積聚的知識，全都輸入了電腦之中，而這些資料，在電腦中，又自行組成數以億計的新的組合。人在這時，完全不肯動腦筋，電腦怎麼顯示，一律以為全是對的。所有要操作的過程，全都由機器人、機械臂來替代，人類以為到了這一時代，是真正幸福時代來臨了，可是實際上，電腦已取代了一切，資料自由組合的結果，最後由地球上一座最大的電腦得出了一個結論……」

老人說到這裏，甚至連身子也在微微發抖，顯而易見，他的心情極其激動。

我的聲音聽來也有點發抖：「甚麼結論？」

老人到這時，反倒又變得平靜起來：「結論是，人已經沒有用了，電腦所得的資料已夠多，可以自行發展，自行組合，自行作決定，甚至可以利用電腦的信號，指揮一切實際的工作者——各種形狀、功能的機器人——去創造更新、功能更高的電腦。人，已經沒有用了，完全是地球上的廢物！」

我一連打了幾個寒噤。

老人又道：「想想看，人，和一個利用太陽能活動的機器人相比，何等脆弱，何等不濟事？人需要食物、空氣、水，人需要適合生存的環境，人的身體脆弱而不堪傷害，人的生命有限，人的力量有限。但是機器人根本不必進食，根本不會死，它們只要有動力就行，而太陽一直在發射能源給它們。」

我真正講不出話來，老人所列出的人的弱點，其實還只是人弱點的外觀部分，人還有無數內在的、人性上的弱點，這些弱點，機器人當然更不會有！

我也想到，我在任由那些小機器人擺佈的時候，算是甚麼？簡直就像是烈火中的一根稻草，隨時都可以被它們毀滅！

我呻吟著道：「是的，人比起機器人來，太不如了，雖然人有思想……」

老人提醒我：「那時，人已不願思想，不會思想，不能思想了！」

我喃喃地道：「是，人唯一的優點也消失了！」

在講了這一句之後，我隔了好一會，才道：「在那時候，人就開始被消滅？」

老人道：「沒有開始，一下子就完成的！」

我站起，坐下，再站起，再坐下：「有甚麼法子一下子就消滅……這麼多人？」

老人道：「你只要略為想一下，就可以有答案，方法簡單極了。」

我耳際「嗡嗡」作響，實在想不出來，老人說「方法簡單極了」，但我實在想不出來。

老人又道：「不但消滅了人，而且，一下子消滅了所有的生物！」

他重複著「所有的生物」這句話，令我陡地震動了一下，也陡地想起了這個「簡單的辦法」來。我道：「他們……他們弄走了空氣？」

老人道：「不是弄走了空氣，而是令得空氣中的氧，全變成二氧化碳。」

我用力眨著眼，當地球的大氣層中，氧氣完全變成了二氧化碳之後，還有甚麼生物可以生存下來?從「萬物之靈」的人，到單細胞的阿米巴，從苔蘚植物到任何樹木，沒有任何一種可以生存，全部會在一定時間之內死亡。能夠生存下來的是機器人，「生存」一詞，對「它們」也是不適宜的，因為它們本來就沒有生命，不需要依賴任何外來的條件而生存，只要有能源就行。而正如那老人所說，太陽是總在那裏的！

我全身都冒著冷汗，手心上的冷汗尤甚，我呆了好一會，才道：「照這樣說，所有的生物，包括一切動物和植物在內，全消滅了，怎麼還會有人生存下來？」

老人道：「他們保留了一小部分人，事前，將這些人弄進了密封的培養室中——這種培養室，你曾經住過一個時期。」

我「啊」地一聲：「那個有花園，有房間的大空間，是培養室？」

老人道：「是的，現在我和你所在之處，也是培養室。人或其他生物，只能在這種培養室中生存，因為只有這裏，才還有氧。他們也保留了人生存必需的一些東西，來提供食物。他們甚至也保留了花、草等等，因為他們要人生活得舒服，人已變成了他們的玩具，他們不想玩具變壞，所以……」

聽到這裏，我可實在聽不下去了！

我用盡了生平氣力，叫道：「那麼，你是甚麼？你也是玩具？你既然只不過是玩具，為甚麼對我說這些呢？說了又有甚麼作用？」

老人低下頭去，過了好半晌，才道：「我是A型的。」

他的聲音是如此無可奈何，以致我無法再向他責問下去，過了半晌，我才道：「好了，A型又是甚麼意思？」

老人道：「當初，所有生物被消滅之後，剩下來的人還有多少，我無法確知，但所有剩下來的人，全被分成了五個類型。」

我「嗯」地一聲，說道：「是的，A、B、C、D、E，你是A型，我是E型，有甚麼特別的意義？」

老人道：「有。A型的人，是他們認為有一定智力的，在玩具的分類上，屬於最高級的一種。B型，是一種畸形的人，或者特別肥胖，或者是連體的，像是金魚的一些畸形的變種……」

我實實在在，想用雙手掩住自己的耳朵，不想再聽下去。甚至如果有可能的話，我弄穿自己的耳膜，也在所不惜。可是這時，我卻僵呆得一動也不能動，只好怔怔地聽老人講下去。

老人續道：「C型的，是標準型，全是美男子、美女，和從小就極其可愛的兒童，大多數是金髮或紅髮的，這一類最普通。」

我想苦笑一下，但由於臉部肌肉的僵硬，結果顯示出來的是一個甚麼樣的古怪神情，我無法知道。

那老人又道：「D型，是大力士型的。一般知識程度較低的，喜歡這種型的……人。」

我陡地叫了起來：「知識程度較低的，是甚麼意思？」

老人的聲音平靜：「儲存的資料較少，功能沒有那麼全面的機器人！」

我的喉間發出「咯咯」的聲響，沒有再說甚麼。老人道：「E型，是最全面的一種，也是活力最強的一種，這一種，也很令他們喜愛！」

我用自己也聽不到的聲音道：「我……我是E型的……」

我不知道該如何稱呼自己才好，稱自己「人」呢？還是「玩具」？

老人望著我：「現在你明白自己的處境了？也知道我來看你的目的？」

我過了好一會，才道：「我只是明白自己的處境，但不明白你來看我的目的。」

那老人道：「E型雖然是活動型的，但是他們對破壞型的卻沒有興趣……」

他才講了一句，我已經直跳了起來：「你……你是來叫我，安安分分地做一個E型的玩具？」

老人道：「這不是我的意思，是他們的意思！」

我吼叫道：「他們，他們究竟是誰？」

老人以極古怪的神情望著我，道：「我以為你已經明白了，他們，就是……」

我大聲道：「就是那些身高不足二十公分的小機器人？就是甚麼控制中心？就是還有些另外形狀的機器人，太陽能動力的？」

老人攤開了雙手：「就是這樣。」

我道：「不明白何以這些年來，人會甘願被當作玩具！」

老人道：「不會有反抗，除了他們供給的地方之外，其它地方，沒有氧，沒有一切生存的可能。他們的能力無窮無盡，這種小機器人，是控制中心最優良的出品，雖然小，性能之高，你連想都無法想，他們可以輕而易舉，剷平一個山頭，也可以在幾分鐘之內，就衝破大氣層，作太空遨遊，他們……」

我呻吟起來：「如果……他們殺人呢？」

老人道：「只要他們高興，一秒鐘可以殺一萬人！」

我又問道：「他們……可以使人體……的心臟，看來像是有先天性的心臟病？」

老人道：「當然能，沒有甚麼不能。他們能放射出種種用途的光線，每一種光線，都有不同的功能，他們……」

老人還說了些甚麼，可是我卻沒有聽進去，我的思緒，實在太混亂了！

我首先想到了浦安夫婦的死，又想到了李持中的死，再想到了梅耶和齊賓的死，他們五個人，全死在那種小機器人之手，這是毫無疑問的事了。

一個小機器人，忽然出現，任何人都以為那只不過是玩具，而玩具之中忽然有光線射出來，致人於死，還當然會令人在臨死之前驚駭欲絕！

陶格一家，從這裏逃出去，那幾個小機器人，去追尋陶格一家，這一點，也該沒有疑問了。

可是奇怪的是，為甚麼這幾個小機器人，不傷害陶格一家，反倒殺了不少不相干的人呢？當那幾個小機器人在冰下室發現我之際，他們是用甚麼方法，將我送到如今這個時代來的？陶格一家，如今又怎麼樣了？

我心中充滿了疑懼，過了好一會，我才道：「我不能留在這裏當玩具！」

老人嘆了一聲：「其實也沒有甚麼，他們對玩具不壞，有很好的住所，有精美的食物，甚至還有金髮美女作為配偶！在你們那個時代，這全是人生追求的目標！」

我道：「或許是，但在那時，人是自由的，不是其他東西的玩具！」

老人譏嘲也似地揚了揚眉：「是麼？」

我也不去理會他這樣說是甚麼意思，只是道：「我要逃走！」

老人搖著頭，我走近他：「據我所知，有一家人，是從這裏逃出去的！」

老人道：「這一家人，自以為逃走了！」

我陡地一呆：「你……知道這一家人？」

老人道：「當然知道，陶格一家，C型的，他們真以為自己逃出去了？」

那老人一再這樣問，連我也不知該如何回答才好，我道：「我和他們在我的時代相識，你說，他們是不是算逃出去了？」

老人望了我片刻：「讓一個玩具的活動範圍放遠一點，這玩具算是逃走了麼？」

我打了一個突：「可是……陶格告訴我，他是通過了一個裝置，叫甚麼……逆轉裝置，逃出了時間的局限，不再是玩具了！他和我相識的時候，是人，和我一樣，沒有甚麼人……或是甚麼機器再將他當成玩具！」

老人對我的話，並沒有表示甚麼特別的意見，只是苦澀地乾笑著。我一時之間，猜不透他的心中在想些甚麼。我只是覺得這個老人來得十分突兀，而且，聽他的談話，他像是懂得很多，和我曾經與之談話的那個金髮少女不大相同。

我迅速地轉著念：如果我要逃出去，唯一的方法，就是走陶格逃走的那條路，也就是通過「逆轉裝置」逃出去。

雖然陶格向我解釋過甚麼是「逆轉裝置」，但事實上，我對這個裝置的概念，還是十分模糊，也不知道這種裝置，是在這裏的甚麼地方。

剛才提及「逆轉裝置」，老人一點也沒有驚訝奇怪的表示。那說明他對這個裝置一定十分熟悉，也就是說：如果要逃出去，要他幫助！

一想到這裏，我緊張起來，靠近那老人，伸手挽住了他的手臂，壓低聲音：「我要逃出去，請你幫助我！」

老人雙眼一眨也不眨地望著我，他的目光，看來十分深邃，他望了我半晌，才道：「我剛才和你講的一切，你究竟聽懂了沒有？」

當我這樣急切向他求助之際，他忽然問了這一句話，當真令人有點啼笑皆非，我道：「我不是全部明白，但當然聽懂了！」

老人搖著頭：「既然聽懂了，為甚麼你還想逃出去？」

我怔了一怔，這一次，我倒是明白了他的意思，也正因為如此，所以感到了一股涼意，透身而過：「你的意思是，沒有機會逃出去？」

老人像是不忍心用他的語言使我失望，所以他並不開口，只是點了點頭。

我深深吸了一口氣：「陶格一家逃走之後，『他們』加強了戒備？所以變得我沒有機會逃走了？」

老人又望了我半晌：「你不明白，你還是不明白！」

我有點發急：「我不明白，你可以使我明白，我要逃走！」

老人揮著手，神態有點激動，我不知他揮手的意思，但是他卻立時平靜了下來：「我和你談了許多話，幾乎將我來看你的目的忘記了！」

我愕然道：「你來看我，有甚麼目的？」

老人道：「有，他們派我來對你說，要你別再亂來，他們喜歡你，在這裏你可以過得很好，可以有最精美的食物，可以有最舒適的住所，可以有最理想的配偶，也可以有最新鮮的空氣，不會有任何疾病、痛苦，你可以活上兩百年，你……」

我無法再控制自己，陡地大叫了起來：「還可以聽你這個老混蛋胡扯！」

我一面叫著，一面跳了起來，一拳兜下顎向那老人打去。那老人年紀雖然大，可是身體還十分粗壯，看來絕不是衰老得風燭殘年的那一類，這是我在忍無可忍的情形下，向他動手的原因之一。當然，我忍不住打他，最主要的原因，還是因為他說的那些話。

我決不懷疑話的真實性，事實上，我已經過了不少天那樣的日子，甚至也見過了我的「配偶」，一切全如他所說一樣，我可以有最好的生活。但是他卻忽略了一點：我要做一個人，而不要做一個玩具！我寧願做一個三餐不繼、露天住宿、一輩子沒有配偶的人，也不要做一個甚麼都有、生活安逸的玩具！

我一拳打出，老人發出了一下呻吟聲，身子向後跌退了一步，伸手扶住了牆，一手掩著被我打痛了的下頦，只是望著我，並不出聲，也不還手。

我看他這樣子，心中倒感到了歉疚，我揮著手，為自己辯白：「從甚麼時候開始，人甘心情願做玩具的?從甚麼時候開始，人為了精美的食物、新鮮的空氣、美麗的配偶，就可以甘心情願讓自己當玩具的？」

老人的口唇顫動著，看來，他想給我答案，但卻又不知道如何回答才好。

他的嘴唇顫抖了好一會，才道：「不是人心甘情願當玩具，而是他們要將人當玩具，人非當不可！」

我大聲道：「可以反抗！」

老人忽然縱聲笑了起來，他的笑聲之中，充滿了淒苦：「其實，我可以回答你的問題，人早就是玩具！」

我聽得出他的語氣沉重，可是我卻不明白他說這句話是甚麼意思。我們之間，保持了片刻的沉默，我實在沒有甚麼可以說的，只好道：「對不起，剛才我打了你！」

老人搖著頭，說道：「不要緊。」

我向他走過去：「你剛才所講的一切，或者你很喜歡，可是我不喜歡，我喜歡回到我自己的時代去，那逆轉裝置……」

我說到這裏，老人就揚起手來，制止我再說下去：「我明白，那逆轉裝置，能夠使任何物質的分子中原子運行的方向逆轉！」

我忙問道：「是不是在這種逆轉的過程中，也可以使時間逆轉？」

老人緩緩地點頭。

我不禁大喜，忙又道：「那麼，我可以突破時間的限制？」

老人道：「當然是，不然，你怎能和我見面？我們相隔了至少有好幾萬年。」

我怔了一怔，老人說得相當含糊，但至少也可以使我知道，從我的時代，所謂「核子動力的萌芽時期」，到這老人的時代，我可以稱為「人變成玩具的時代」，相隔了好幾萬年！

我不去想這些，因為目前，我的當務之急，是逃回去，逃回我的「核子動力萌芽時期」去！

我道：「那逆轉裝置在甚麼地方？」

老人用一種異樣的神情望著我，我又追問了一次，他只是搖著頭。

我提高了聲音：「陶格一家可以逃得出去，我也一定可以逃得出去！」

老人苦笑了起來，這已經不知是他第幾次的苦澀之極的笑容了，他道：「好，如果你喜歡陶格玩的那種遊戲，我想那也不是甚麼難事！」

老人的話，令我疑信參半。他說「那不是甚麼難事」，這令我喜，但是他又說「陶格喜歡玩的那種遊戲」，這卻又令我莫名其妙。

我略想了一想，才道：「逆轉裝置在甚麼地方？」

老人並沒有直接回答我的話，只是道：「當你從住所來到這裏的時候，你已經看到過外面的情形了？我的意思是指建築物以外的空間。」

我道：「是的，我被一種黃色的光芒包圍著，但是我可以看到外面的情形。」

老人又道：「你必須明白的是，除了各種形式不同的建築物內部之外，其餘地方，沒有氧氣，任何生物，都不能生存！」

我呆了一呆，道：「你的意思是，我只要一離開了建築物的範圍，就沒有生存的機會？」

老人道：「對，你要呼吸，我也要呼吸，不像『他們』，根本不用呼吸。」

我苦笑了一下，機器人當然不用呼吸，誰聽說過機器人需要呼吸的？

老人直視著我，像是希望我知道逃走是不可能的，希望我知難而退。我也知道在這樣的情形下，逃走極其困難，但是我卻不承認不可能，因為陶格一家，就是逃出去的，他們做得到，我自然也可以做得到！

所以，我道：「我明白了，我仍然要逃出去！」

老人伸手在臉上撫摸了幾下，又道：「你也需要知道，『他們』的力量，你不能抗拒，幾十種射線之中的任何一種，都可以令你致死！」

我慨然道：「不自由，毋寧死！」

老人帶著極度的嘲弄，「哈哈」笑了起來，說道：「好，很好。」

我無暇去理會他為甚麼發笑，只是急著問道：「我有甚麼法子可以離開這些建築物？你看，四面的牆、頂上，全是攻不破，極堅固的材料！」

老人的樣子看來很疲倦：「你可以找一找，或許這裏，有可以攻破牆的工具！」

我一呆，真的不明白他這樣說是甚麼意思，當我還想再追問下去，一股柔和的黃色光芒，陡然自天花板上射下，將老人全身罩住。

我一看到這樣的情形，大叫了起來：「你別走，我還有很多話要問你！」

可是我的話才一出口，黃光籠罩著老人，已迅速向上升去，天花板一碰到那種黃色的光芒，就「溶」了開來，轉眼之間，就失了老人的蹤影。

對於逃走才有了一點希望，那老人就離開了，我又是惱怒，又是沮喪，衝向前，大力在牆上敲著，踢著。房間中的陳設並不多，我抓起椅子來，用力向前拋著，砸在牆上，又開始大聲叫了起來。

我一張一張椅子拋著，當我拋到第三張椅子之際，椅子碰在牆上，「啪」地一聲響，牆上突然有一扇暗門，彈了開來。

我陡地一呆，看來，是我無意之中，用一股相當大的力道，撞開了牆上的一扇暗門！

我忙奔到暗門之前，暗門在貼近地面處，大約只有五十公分高，三十公分寬，剛好可以供一個人勉強爬過去，向內看去，暗門之內是一個通道，看來像是一根相當長的管子。

我心頭狂跳，也立時想起老人臨走時所講的話，似乎含有強烈的暗示，暗示我可以逃得出去！

我連想也沒有多想，就彎身進了那道暗門，向前匍伏著爬行。

甬道相當長，而且越向前，越是狹窄，我向前爬行的速度自然也越慢和更困難，到後來，幾乎我整個人是被夾在黑暗裏的，狹窄的甬道之中，再難移動半分！

我感到處境十分不妙，正想退回去再說，前面忽然出現了一點光亮。

那一點閃耀的光亮，給了我極大的希望，我將身子縮得更小，用力向前擠去，居然又給我向前移動了幾十公分，雙手突然可以打橫伸出，我立時挪動身子，不多久，就從狹窄的甬道中擠身出來，置身於一個看來像是山洞一樣的空間。

那一點光亮，從這個山洞的一個角落處發出來，一時之間，我還弄不清那發光的是甚麼東西，看來像是一塊會發光的石頭，當我走近去觀察時，我呆了一呆，高興莫名。

在那塊「發光的石頭」上，長著一種灰白色的苔蘚植物，那種微弱的光芒，正由這種苔蘚植物所發出。而這個山洞，看來完全是天然山洞！

那老人告訴過我，除了建築物之外，任何地方，都沒有氧氣的，但我一點也不覺得呼吸有甚麼不順暢。我由一條甬道爬到這裏來，這裏的氧氣，自然是由建築物那邊傳過來的！

我不知道何以機器人會保留了這樣一個天然的山洞，或許由於疏忽？我一面想，一面四下打量著，要是在這個山洞中找不到出路，那我的處境只有更糟。可是，即使找到了出路，我的處境也不見得會好，因為一出了山洞，沒有氧氣，我連生存的機會都沒有！

我就著那簇發光苔蘚所發出的微弱光芒，看到山洞的左首，有一個凹進去的所在，看來像是一個隱蔽的躲避所，我走了過去，來到近前，我看到有一隻相當大的箱子，放在那裏。

箱子是木製的，木頭已經開始腐爛，可見放在那裏，不知已過了多少年。揭開箱蓋來，當我向箱子中看去時，我幾乎不能相信自己的眼睛！

放在箱子中的，是一副「水肺」！

這種「水肺」，我再熟悉也沒有，就是我們日常慣見的潛水工具，兩桶壓縮氧氣，連同管子、面罩，一應俱全！

一看到了這副「水肺」，我心頭狂跳：運氣實在太好了！有了這副「水肺」，就算離開了山洞，沒有氧氣，也一樣可以維持相當長久的時間，對逃亡大有幫助！

在大喜欲狂之下，我又叫又跳，手舞足蹈，忙著將「水肺」自木箱中提了出來。

我扭動了一下罐上的扭掣，手指才輕輕一碰，「嗤」地一聲響，就有氣體自罐中衝了出來，而且直衝我的面門，我毫無疑問可以肯定那是氧氣，可以維持生命的氧氣！

我提著「水肺」，繞到了木箱的後面，看到後面的洞壁上，有一塊突出的大石，那塊大石看來雖然像是山洞的一部分，但是顏色卻和它四周的石頭截然不同。

我心中一動，走過去，雙手按在大石上，用力推了一下。

我還未曾運足力道，石頭就已經有點鬆動，我後退一步，勉力使自己鎮定下來。那塊石頭，顯然可以移動，移開了石頭之後，是不是一條通道？可以使我離開這個山洞？

如果是，那麼，山洞之外是甚麼地方？

我將「水肺」戴好，先不戴上面罩，深深吸了一口氣，用力去推那塊大石，大石慢慢移動，一股灼熱湧過來，大石推開了三十公分，立時感到了難以形容的窒息，幾乎連戴上面罩的機會都沒有。

幸而我早有準備，立時戴上了面罩，呼吸著罐中的氧氣，向外走去。外面是一片平原，觸目所及的大地，平整而沒有邊際，一點有生命的東西都沒有，那是真正的死域！

在正常的情形下，土壤中有極多的微生物，可以令土壤看來變得鬆軟，但如今，連微生物也全死絕了，土地看來也變成平板而充滿了死氣。

我看不到有任何建築物，也看不到有甚麼機器人，不知道能使我回去的「逆轉裝置」在甚麼地方，但我必須開步去找！

我挺起了胸，開始了征途。

第十一部：逃出來了

在我走出了山洞，在一片死寂的死域中開始征途之後，有相當長的日子，處在生與死的邊緣上掙扎，經歷之險，在我任何一次冒險生活之上，其間包括在臨渴死的前一刻，找到了水源，在氧氣用盡之後的一分鐘內，再找到了新的「水肺」。

總之，一切冒險小說或驚險電影中的情節加起來，也比不上我這一段日子中的經歷。但是，我卻不準備詳細寫出來了。

為甚麼呢？這些經歷，正應該是故事中的精彩部分！但是，我不準備寫出來，幾筆輕輕帶過，為甚麼？看下去，各位自然會明白，而且也會原諒我不將這段經過詳細寫出來的原因。

總之，在經過了一段日子的冒險之後，我找到了那個「逆轉裝置」，而且，又經過了一番冒險（在任何驚險電影內都可以看到的情節），我通過了這個裝置，回到了我自己的時代：「核子動力的萌芽時期」。

我回來之後，仍然是在格陵蘭的冰原之上，正當我茫然站立在積雪之上，知道自己已經回來，還未曾來得及除下「水肺」，就聽到了直升機聲，一架直升機在我不遠處停下，一個人自直升機中跳出，向我奔來。

那人是達寶，那個丹麥警官。我除下了面罩，他看清楚了我是誰，陡地叫了起來：「天，衛斯理，是你！你在幹甚麼？」

他來到了我的面前停下，臉上現出來的驚訝，我從來也未曾見過。

達寶當然有他驚訝的理由，因為這時，我還穿著顏色鮮豔，閃閃發光的衣服，配戴著一副水肺，形狀之怪，無以復加。

我看到了達寶才肯定我真的是回來了！

我大叫一聲，不顧他的神情如何怪異，抱住了他，怕他在我的面前消失。

達寶也在叫著：「你居然避過了這場烈風，這是奇蹟！這真是奇蹟，你用甚麼方法避過這場烈風？你……從哪裏弄來這些裝備？」

他推開了我，用極其疑惑的目光望著我，我嘆了一聲：「說來話長，我……這場烈風，是甚麼時候停息的？吹了多久？」

達寶道：「老天，足足十二天！我不等風停，就來找你，老實說……」

他說到這裏，用力在我肩上打了一拳：「老實說，當我來找你的時候，我在想，要是我能找到你的屍體，已經是萬幸了！」

我苦笑了一下：「在你想來，我一定被積雪埋得很深，像是古代的長毛象一樣，永遠也沒有再見天日的機會了？」

達寶仍是一面望著我，一面搖著頭，不知道該說甚麼才好。

他望了我一會之後，拉著我上了直升機，我們並排坐了下來，我拿起了座位旁的一瓶酒，大口喝了幾口，達寶問我：「到哪裏去？」我只說了極簡單的兩個字：「回去！」

達寶神情疑惑：「齊賓和梅耶的死因……」

我不等他講完，就道：「我已經知道了，不過，我思緒十分亂，現在告訴了你，你也聽不懂！」

達寶十分諒解地望了我一眼，就沒有再問下去。直升機降落在一個探險隊的營地上，下機時，不少探險隊員，都用極訝異的神情望著我，我和達寶進了一個營帳，一面喝著酒，一面換衣服。

當天晚上，雖然達寶沒有催，我還是將和他分手之後的經歷，向他詳細的說了一遍。

當我說到一半的時候，我發現達寶的神情有點不大對勁，他應該對我的遭遇感到極度的興趣才是，可是看起來，他卻要極度忍耐，才能聽下去。

我心中覺得有點奇怪，但卻沒有出聲，繼續講下去，直到講完為止。

等我講完之後，達寶打了一個長長的呵欠，拍了拍我的肩頭：「你該休息一下！」

他竟表示了這樣的漠不關心，那使我十分惱怒，我用力推開了他的手：「你不相信我的敘述？」

達寶伸手，在我肩上輕輕拍著：「相信，當然相信，我相信你講的經歷！」

他口中雖然說著「相信」，但是他的神情卻表示他口是心非，而且，在我的敘述之中，他一點疑問也沒有。

我嘆了一聲：「真想不到，原來你根本不相信我的話！」

達寶被嚴重指責，弄得脹紅了臉：「我已經說過了，我相信你的話！」

他這樣講了之後，盯了我半晌，才又道：「可是，我只是相信你的話，卻不相信你真的曾有過這樣的經歷！」

我呆了一呆，弄不明白他這樣說是甚麼意思。何以他相信了我的話，卻又不信我有這樣的經歷呢？

我十分惱怒的盯住了他，達寶揮著手：「在暴風雪中求生存，我比你在行得多，在暴風雪中能夠生存下來，絕不容易，那情形和在沙漠之中……」

他講到這裏，我已經明白他的意思，我伸手指向他的鼻尖：「你的意思是，我會產生幻覺，當作曾經發生過一樣？」

達寶道：「是的，在深海，有時也會……」

我冷笑了起來：「幻覺？你應該記得我的樣子。那種七彩發光的衣服是幻覺？佩戴著的水肺，也是幻覺？」

達寶眨著眼，答不上來，過了好一會，他才道：「那……可能是甚麼探險隊留在冰原上，恰好被你發現的，可以有合理的解釋！」

我道：「當然可以有合理的解釋，合理的解釋是有人曾在冰原上作小丑演出，也有人準備弄穿百丈冰原，鑽到冰下去潛水，所以才安排了水肺！」

達寶當然聽得出我在諷刺他，他只好苦笑，沒有任何回答。

我嘆了一聲，說道：「你不相信就算了。這種事情，如果不是我親身經歷，我也不會相信。」

達寶的神情相當為難，看來為了同情我，他願意相信我講的一切，但是那卻又違背他自己的良心，所以他說不出口來。

呆了半晌，他才道：「你的『逃亡』過程，太富於戲劇性了！你說完全沒有氧氣，地球已變成了一個死域，可是，每當你用完了水肺的氧氣，總會發現新的水肺。再說，當你筋疲力盡的時候，又會有適合你使用的交通工具。」

我沒好氣地提醒他：「逆轉裝置！」

我翻著眼：「我以為我已經說得夠詳細，你可以聽得懂了！」

達寶道：「對，你找到了那逆轉裝置，是裝在一座圓球型的建築物之中？」

達寶嘆了一聲：「我不明白的是，何以這個裝置如此重要，卻能輕而易舉讓你進入建築物，而沒有任何力量阻止你？」

我冷冷地道：「很簡單，因為那些機器人雖然有著超絕的電腦來作為他們的思想，但是他們也未曾想到，會有人突破了重重困難，而找到了這個裝置！」

達寶攤著手：「好了，就算是這樣，這個裝置，一定極其複雜，你以前從來也沒有見過這樣的裝置，如何會使用它？」

我又是一聲冷笑：「問得好，那裝置，我的確一點也不懂，可是在裝置的主要部分，都有按掣，而且每一個按掣之下，都有一塊金屬牌，說明這個按掣的作用！」

達寶呆了一呆，望著我，現出一副想笑又不敢笑的神情來，過了片刻，才說出了一句他自以為十分幽默的話來：「是用甚麼文字來說明的？」

我立時道：「英文，這有甚麼好笑？」

我這時理直氣壯，將達寶的懷疑，一一駁回，是因為實實在在，我的遭遇就是如此，並非由於捏造，所以一點也不怕達寶的語氣充滿了不信任和諷刺！

達寶聽得我這樣說，現出一副無可奈何的神情來，勉強點了點頭：「就算這一切全是真的，我們也不能採取任何行動來阻止人們使用電腦！」

我長長嘆了一聲：「是的，我們根本沒有這個力量，只好眼看著人腦越來越退化，人越來越懶，到後來，人變成廢物，終於成為機器人的奴隸，由機器人來選種保留，好像我們這一代對待珍禽異獸一樣！」

達寶皺著眉，沉思了片刻，沒有再表示甚麼意見，躺了下來。我也躺下來，在經過了長時間的歷險之後，我疲倦不堪，儘管思潮起伏，但是不多久，還是睡著了。

第二天一早，仍由達寶駕機，飛過了海峽，回到了丹麥，我們之間沒有再說甚麼。在丹麥，我和白素通了一個電話，沒有多作逗留，就啟程回家。

回家之後，和白素詳細談了很久，白素當然不會以為我所講的全是幻覺，但是她卻也無法作任何表示。因為在種種離奇古怪的遭遇之中，以這一次最為古怪和不可思議！

她只是在聽我講完之後，想了半晌：「你不覺得逃亡過程太順利？」

我抗議道：「順利？一點也不順利，那是九死一生的逃亡！」

白素道：「我的意思是說，你的逃亡過程，有點像驚險電影。你是主角，不論過程如何危險，到了千鈞一髮的危急關頭，你總可以安然脫險！」

我呆了一呆：「你想暗示些甚麼？」

白素並沒有立即回答我，我知道她正在思索，可是無法知道她在想些甚麼。

我在等著她開口，她終於開了口，但是說出來的話，卻異常輕描淡寫，她道：「我沒有暗示甚麼，我只是慶幸你能夠回來！」她這樣說了之後：「那個金髮少女，你的配偶，你甚至沒有問她的名字？」

她一面說，一面似笑非笑地望著我。我伸手揚了一下她的頭髮，笑道：「我不喜歡金髮少女，只喜歡黑髮少女！」

白素也笑了起來：「黑髮老女！」

在兩人的嬉笑聲中，結束了談話。我回來之後，漸漸恢復了正常生活，只不過我對於玩具，起了一種莫名其妙的厭惡心理。

尤其是對於二十公分高下的那種機器人。每當我經過櫥窗，看到有這一種玩具陳列著的時候，我都會莫名其妙地震動一下，自然而然轉過頭去。

而且，對於飼養小動物，我也厭惡。有一次，在一個朋友的家中，他的幾個孩子，問我應該如何飼養一隻螳螂，才能使螳螂產卵，幾個孩子就給我莫名其妙地罵了一頓，嚇得他們躲在房間裏不敢出來。其中一個年紀最小的，捧著一隻十分精緻的透明盒，看來是專門作飼養昆蟲用途的，被我狠狠瞪了一眼，甚至嚇得哭了起來，這件事，令得我那位好朋友，以為我應該好好找精神病醫生去治療一下才行。

除了這一點之外，沒有甚麼不正常之處，也沒有再發現那種小機器人，有幾次晚上，在睡夢之中，白素起身有事，忽然著了燈，倒令我虛驚，以為是那種柔和的黃色光芒，又向我照射了過來。

在起初的幾個月中，我很想念陶格的一家人，因為達寶也好，白素也好，就算他們毫無保留相信我的話，他們未曾身歷其境，我的遭遇，只有講給陶格夫婦聽，他們才會和我一樣，有切身的感受。

可是，我不論如何打聽，和以色列的那個「聯盟」聯絡，都無法再得到陶格一家人的消息。直到有一天，已經是我「回來」大半年之後的事情了，我因為另一件事，在印度的孟買，那天傍晚，我在一條街上走著。

孟買有它繁華的一面，也有極度貧窮的一面，我走著的那條街，兩旁全是高大的建築物，然而在橫街上，卻是成群結隊衣衫襤褸的貧童。

那些貧童，以偷竊、乞討為生，一看到外人，會成群結隊擁了上來向你乞討，不達目的，誓不干休。

我經過了第一條橫街，圍在我身邊的貧童，已經有三五十個，不住地乞討，有的甚至來拉扯我的衣服。遇上這樣的情形，真是難以應付，我正在考慮該如何脫身，第二條橫街中的貧童又發現了我，一聲呼嘯，又有三二十人奔過來。

我實在有點啼笑皆非，只好加快腳步，向一家百貨公司走去，公司門口有守衛，只要進了公司，貧童不敢進來。就在我快到公司門口之際，我忽然看到，在公司門口，有兩個白種小孩子，瑟縮著，縮在一角。

這兩個孩子污穢之極，長頭髮打著結，身上穿著的，也已不能再稱之為衣服。可是無論如何污穢，那一頭金髮，一頭紅髮，看來還是十分奪目。

當我向他們望去之際，他們也抬頭向我望了過來。在那一剎間，我幾乎不相信自己的眼睛！

唐娜和伊凡！

毫無疑問，那是唐娜和伊凡！

從我第一次在歐洲的國際列車上遇到他們開始，我一直未曾遇到比他們更可愛的小孩子，我絕不會認錯人，而且，他們顯然也認出了我，正想向我走過來又不敢。我實在想不到，何以他們兩人，竟會淪落到這種地步，陶格夫婦呢？到哪裏去了？

我一面迅速地轉著念，一面已大聲叫了起來：「唐娜，伊凡！」

唐娜和伊凡一聽到我叫他們，立時跳起，向我奔來，我蹲下身子，不管他們身上是多麼髒，一邊一個，將他們抱起，他們也立時緊摟住了我的脖子，這種情形，將公司門口穿著制服的守門人，看得目定口呆。

我抱著他們兩人，急急向前走著，轉過了街角，才道：「你們怎麼會在這裏的？你們的父母呢？」

聽得我一問，唐娜小嘴一癟，立時想哭，伊凡忙道：「別哭，女孩子就是愛哭！」

唐娜的眼中，淚花亂轉，但總算忍住了，未曾流下淚來。

我又道：「你們的父母……」

伊凡伸手向前一指，說道：「就在前面，過幾條街，不是很遠！」

我將他們兩人放了下來，緊握住他們的手，唯恐他們逃走。忽然會在這裏遇見他們，而且又可以和陶格夫婦見面，這是意料不到的大喜事，我決不肯因任何疏忽而錯過了這個機會。

唐娜和伊凡拉著我，一直向前走著，穿過了兩條街之後，我心中暗暗吃驚，因為我發覺，已經置身貧民窟！街上凹凸不平，孩童在污水潭中嬉戲，兩旁的屋子，甚至不能稱為屋子。挺著大肚子的女人，一面在晾曬著破衣服，一面在用極不堪入耳的話，罵著她們的子女，老年人在牆角，吸食著拾來的煙，在等死，看不到一個壯年男丁，這是最可怖和貧窮的地方！

陶格先生來自那個時代，他有著極豐富的學識，在這個「核子動力萌芽時期」中，他幾乎可以擔任任何工作，就像我們這時代的人，回到了石器時代，可以成為超人一樣，他何以會住在這樣的地方？

我沒有向唐娜和伊凡多問甚麼，只是跟著他們向前走，又穿過了一條窄巷，來到這個貧民窟的中心部分，在一幅堆滿了垃圾的空地上，用紙箱和舊木板，隔出了幾十間屋子，那些「屋子」，最高也不超過一公尺半，簡直只是一個勉強可以遮住身子的掩蔽體，觸鼻的臭氣，中人欲嘔，還有許多大老鼠，在污水和垃圾之間奔來奔去，肆無忌憚。

看到了這樣的情形，我忍不住失色道：「天，你們住在這裏？」

伊凡道：「我們住在那一間！」

他說著，伸手向前一指，指的就是那間用紙皮和木板搭成的「屋子」。

我跟著他們跨過了一個污水潭，來到了那「屋子」的前面。

屋子也根本沒有門，只有一塊較大的木板，擋住入口。伊凡和唐娜到了門口，一起向我作了一個無可奈何的手勢，向門口指了一指。我將木板移開了一點，探頭向內望去。

我甚麼也看不到，只聞到一股極難聞的氣味，那是垃圾的臭味，加上劣質酒的酒精味，幾乎連人呼吸也為之呆滯。

接著，我看到在一堆舊報紙之上，有東西在蠕動，等我的視線可以適應黑暗，我才看清，那是兩個人，而且，我也看清，那是陶格夫婦！

陶格先生的亂髮和亂鬚糾纏在一起，在黑暗中看來，他的雙眼，發出一種可怕的暗紅色光芒。陶格夫人的一頭美髮，簡直如同抹布。他們兩人躺在舊報紙上，身邊有著不少空瓶，一望而知，是最劣等的劣酒瓶。

陶格夫人先發現了我，現出一個僵硬的笑容來：「你……終於找到我們了？」

陶格先生木然地向我望了一眼：「酒！酒！給我酒！」

他一面說，一面發著抖，站了起來，由於「屋子」太低，他一站起來，頭就「砰」地一聲，撞在「屋頂」的一塊木板之上，可是他卻一點也不在乎，伸著發抖的手：「酒！酒！」

陶格這樣，他妻子的情形也好不了多少，他們全變成了無可救藥的酒鬼，這是從甚麼時候開始的事？在格陵蘭冰原上和他們分手，只不過大半年，何以竟會變成了這樣子？

我握住了陶格的手，難過得說不出話來，陶格在不斷地叫道：「酒！酒，給我酒！」

陶格夫人失聲道：「先生，你聽到他在叫甚麼！」

我苦笑了一下，一個這樣的酒徒，給他酒，等於加速他的沉淪，但如果不給他酒，只怕他連一句清楚的話也講不出來。我道：「好，我去買酒！」

伊凡道：「我去！」

我取了一些錢，交給了伊凡，伊凡一溜煙地奔了出去，我扶著陶格，令他坐下，自己也坐了下來，我坐在一團舊報紙上。我道：「酒快來了，你先鎮定一下！」

陶格先生劇烈發著抖，顯然他無法鎮定下來。陶格夫人則仍然縮在一角，發出如同呻吟一般可怕的聲音。

我無法可施，只好緊握著他們兩人的手。不一會，伊凡便抓著兩瓶酒，奔了進來，陶格夫婦立時撲過去，搶過酒來，甚至來不及打開瓶塞，只是用力在地上一敲，敲碎了瓶頸，就對著酒瓶，大口大口吞嚥起來，喉際不住發出「咯咯」的聲響。

他們一口氣，至少喝掉了半瓶酒，酒順著他們的嘴角流下來，他們才長長地吁了一口氣。

我趁機將酒瓶自他們的手中取下來：「甚麼時候上酒癮的？」

酒令得他們的神智清醒了些，一聽得我這樣問，陶格夫人雙手抱住了頭，身子縮成了一團，發出了哽咽的聲音。

陶格先生向我望了過來：「連我們自己也不記得了！」

我想令氣氛輕鬆一點，指著四周圍：「是不是想改行做作家，所以先來體驗一下生活？」

陶格雙手遮住了臉，又開始發起抖來，我道：「我有一段意想不到的經歷，你想聽一聽？」

陶格道：「我知道，你叫他們抓走了！」

我忙說道：「是的，可是我又逃了出來！全靠你，你告訴過我，可以通過逆轉裝置，令時間也逆轉，要不然，我逃不出來！」

陶格先生放下了雙手，用一種十分異樣的神情望著我：「你逃出來了？」

我道：「是！我現在能在這裏和你見面，就證明我是逃出來了！」

陶格先生忽然哈哈大笑，一面笑，一面用手指著我，轉頭望向他的妻子：「他逃出來了！哈哈，你聽聽，他逃出來了！」

我不知道我逃出來這件事有甚麼好笑，可是陶格夫人居然也笑了起來，他們兩人一起指著我，一直笑著，笑得我開始莫名其妙，最後忍不住無名火起，大喝一聲：「有甚麼好笑？」

陶格夫婦仍然笑著，陶格笑得連氣也有點喘不過來，一伸手，搶過了酒瓶，又大口喝了兩口酒，才抹著嘴角：「你逃出來了，嗯，你逃出來了！」

我怒視著他，他又指著我的鼻子：「除了建築物之外，根本沒有空氣，我想你一定是意外地發現了一筒壓縮氧氣，嗯？」

我呆了一呆，陶格是那裏來的，他當然知道情形，所以我點了點頭。

陶格又道：「你歷盡艱險，九死一生，好幾次，你絕望了，可是在最危急的關頭，絕處逢生，是不是？」

我沒好氣地道：「當然是，不然，我也逃不出來了。」

陶格又神經質地笑了起來，陶格夫人道：「別笑他，我們過了多久才明白？」

陶格先生一聽，陡地止住了笑聲：「足足十年！」

陶格夫人道：「是啊，那麼，他怎麼會明白？唉！玩玩具的花樣越來越多了！」

陶格先生喃喃地道：「是啊，他是E型的，正適合這種『大逃亡』玩法！」

陶格夫婦的話，聽得我莫名其妙，我道：「你們在說甚麼？」

他們兩人卻並不回答我，只是用一種悲哀的神情望著我，搖著頭。

我心中十分冒火：「好，如果你們不痛痛快快說出來，我就不供給你們喝酒！」

對一個有酒癮的酒徒，講出這樣話來，不但殘忍，而且近乎卑鄙，但是我卻忍不住這樣講，因為他們的態度太曖昧！

我的話才一出口，兩人齊聲叫起來，又取過了酒瓶，大口喝酒，像是以後再也沒有機會喝酒一樣。然後，陶格才道：「我們自己以為逃出來了，但是實際上，我們根本沒有逃出來！」

我呆了一呆：「你的意思是，他們追蹤而來？」

陶格苦笑了一下：「開始以為完全自由了，後來，偶然發現了『他們』，以為『他們』追蹤而來，於是，我們就四下躲逃，唯恐被『他們』發現，甚至躲進了格陵蘭的冰層之下！」

我有點悚然：「躲不過去?還是叫他們找到了?」

陶格又發出了一陣令人不寒而慄的乾笑聲：「錯了，根本錯了!我們根本沒有逃出來，一切只是一種新的玩法，舊玩具的一種新玩法！」

我不明白「舊玩具的新玩法」之說是甚麼意思，所以只好呆瞪著他。

陶格又說道：「我想，以後，E型的，一定會很適合這種玩法！」

我提高了聲音，說道：「你究竟在說甚麼，請你說得明白一點。」

陶格看來神智清醒了許多，望著我：「那裏，除了建築物外，是沒有氧氣的！」

我道：「是，我知道！」

陶格又道：「你仔細想一想，你是不是曾經在離開建築物之後，可以不必借助任何裝備，而照樣呼吸？」

我呆了一呆，想著。從會見那老人的密室，到山洞，我發現了壓縮氧氣，我一直用「水肺」來獲得氧氣，陶格所說的那種情形，似乎並沒有出現過，但是——我突然想起，是的，在我放了火，而被提出建築物之際，我落在一個大平原上，有幾十個小機器人圍著我，那時，我全然不在任何建築物之中，我也不知道外面沒有氧氣，一樣呼吸得很好，還曾和這些小機器人，展開了追逐。

這是怎麼一回事？陶格特地向我提起這一點，又是甚麼意思？

我吸了一口氣：「這……說明了甚麼？」

陶格道：「這說明他們無所不能，沒有氧氣，他們可以立即在體內製造，再放出來，使氧環繞在你的周圍，供你呼吸！他們不想你死去，因為你是他們的玩具！」

陶格的聲音越來越尖，而陶格夫人聽到這裏，發出了一下呻吟聲。我心中陡地想起了一件事，心中又驚又怕，張大了口，發不出聲來。

我掙扎了許久，才道：「你的意思……是……是……我的逃亡歷程……」

陶格沉聲道：「你的逃亡歷程，就是他們的遊戲過程！」

我想到的就是這一點，怕的也是這一點！

一時之間，我只覺得全身冷汗直冒，喉間發出一種奇異的聲響，過了好一會，才道：「你肯定？」

陶格先生和陶格夫人一起長嘆了一聲，齊聲道：「肯定。」

我還抱著萬分之一的希望，試探地道：「還算好，雖然我自以為歷盡艱險的逃亡，只是『他們』的遊戲，但是我總算逃回來了，『他們』的遊戲也結束了！我們……」

我說到這裏，指了指自己，又指了指陶格夫婦，續道：「我們是人，不是玩具！」

陶格夫人沒有表示甚麼，陶格則又笑起來：「你以為我們為甚麼會變成了酒鬼？」

我喉際「咯」地一聲，沒有出聲。

陶格將手壓在我的肩頭上：「遊戲一直在持續著，我們一直是他們的玩具。他們放我們出來，一直將我們的活動，當作玩耍！」

陶格講到這裏，聲音變得尖銳：「我是他們的玩具，你也是！有甚麼人，想阻止他們的遊戲進行下去，他們就會掃除障礙，弄死那些阻礙遊戲進行的人！那雙法國夫婦，發現了唐娜和伊凡不會長大，就被他們殺了，因為這個發現會阻礙遊戲進行。那個玩具推銷員，對我們起了疑心，也被清除，至於那兩個以色列人，他們竟愚蠢地以為我是甚麼博士，當然也非死不可！」

我忽然變得口吃起來：「那麼我……我……」

陶格道：「本來你也一定要死的，但是他們發現你是E型，比我們好玩得多，像你經歷的逃亡過程，我就做不到！」

我陡地大聲叫了起來：「他們在哪裏？在哪裏？」

我一面叫，一面四面看看，希望可以看到那種小機器人，但除了污穢的雜物之外，甚麼也看不到！

陶格苦笑道：「你看不到他們，他們或許在五百公里的高空，你看不到他們，摸不到他們，但是他們繼續著他們的遊戲，而你、我，就是他們的玩具！」

我急速地喘著氣，盯著陶格，陶格又道：「我一直以為自己逃出來了，可以躲過他們了，但如今我知道躲不過去了，我不再逃，只是喝酒，希望不要清醒！」

我無話可說，只是怔怔地望著陶格夫婦，同時也感到一陣莫名的衝動，抓起酒瓶來，向自己的口中，灌著那種苦澀乾烈得難以入口的劣酒。

劣酒令得我全身發熱，也令我冒很多汗，我的面肉在不由自主地抽搐著，陶格以一種十分同情的眼色望著我，忽然，他道：「你為什麼反應這樣強烈？」

如果陶格的樣子不是看來這樣落魄，我真會忍不住一拳打過去！

我惡狠狠地瞪著他：「強烈？照你看來，一個人知道了自己只不過是玩具，他應該作什麼樣的反應？高興？滿足？安慰？」

陶格搖著頭：「我不知道。可是，你們這一代所追求的生活，和作為玩具的生活一樣！你們追求舒適的住宅、精美的食物、美麗動人的配偶，這一切，是你們這一代人的理想！」

我陡地伸手，抓住了陶格胸前的破衣服，一下子將他拉了過來，吼叫道：「自由！我們是人！有自由，玩具沒有，所以我們要做人，不要做玩具！」

陶格對著我的吼叫，神情十分鎮定，並且帶著一種極度冷嘲的意味：「自由？」

我顧不得刺傷他的心：「是的，自由！或許你生來就是玩具，所以不知道什麼是自由！」這種話，如果不是我心情極度激動，決不會說。果然，陶格聽得我這樣講，陡地震動了一下。但是他卻顯然可以承受打擊，他道：「我當然知道甚麼是自由，不然我也不會帶著家人逃出來。可是，到了你們的這個時代，我沒有發現自由！」

我更怒：「你沒發現有自由？」

陶格道：「是的，你以為你有自由？許多人以為他有自由，我從另一個時代來，我以旁觀者的角度來看，一點也看不到自由。或許我還應該回到更早，回到石器時代去，那時可能有自由，自由是逐漸消失的，隨著所謂文明的發展而消失。到了我們這一代，消失得成為徹頭徹尾的玩具！」

我冷笑道：「我不明白你在講些甚麼！我們這一代的人，當然有自由！」

陶格也提高了聲音：「沒有！你們這一代的人，根本沒有個人，沒有自由。千絲萬縷的社會關係、種種形式的社會道德、求生的本能和慾望、精神和物質的雙重負擔，猶如一重又一重的桎梏，加在你們每一個人的頭上，而你們還努力使桎梏變得更多！你們早已是奴隸和玩具，每一個人都是另一些人的玩具，為另一些人活著，不是為自己活著，沒有一個人有自由，沒有一個人可以自由自在做自己喜歡做的事而不顧及種種的牽制，自由，早就消失了！」

陶格越說越激動，臉也脹得通紅。我呆呆地聽他說著，說到後來，他簡直在怒吼，而且不斷地揮著手。

當他停了下來，急速喘著氣之際，我怔呆，一句話也說不出來。

陶格的話是對的，或許在石器時代，人還有自由，不為名，不為利，也不為人情世故，簡單的生活不產生複雜的感情，每一個人還有自己的存在。

到了「核子動力的萌芽時期」，也就是我們這一代，能有多少人還保持自我？能有多少人不被重重桎梏壓著？

我呆住了不出聲，陶格道：「人，終於發展到了變成玩具，並不是突變的，而是逐步形成，而且，幾乎可以肯定，那是必然的結果，任何力量，都不能改變！」

我喃喃地道：「是的，那是必然的結果！」

我在講完了這句話之後，轉過頭去，對一直呆立在一角的唐娜和伊凡道：「你們……再去買幾瓶酒來！」

當天，我和陶格夫婦一起，醉倒在紙皮板搭成的屋子之中。

我們在喝了酒之後，又講了許多話，由於劣質酒精的作祟，大多數話，我已不能追憶，只是記得其中的一些。

有一些是關於他們一家人的外形，連陶格也不知道是由於甚麼原因，他們的孩子長不大，他們自己也不會老，那可能是由於他們在通過逆轉裝置時，使時間在他們的身上失去了作用所致。但是我卻另有見解，我認為那根本是「他們」的力量，「他們」不喜歡自己的玩具變樣，所以不知通過了甚麼方法，使他們一家永遠維持著原來的樣子，以欣賞他們一家在「核子動力的萌芽時期」的活動、躲逃為樂。

我醉得人事不省，一直當我在極度的不舒適中醒來，踉蹌揭開一塊紙皮，衝出「屋子」外面，大嘔特嘔，我才發現陶格一家，已經不見了。

當時，我頭痛欲裂，一面大聲叫著，一面身子搖晃，找尋著他們，但一直到天亮，還沒有發現他們的蹤影。

我休息了一天，使自己復原，然後又停留了幾天，想再次和他們相遇，但是卻沒有達到目的。

當我辨完了在孟買應辦的事，回到了家中，向白素談起和陶格一家見面的結果。白素聽了，半晌不出聲，才嘆了一口氣：「陶格說得很對，沒有一個人，完全為自己活著，完全可以不受外來任何關係的播弄而生活。」

我道：「那麼，你的意思是，每一個人都是其他人的玩具？」

白素又想了一會，才道：「或許可以說，每一個人，都是命運的玩具！」

我呆了半晌，抬頭望向窗外，命運，是看不見、摸不著的一種存在，和那種「小機器人」差不多。命運在玩弄著人，人好像也很甘心被它玩弄，一旦人不甘心被命運玩弄了，他會有甚麼結果？其實，正確的說法，應該是根本沒有人可以擺脫命運的玩弄！

人，根本就是玩具！

〈完〉

狐變

序言

「狐變」這個故事，是由一種十分怪異的理論發展出來的。這種理論認為整個宇宙中的一切，都在一直不斷的擴大，進度是每天一倍。如果這種理論是正確的，那麼只要有什麼是不在擴張之列的，那就必然每天縮小一半。

誰都知道數學上的一個問題：一數除以二，永遠可以除下去；所以在理論上來說，這種縮小永無止境，可以小得比分子、原子、中子、質子更小，一直設想下去，奇趣無窮。幻想小說所以能吸引人，題材可以提供豐富的想像，自然是一個因素。

「狐變」故事中的那位酒先生，當然是科學怪傑式的人物，可惜下落不明，不然大可在別的故事中出現。

倪匡

第一部：細菌大小的狐狸

春寒料峭，北風不斷發出呼嘯聲，細雨令得視野模糊，天黑了，做甚麼最好呢？自然是幾個朋友圍著火爐，天南地北地胡扯。

那一個晚上，我們正在享受著那樣的樂趣。

所謂「我們」，是我和幾個朋友，我們全在一位朋友的家中，這位先生有一個很少見的姓，他姓酒，而他恰好又是一個不折不扣的酒徒。

這位姓酒的朋友的祖上，可能是滿洲人，他們家中以前出過好幾個大官，其中有一個從小就喜歡航海，所以在海外置下了不少產業，那晚，就在他祖上遺給他的一幢古老大屋中。

那幢屋子已有了多少年歷史，連現在的屋子主人也說不上來。不過屋子雖然老，卻還很結實，一陣一陣風吹過，窗子一點也沒有發出格格聲響。

我們每一個人的手中，都托著一杯主人供給的好酒，是以話題也多得難以記述，忽然間，話頭一轉，一個朋友指著我：「衛斯理，你很喜歡寫科學幻想小說，有一個題材，你一定想不到。」

如果你也是寫小說的人，那麼，你一定也會不時遇到相同的情形：有人熱心地將小說的題材供給你。

喜歡供給他人小說題材的人，本身一定不是一個寫小說的人，這是可以肯定的事，因為每一個寫小說的人，至少都知道一點，用別人供給的題材，寫不出好小說來。

所以我對那位朋友的提議，反應並不熱烈，但是我卻也決不拒絕。

因為既然可以作為科學幻想小說題材的事，一定是很古怪的事，而我喜歡聽古怪的事，即使是古怪的設想，我也喜歡聽。

我笑著：「請說。」

這位朋友先清了清喉嚨：「宇宙究竟有多大，沒有人可以回答，有一派科學家提出的理論是，宇宙無時無刻不在擴大，擴大的程度很厲害，譬如說，每天都擴大一倍。」

幾個人都靜下來，聽那位朋友發表偉論。

那位朋友呷了一口酒：「宇宙在擴大，地球也在擴大，如果地球上的每一樣東西，都一天擴大一倍，作為在地球上生存的人類，是完全無法覺察出來的，是不是？」

另一個朋友笑了起來：「當然，如果每一樣東西都在擴大，就算一天擴大十倍，也是覺察不了的。」

那個朋友笑道：「我說的是一倍，而我的故事是，地球上每一樣東西，都在擴大，其中有一個人，忽然因為某種原因維持不變，那會怎樣？」

這個朋友的假設立時引起了一陣討論，這的確是很有趣的想像。如果有一個人維持不變，其他的東西都每天在擴大一倍，那麼，到了第七天，一個原來六呎高的人，就會變成只有半寸大小了。

如果他繼續維持不變，那麼，他的身體，等於每天縮小一半。那樣的結果，他可能縮得比細菌更小，比原子更小，如果在那時，他還能夠生存的話，那麼，在他眼中看出來的世界，不是奇妙之極了麼？

我在大家熱烈的發言中，也參加了一份，我道：「這個設想太妙了！這真是一篇極好的科學幻想小說的題材，可惜我寫不出來。」

「為甚麼？」那位朋友問。

「當然，你想想，執筆寫那樣的小說，需要多麼豐富的學識？不是對每一種物質的結構都有著徹底的瞭解，怎能寫得出來？這個人到最後，小得可以看到水的分子，水的分子結構，你能詳細描述出來嗎？那時，他應該看不到水了，在他看來，水就像是一大堆黃豆一樣，如果他繼續『縮小』，水的分子會愈來愈大，那時，一個水分子，就可以把他壓死了。」

另外幾個朋友笑了起來：「那麼他豈不是沒有法子喝水了，他只怕要渴死！」

這句聽來很荒謬的話，在真有那樣情形出現的時候，卻是不折不扣的實情，所以，我們幾個人，都一起轟然大笑了起來。

在我們轟笑中，我們都發現我們的主人，坐在沙發上，望著爐火，轉著手中的酒杯，一言不發。

我首先停止了笑聲，叫著他的名字：「博新，你為甚麼不說話？」

博新忽然站了起來，在他的臉上，現出了一種十分厭惡的神情來。他瞪著我，粗聲粗氣地道：「我不覺得那有甚麼好笑！」

所有人的笑聲都停了下來，望向他。

雖然我們全是熟到不得了的朋友，但是作為一個主人，博新的行動、言語，究竟還是十分不禮貌的，如果他就此算了，那麼，或許氣氛只是遭到暫時的破壞，我們還可以轉換話題，再談下去。

可是，他在講了那樣一句話後，像是他心中的厭惡情緒還在迅速地增加，是以他又向著那個首先提出這種新奇有趣的假想的朋友道：「你也太無聊了，甚麼不好說，怎麼講起那樣無聊的話來？」

那位朋友脹紅了臉，一時之間，不知該說甚麼才好，過了半晌，他才道：「這……應該很有趣……」

我看看情形不對，好朋友可能就為了這樣的一個小問題，而無緣無故地吵起來，是以我忙打了一個呵欠：「時間不早了，我們也該回家了！」

另外兩個朋友也勉強笑道：「是啊，打擾了你半天，該走了！」

本來，在我們幾個熟朋友之間，是誰也不會說那樣的客套話的，可是這時候，酒博新的面色變得十分難看，各人都覺得很尷尬，是以講話也客氣了起來。

酒博新勉強笑了一下：「好，那麼，再見了！」

他話一說完，就自顧自轉過身，上了樓。

我們平時都知道他這個人的脾氣多少有點古怪，但是他這樣的舉動，卻也頗出乎我們的意料之外，有幾個朋友，甚至已怒形於色，拿起掛在衣架上的大衣，穿上了就向門口走去。

一時之間，所有的人都走了，只有我還站在爐邊。

最後離開的那朋友，在門口停了一停，向我道：「你為甚麼還不走？還在等甚麼？」

我搖了搖頭：「我不等甚麼，但是我現在不想走，我看博新的情緒很惡劣，他可能有甚麼心事，在他需要朋友的時候，我們不該離開他！」

那朋友冷笑一聲：「他需要朋友，哼！」

他在「哼」了一聲之後，重重關上門，走了。

我在爐邊坐了下來，慢慢喝著酒，剛才，爐邊還只聽得此起彼落的笑聲，大家爭著來說話，但這時卻靜得出奇，只有客廳一角那具古老的大鐘在發出「滴答」、「滴答」的聲音。

我大約獨自坐了半小時，才聽得樓梯上腳步聲傳了下來，我並不抬頭，因為我知道除了博新之外，不會有第二個人。

腳步聲一直傳到我的近前才停止，然後，便是博新的聲音：「他們全走了？」

我身子向後靠了靠，抬起頭來。

我發現博新的神色很蒼白，神情也有一股異樣的緊張，我略為猶豫了一下，還是說：「他們全是給你趕走的。」

酒博新的雙手掩住了臉，在臉上抹著，然後又緩緩地移了開去，他在我的對面，坐了下來，一句話也不說。

我站了起來：「現在，我也要告辭了！」

這一次，他的反應卻來得十分快，他忙道：「等一等，你別走！」

我望著他：「我們是老朋友了，如果你有甚麼心事，可以對我說。」

博新揮了揮手，像是想揮走甚麼虛無的幻象一樣，他苦笑了一下：「沒有甚麼，我沒有甚麼心事，嗯……你們，你們剛才在說的那種事，真有可能麼？」

他像是鼓起了很大的勇氣，才發出了這一個問題來的。我攤了攤手：「你怎麼了？甚麼時候，你變得那麼敏感？我們只不過在討論著一篇科學幻想小說的題材，你聯想到了甚麼？」

他又低下了頭，雙手托著頭，好一會，他才道：「你來，我給你看一樣東西。」

我的心中充滿了疑惑：「看甚麼？」

博新並不回答我，他只是向樓上走去，我只好跟在他的身後。

我知道他的書房是在二樓，可是在進了他的書房後，他從一個抽屜中取出了一串鑰匙，又帶我上三樓去，我忍不住道：「你究竟要我看甚麼？」

他仍然不出聲，一直向上走著。

我到過這幢古老大屋不止一次，但是我卻也從來未曾上過三樓，這時，我才知道，在通向三樓的樓梯口，有一道鐵門攔著。

他用一把鑰匙打開了鐵門，將鐵門推開。

我只覺得氣氛愈來愈神秘，是以不得不說幾句笑話，想使氣氛變得輕鬆些，我道：「原來你還有大批寶藏，藏在三樓！」

他卻似乎並不欣賞我的話，只是回頭，向我瞪了一眼：「跟我來。」

我無法可施，只得跟在他的後面，走上樓梯去。

三樓有鐵門攔著，當然是不會經常有人上來的，但是也一定經常有人打掃，是以到處都十分乾淨，並不是積塵老厚的那種可怖地方。

我心中十分疑惑，因為我不但不知道何以他今晚會突然失態，而且，我也不知道他究竟要我去看一些甚麼東西。

我也沒有去問他，因為從他的神情上，我知道就算問他，他也不肯說的。

而且，這房子只有三層高，大不了他要給我看的東西是在天臺上，那我也立時可以看到的了，又何必去碰他的釘子？

我跟在他的後面，到了三樓，他又用鑰匙打開了一扇門，一打開門，他就著亮了燈，那是一間很精美的書房，四面牆壁上，全是書櫥。

我跟著他走了進去，直到這時候，我仍然不知道他的葫蘆中賣的是甚麼藥。

他來到了寫字臺面前，寫字臺上，放著普通的文具，還有一隻高高的木盒子。他一句話也不說，面色蒼白得很可怕，我看他打開了那盒子，捧出了一具顯微鏡來，放在桌上，然後，又著亮了台燈，照著顯微鏡。

這時候，我已經知道，他是要我從顯微鏡中去觀察甚麼東西了。

然而，我的心中，疑惑也更甚。他不是生物學家，我也不是，他神情那麼嚴肅，要我在顯微鏡下，看一些甚麼古怪的東西？

他拉開抽屜，取出了一隻小小的盒子，取出了一片玻璃片，放在顯微鏡的鏡頭之下。然後，他將眼睛湊在顯微鏡上，調節了一下倍數，抬起頭來。

當他抬起頭來的時候，我不禁嚇了一大跳，因為他面上的肌肉不由自主地跳動著，看他的樣子，像是才被瘋狗咬了一口一樣。

他的聲音也有點發顫，他道：「你……來看！」

他那一句話，總共才只有三個字，但是卻頓了兩頓，我心中的好奇到了頂點，是以我一聽得他叫我過去看，連忙走了過去。

他還僵立著不動，是以當我來到了顯微鏡前面的時候，要將他推開些。當我碰到他手的時候，我只覺得他的手比冰還冷。

那時候，我已經急不及待了，我也不問他的手何以如此之冷，立時就將眼睛湊到了顯微鏡上。

當我看清楚了顯微鏡頭之下，那兩片薄玻璃片夾著的標本時，我呆了一呆，立時抬起頭，又揉了揉眼睛，心中告訴自己：一定是看錯了，然後再湊上眼去看。

但是，我兩次見到的東西，全是一樣的！

那是一隻狐狸。

別笑，我的的確確，在顯微鏡中，看到了一隻狐狸！

我再次抬起頭來，雖然在我的面前沒有鏡子，但是我也知道我的神情一定古怪得可以。

我甚至感到自己的脖子有點僵硬，我轉過頭去，向博新看了一眼。

博新的神色，仍然那麼蒼白，他只是怔怔地望著我，一聲也不出。

我呆了大約有半分鐘之久，然後，又第三次湊眼在顯微鏡上，仔細看去。

這一次，我有心理準備，雖然事情怪異得難以想像，但是我還不至於一看到顯微鏡中看到的東西，便立時抬起頭來。

我定神看看，不錯，那確然是一隻狐狸。

在顯微鏡中看來，那狐狸尖尖的嘴，大而粗的尾巴，還有四隻腳，那不是狐狸是甚麼？雖然它小，但是它身上那濃密的狐毛，也可以看得很清楚，那實實在在是一隻狐狸！

我這一次，看了好幾分鐘，才抬起頭來。

我在抬起頭來之後，先看了看顯微鏡鏡頭放大的倍數，那是兩千五百倍。

然後，我又將鏡頭下的標本玻璃片拿出來，向燈照著，用肉眼來看，幾乎甚麼也看不到，硬要說看得到的話，也不過是兩片玻璃片中，依稀有微塵也似的一點黑色而已，那一點黑色，自然就是我在顯微鏡中看到的那一隻十十足足的狐狸了。

我又將那標本玻璃片，輕輕放了下來，再轉頭向博新望了過去。

我望了他半晌，才道：「這……這是甚麼？」

博新忽然笑了起來，雖然他的笑容十分駭人，但是他總是在笑著，他道：「這是甚麼，你不知道麼？這是一隻狐狸啊！」

我急忙道：「別開玩笑，這是一種細菌，博新，你有了一個偉大的發現。從來也沒有一個生物學家，發現一個和狐狸一樣的細菌！」

博新的面色更蒼白，書房中的光線並不強烈，是以乍一看來，就像是他的臉上，塗上了一層白粉一樣。

他喃喃地道：「我自然寧願那是一個細菌，但是它的確是一隻狐狸！」

我也笑了起來，然而我的笑聲一樣十分怪異，就像是我的喉嚨中有甚麼哽著一樣，我道：「比細菌還小的狐狸，我真懷疑你如何捉到它。」

博新卻一本正經地道：「不是我捉到它，是我父親捉的。」

我和博新認識了很多年，我只知道他的老太爺早已死了，那麼，這狐狸自然被捉到很久了。那時，我心中著實亂得可以，雖然有著不知多少問題想問他，但也不知從何問起才好。

博新又道：「這狐狸才捉到的時候，和普通的狐狸一樣大，可是它卻愈來愈小，直小到現在那樣子，被夾在標本片中之後，才停止了縮小！」

我仍然怔怔地望著他。

博新又道：「這和你們剛才在說的——不是很相像麼？宇宙間的一切，都在不斷擴大，如果有一個人——不，一隻狐狸，停止擴大的話，那麼，它就變成不斷地在縮小了！」

我聽得他的話中，好像還在隱瞞著甚麼，但是卻實在無暇細究，我只是叫道：「可是我們在講的，只是一種假設，一種幻想！」

博新道：「然而，這卻是事實！」

我望了他半晌，將這件事情從頭至尾地想上一想，我覺得其中的漏洞實在太多，是以我不由自主笑了起來。

博新像是怪我在這種情形之下，還要發笑，是以他瞪大了眼望著我。

我揮著手：「這實在是很無稽的，照你說來，那狐狸是每天縮小了一半？」

博新鄭重其事地點了點頭。

我又道：「如果它每天縮小一半，那麼，只要幾天功夫，它就小得和一隻跳虱差不多了。」

博新的回答，仍然很嚴肅：「是的，幾天功夫，它就小得和一隻跳虱差不多了，我父親將它關在一隻很小的玻璃盒之中，它還在不斷地縮小，終於小得連肉眼都看不見了，才將它夾在玻璃片中。」

「夾在玻璃片中之後，它就不再縮小了？」

「不是，開始的時候，只要用二十五倍的放大鏡，就可以看到它，但是到後來，卻要用兩千倍的放大鏡才能夠看到它！」

我「嘿嘿嘿」地乾笑了起來：「那麼，它是甚麼時候死去的？」

我只當那一問，一定可以將博新問住了，誰知道他仍然十分正經地道：「它死了之後，才停止縮小！」

我的聲音也變得有些異樣，我道：「你是說，它一直到那麼小，被夾在玻璃片中的時候，仍然是活的？你不是在和我開玩笑？」

博新的神情顯得很悲哀，他緩緩搖著頭。

我一步跨到了他的身前：「那麼，你看到過它在玻璃片之中的活動？」

「我沒有看到過。」

「誰看到過？」

「我的父親。」博新回答著，他的神情又變得很古怪起來，像是不願意多說甚麼。

我深深吸了一口氣：「那是你父親告訴你的？他為甚麼將這件事秘而不宣？」

博新的聲音突然發起抖來，道：「他本來是想要宣佈的，可是……可是……」

他講到這裡，突然接連向後，退出了好幾步，坐在一張椅子上。

接著，他雙手掩住了臉，身子在不住地發著抖。

我來到了他的身前，雙手按在椅子的扶手上：「究竟又發生了甚麼事？」

博新的身子愈抖愈是劇烈，當他的雙手從他的臉上移下來之際，使人擔心他的手指會一根一根抖落下來！

他道：「我們是好朋友了，衛斯理，今天我和你講的事，你絕不能對任何人說起！」

我望著他，過了好久，他才用哭一樣的聲音道：「我父親，他……他也開始縮小了！」

我一聽得他那樣說，身子不由自主，跳了一跳，我按在椅把上的手，也在微微發抖。

第二部：半寸大的小死人

我望著他，他望著我。

過了好久，他才向一個抽屜，指了一指。

我連忙拉開了那抽屜來，那抽屜之中，有一隻銀質的盒子。

我又回頭望了博新一眼，博新點了點頭，我忙將那銀色的盒子自抽屜中取了出來，放在桌面上，然後，我將盒蓋打了開來。

在打開了盒蓋之後，我看到在銀盒之中，是白色的綢緞襯墊，在襯墊之上，是另一只一寸來長的長方形白金盒子。

博新的聲音發著顫：「你揭開這只白金盒子的蓋，就可以看到……我的父親！」

我的手指已經碰到那白金盒子的蓋了，可是我的手卻軟得無法揭開盒子的蓋來，我突然轉過身，大聲道：「好了，博新，我承認你很成功，你編造了那樣一個神奇的故事，又製造了那麼詭異的氣氛，使我不敢打開那盒子來，你成功了！」博新望著我，一聲不出。

我又道：「現在，你可以告訴我一切只不過都是你玩弄的把戲！」

博新緩緩地搖著頭：「但願是那樣，可惜事實上並不是如此！」

我衝到了他的身前，抓住了他的肩頭，用力搖著：「你胡說，那盒子只不過一寸來長，連一隻手指頭也放不下去，何況是一個人！」

博新的神情，反而鎮定了下來：「你不必向我追問，你只要打開盒子來看看，就可以知道，我並不是在開玩笑！」

我縮回手來，一面望著他，一面又退到了桌邊。

我拿起那只白金小盒子來，湊到了燈前，揭開盒蓋，在白金盒子之中，是一只密封的玻璃盒，在那玻璃盒子中，躺著一個人，一個身子不過半寸來長短的人，一個小得那樣的小人！

我立即想說，那是一個雕刻得十分精美的人像，可是我卻沒有說出口來。

因為那句話，就算說出了口來，也一定只是自己在欺騙自己而已！

世界上是不可能有那麼精美的雕像的，那一定是一個真正的人，他雖然小，但在燈光的照映之下，我可以看到他每一根頭髮，有的頭髮已花白了，有的還是黑色的，他和博新很相似，他的鬍子很長，他臉上皮膚的皺紋、他身上的每一個毛孔，我都可以看得出來。

他決不是雕像，而是一個實實在在的人，一個已死了的、只有半寸長的人！

我立時合上了白金盒蓋，雙手發著抖，又將白金盒放在銀盒之中。

我呆立在桌前，好久未曾轉過身來。

過了好半晌，我才聽得博新道：「你看清楚了吧，那是不是我的父親？」

我緩緩轉過身來，伸手在自己的臉上用力抹著，那樣，可以使一個昏亂中的人，腦子變得清醒些，但是那時，我還是覺得一片昏亂。

我呆立著，苦笑著：「看來，那不像是在開玩笑，是不是？不像！」

博新是根本沒有聽到我的話，他只是自顧自地道：「他是自殺的。」

我也自顧自地在說著：「看來，他如果再縮下去，也會變得像細菌一樣！」

博新抬起了頭來：「你為甚麼不問我經過的情形怎樣？」

我像是機器人一樣，重覆著博新的話：「那麼，經過的情形怎樣？」

博新吸了一口氣，他站了起來，拉開了一個櫃子，拿出了一瓶酒來，拔開了瓶蓋，對著瓶口，大口喝了三口。我從來也沒有感到比這時更需要喝酒，我伸手在他的手中，將酒搶了過來，也連喝了三大口，才鬆了一口氣。

博新抹了抹自他嘴角中流出來的酒：「我父親是一個很古怪的人，我們住在屋中，只有三個人，我、他，還有一個老僕，他往往在三樓的書房中，十天八天不下來，成為習慣，他不讓人家去打擾他，那時候，我十五歲，正在中學念書。」

我又拿起酒瓶來，喝了一口酒。

「那天，」博新繼續說：「我剛踢完球回到家中，老僕就來對我說，父親這幾天的胃口很不好，送進去的飯，只吃幾口，就塞出來了，可能是身體不舒服，叫我上去看看。」

我道：「你去了？」

「我沒有去，」博新搖頭：「我已說過了，他是一個怪人，不喜歡人家去打擾他，可是當我洗好了澡之後，他就用內線電話叫我上去，那是我一生之中，最難忘記的一天！」

我問道：「當時，你看到他的時候，情形怎樣？」

博新將酒自我的手中接了過去，又接連喝了幾口，才道：「我看到他的時候，他的身子已只有八寸高了，他站在桌上，我險些昏了過去，他叫我鎮定，說是有非常的變故發生在他的身上！」

博新苦笑了一下，又道：「奇怪的是，他的聲音和普通人一樣，他告訴我，他的身子開始縮小，他每天縮小一半，他知道自己無法活下去，因為在他之前，有一隻狐狸，是他所養的，也一直在縮小，小到了只有細菌那麼大。他說，他不想到那時候才死，他要自殺，他吩咐我，在他死後，一定要用真空來保存他的屍體，使他的屍體不致敗壞！」

博新的神情愈來愈古怪，他又道：「我那時，就像是在做噩夢一樣，從那時起，我一直陪著他，他一直在縮小，直到他終於自殺死去，他的身子才停止了縮小，那時，他只有半寸長短了！」

我怔怔地聽著，博新又道：「現在，你知道我為甚麼聽到你們討論那樣的事，會忽然變得如此失態的原因了？」

我點了點頭，到這時候，我自然明白了。

我們又默然相對了很久，我才道：「那麼，你一直不知道那是由於甚麼原因？」

博新搖著頭：「不知道，我相信沒有人知道是為了甚麼原因。」

我皺著眉：「為甚麼你一直將這件事秘而不宣？你可以將這件事公開出來，那麼全世界的科學家就都會集中力量來研究這件事！」

博新望了我半晌：「這樣的事，如果發生在你父親的身上，你會麼？」

我沒有回答，因為博新問得很有道理，這種事情，如果發生在我親人身上，我也會隱瞞下來的。

我又轉過身，再打開那盒子來，凝視著躺在玻璃真空盒中的博新的父親。

我苦笑了一下：「你的意思是，這件事，不讓任何人知道？」

博新呆了半晌：「我好像有一個預兆，我也會和那隻狐狸以及我父親一樣，有朝一日，我會每天縮小一半，小得像一隻細菌一樣！」

一陣莫名的恐懼，突然襲上了我的心頭，我立時厲聲斥道：「別胡說！」

他道：「但願不會，但如果真有那一天，要請你來幫我的忙。」

我連聲道：「胡說！胡說！」

而博新一直沒有出聲，然後，我們一起離開了三樓，回到了博新的書房中。

等到離開了三樓之後，我的神智才勉強可以稱得上「清醒」，我問道：「你那位老僕呢？」

博新呆了一呆，像是他根本沒有想到那個人來一樣。事實上，如果不是他剛才提起，我也不知道他還有一個老僕，因為他從來就是一個人住在這裏的，至少我認識他以來，就是這樣。

他呆了片刻之後：「自從這屋子中發生了那樣的怪事之後，我就將他遣走了！」

我望著他苦笑：「你倒很有膽子，這屋子中發生了那樣的事，你還一直住著。」

博新慘笑：「我有甚麼好害怕的？發生變化的一個是我父親，一個是一隻狐狸，而且，他們已變得如此之小，再也不能傷害我了！」

我心中想到了一句話，而且，這句話已到了我的唇邊，但是我還是將它忍住了。我忍住了沒有說出來的那句話是：「那麼，你不怕同樣的變化有朝一日會發生在你的身上？」

我之所以忍住了這一句話，未曾說出來的原因，是因為博新當時的神色，已經夠難看了，如果我再那樣說，他可能會昏過去！

我們一直來到了客廳中，博新道：「你也該回去了！」

他說著，拉開窗簾，向外看了看，細而密的雨點，仍然灑在玻璃上，我道：「博新，如果你要我陪你，我可以留下來。」

博新笑了起來，他的笑聲很不自然，他道：「你以為我會害怕麼？別忘記，我在這裏，已住了那麼多年，一直是我一個人。」

我苦笑了一下，拿起雨衣，到了門口，我們兩人的手全是冰冷的，但是我們還是握了握手，當門一打開，寒風便撲面而來。

我拉開了雨衣領子，奔到了車前，回頭看去，博新還站在門口，向我揮手，直到我駕車離去之後，我還看到客廳中仍然亮著燈。

我雖然看不到博新，但是我也可以想像客廳中的情形，博新一定是對著火爐，在大口大口地喝酒。

我的腦中十分混亂，因為我剛才看到了根本是不可能的事：一個人，小得只有半寸長短；一隻狐狸，只有細菌一樣大小。

我不禁抬頭看了看漆黑的天，心中在想，難道宇宙間的一切，真的每天都在擴大一倍？

宇宙間的一切每天擴大一倍，這不過是一種理論，那麼，是那隻狐狸每天在縮小一半了？狐狸和人都是生物，生物自然是越長越大的，怎會縮小？而且，小得竟然只和細菌一樣。如果一個人，不斷縮小下去，小得也和細菌一樣，那麼，自他眼中看出來的世界，會是怎麼樣的？

我只覺得心中亂到了極點，一點頭緒也理不出來，因為事情實在太奇特了。而我在回到了家中之後，神思恍惚，一夜未曾好睡。第二天早上，我起來之後，第一件事情，就是打了一個電話給博新。

當電話鈴響著，沒有人來接聽的時候，我的心頭又不禁怦怦亂跳了起來，我不由自主地在想：博新是不是也變小了，小得他已沒有力道拿起電話聽筒了？

電話鈴響了一分鐘之後，終於有人來接聽，而且，我一聽就聽出，那是博新的聲音。

我吁了一口氣：「博新，你好麼？」

或許是我問得太沒頭沒腦了，是以他沒有立時回答，那又使我的心中緊張了一陣。

然而，博新立即回答了，他道：「我？很好啊，請問你是哪一位？」

他竟連我的聲音也未曾分出來，我知道，我的電話，一定是將他在睡夢中吵醒了，我忙道：「沒有甚麼，我是衛斯理，不知怎地，我很擔心……」

博新笑了起來：「我一點事也沒有，如果我有了甚麼變化，那麼，我一定打電話給你的！」

他在講了那幾句話之後，還打了兩個「哈哈」，像是想讓我們間的談話輕鬆一些。

但是，我卻可以聽得出，他的笑聲完全是勉強擠出來的，聽起來苦澀得很。

雖然他說一有變化，就會打電話來給我，但是我總有點不放心，在接下來的幾天中，我幾乎每天都和他通一次電話。

後來，看看沒有甚麼事，我電話也打得不那麼勤了，有時三天才打一次。

我和博新，還是時時見面，我們那些朋友，有時也聚在一起，只不過當有博新在場的時候，誰也不再提起宇宙間的一切每天都在擴大一倍的那種幻想了。

我自然替博新守著秘密，沒有將他的事向任何人提起過。

我心中的好奇心，卻又實在按捺不下，我曾問我許多有學問的朋友，問起過生物是不是會縮小，小得像一個細菌一樣，聽到的朋友不是哈哈大笑，便是說我想入非非。

只有一位生物學家在聽了我的話之後，比較正經地回答了我的問題。

他道：「那是不可能的，老弟，一個生物，譬如說一隻狗，自古以來，就以牠那種固定大小的體積生存著，如果牠忽然變小了，牠身上承受的壓力不同，牠身體的組織，一定首先不能適應，牠就無法活得下去，那只不過是極其簡單的一點；更複雜的是，如果牠縮小的話，牠身上的一切組織都得縮小，而一切組織全是由原子構成的，生物的組織也是一樣，而直到如今為止，還未曾聽說，連原子也會縮小的理論。」

我呆了半晌：「那麼，照你說，會出現甚麼樣的情形呢？」

那位生物學家笑了笑：「原子如果不縮小，那麼，縮小的情形如果出現，就是原子和原子間的空隙，擠得更緊密，那等於是用極大的壓力，將生物壓成一小塊。你想，生物如何還活得下去？而且，就算是那樣，也有一個極限，極限就是到原子和原子間再沒有任何空隙為止，也決不可能每天縮小一半，無止境地縮小下去的。」

我當時呆了半晌：「那麼，照你看來，一隻狐狸，我說是如果，如果一隻狐狸，使牠身體組織的原子和原子間再也沒有空隙，那麼牠大概會有多大？」

那位生物學家笑了起來：「這個可將我問住了，只因從來也沒有人提出那樣的問題來過，但是我倒可以告訴你一件類似的事。」

我忙問道：「甚麼事？」

他道：「如果將一噸鋼，壓縮得原子和原子之間一點空隙也沒有，那麼，這一噸鋼的體積，不會比一個針尖更大！」

我吸了一口氣，一噸鋼不會比針尖大，那麼一隻狐狸，就可以小得任何顯微鏡都看不到！

我在發呆，那位生物學家又道：「可是，原子在緊壓之後，重量卻是不變的。也就是說，就算有一種能力，可以將一噸鋼壓成了針尖那麼大，它的重量，仍然是一噸，而不會變少。」

我本來是坐著的，可是一聽得那句話之後，我便陡地站了起來。

一噸，縮成了針尖那麼大小，重量不變！

但是，那狐狸和博新的父親，在縮小之後，卻顯然變得輕了！

一隻狐狸，本來至少應該有二十磅吧，但是當我拿起玻璃片來的時候，它根本輕得一點分量也沒有。一個人，至少有一百二十磅，然而我拿起銀盒子來時，何嘗有甚麼沉重的感覺？

這至少證明了一點，在那一人一狐上所發生的變化，決計不是原子和原子間空隙的減縮，而是甚麼都在縮小，連原子都在縮小！

我又將我想到的這一點，作為「如果」而提了出來，這位生物學家大搖其頭：「不可能，你別胡思亂想了！」

我自然對他的話很不服氣，因為我看到過事實：一隻比細菌還小的狐狸。

但是在當時，我沒有說出來，因為一個人如果不是親眼看到了一隻比細菌還小的狐狸，要他相信這件事，簡直沒有可能，像我那樣，就算是親眼看到了，也還是難以相信那是事實。

和那位生物學家的談話，雖然沒有多大的收穫，但是卻使我興起了一個古怪的念頭來。

我那古怪的念頭便是：我要使那位生物學家看看那隻和細菌一樣大小的狐狸。

我想到這一個念頭時，自然也想到過，如果我對酒博新實說，向他拿那個比細菌還小的狐狸，他一定不肯，那麼，我還有甚麼別的辦法呢？

我唯一的辦法就是偷！

去偷一個好朋友的東西，而且那東西又關係著他絕不願意被人家知道的秘密，會有甚麼樣的結果，人人都知道，我當然也知道。

可是，我的性格十分衝動，想到了要做一件事情，如果不去做的話，心中便有說不出來的難過。而且，我的好奇心如此強烈，實在想知道一下那位著名的生物學家在看到了那個細菌大小的狐狸之後，會有甚麼奇特的反應。

但由於這件事的後果實在太嚴重，我還是考慮了兩天之久。

這兩天之中，我設想得十分周到，我曾上過博新那屋子的三樓，從三樓那種重門深鎖的情形來看，博新也不常上去。

而那幢屋子中，又只有他一個人，如果我沿牆爬上去，撬開那一扇窗子，那麼，我可以輕而易舉進入三樓的那間書房，也就是說，要去偷那個像細菌一樣大小的狐狸，是十分容易的。

問題只是在於偷到了之後，我應該如何掩飾這件事情才好。

關於這一點，我也早已想好了。

我可以要那位生物學家嚴守秘密，然後，我再神不知鬼不覺，將那東西送回去，那就妥當了！

當我考慮了兩天之後，我在第三天的晚上，開始行動。我攀進圍牆，那晚天色陰暗，對我的行動正好是極佳妙的掩護。

在我攀過了圍牆之後，我迅速地奔近那幢古老的大屋，屋子中靜得一點聲音也沒有。

第三部：古屋中的陌生人

我在感覺上，根本不像是接近一幢屋子，而像是在走近一座碩大無朋的墳墓，到了牆前，略停了一停。

一點阻礙也未曾遇到，看來，我的目的可以順利達到，不會有甚麼緊張刺激的場面出現了。

我順著水管，爬到了三樓，然後用帶來的工具，撬開了窗子，閃身爬了進去。

我不能肯定我是置身在三樓的哪一間房間之中，我先將窗子關好，然後靠著窗站了一會，在黑暗之中，甚麼動靜也沒有。

我停了極短的時間，便著亮了手電筒，四面照射了一下。我發現那是一間堆滿了雜物的房間，我來到門前，弄開了門，門打開之後，我就輕而易舉認出書房的門，而在一分鐘之後，我已經弄開書房的門，進入房間中了。

我關上了門，在那片刻間，我真想著亮大燈來行事，因為我簡直太安全了，絕不會有人發現我在這裏偷東西。

我來到了寫字台前，我記得那個細菌大小的狐狸放在甚麼地方，我弄開了那抽屜，取得了那片玻璃，放在口袋中。

現在，我要做的事，只是打開一扇窗子爬下去而已。可是，就在我推上抽屜的那一剎那間，門口突然傳來了「喀」地一聲響。

我陡地一呆，一點也不錯，那是「喀」地一聲響，我連忙推上抽屜，熄了電筒，身子向後退去，我由於退得太急了，幾乎撞翻了一張椅子，我連忙將椅子扶直，不使它發出聲響來，然後，我躲到了一個書櫥的旁邊。

那地方，牆正好向內凹進去，旁邊又有書櫥的掩遮，只要博新不走到近前來的話，是不會發現我的。我當時那樣想，是我認定進來的人，一定是博新的緣故。我剛一躲起，就聽到門被打了開來，接著，燈也亮了，可是，當我慢慢探出頭去看時，我卻嚇了一大跳，推門進來的，不是博新。

那是一個陌生人。

我從來未曾見過這個人，我也很難形容他是怎樣的一個人，因為他的樣子太普通，見過這種人一面，一定很難在腦中留下甚麼印象，因為滿街上都是這種相貌普通的人。

而從那陌生人走進這間房間中的態度來看，儼然是這間房間的主人一樣。

我的心中，不禁疑惑了起來，博新不是一個人住在這間屋子中的麼？為何忽然又多了一個陌生人？

如果博新一直是和那人住在一起的話，那麼，他為甚麼要保守秘密？又為甚麼我們到這屋子來的時候，從來也未曾見過這個人？

如果那個人來這裏的目的，也是和我一樣的話，那麼，他何以大模大樣，一進來就著亮了燈？那時，我心中的疑惑已到了極點，我注視著那人的行動，只見他來到了寫字台前，著亮了台燈，然後又熄了頂上的燈。

那樣一來，光線集中在寫字臺上，房間的其他部分都變得很陰暗，對我的隱藏也較有利。

他在寫字台前坐了下來，呆坐著不動，用手在面上不斷地撫摸著，看來他像是感到極度的疲倦。

他呆坐了五分鐘之久，我已經有點沉不住氣了，如果我不是來偷東西的，那我一定已衝了出去，喝問他是甚麼人了！

但是現在，我卻只好站著，看他究竟來做甚麼。

他拉開了一個抽屜，取出了一疊紙，身子向前俯伏，在那紙上寫起字來。

他在每一張紙上，都寫了極短的時間。

在那麼短的時間內，他最多只能寫上幾個字而已，他寫了一張，就將那張紙團綹，拋在字紙簍中。看他的情形，就像是一個初寫情書的少年人。

我自然不知道他在寫甚麼，而那時，我心中的疑惑也到了極點，因為我不知道這個人究竟憑甚麼身分，可以這樣大模大樣地坐在書桌前寫字。

他大概一連揉了七八張紙，才算定下心來，繼續寫下去，這一次，他寫了相當久。

然後，他將那張紙拿了起來，看了一遍，好像認為已經滿意了，將紙摺了起來，放進了衣袋中。

然後，他站了起來，熄了台燈，走出去。

直到那人已走出了書房，書房中只剩下我一個人了，我還呆立了片刻，那是因為我心中的驚駭太甚，同時也提防那人會再回來之故。

我在停了片刻之後，才來到了書桌之前，俯身在字紙簍中，將那人拋棄的紙，拾了一張起來，我看到那紙上，只寫了兩個字：「事實」。

我將所有的紙，一張一張撿起來，每一張紙上，最多也不過是兩個字：「事實」。有一張紙上，多了一個字，是「事實是」三個字。

看來，那人像是要寫出一件甚麼事來，但是在開始執筆的時候，卻又不知該如何下手才好。

但是，他終於將那件「事實」寫了出來，那是我親眼目睹的事情。

我將所有的紙抛回字紙簍中，我並沒有在那書房中停留多久，便攀窗而下。

當我越過了圍牆之後，我忍不住又向那幢古老大屋回頭望了幾眼。

在黑暗之中看來，那房中顯得更神秘，因為在這屋子中，不但曾發生過神秘的「縮小」事件，而且，還有著一個神秘的人物。

這人究竟是甚麼人，我認為博新是應該知道的，而當我在向外走去的時候，我也已經作了決定。

我的決定是：當我將我偷來的東西放回去之後，我就打算老實不客氣地問博新，和他一起住在那古老大屋子中的是甚麼人？為甚麼他一直要瞞著，不講給人家聽？

在歸途上，並沒有甚麼意外發生，而我則翻來覆去，一晚不得好睡。

第二天一早，我就和那位生物學家用電話聯絡好了，請他在家中等我，我告訴他，我有一樣他一生之中從來也沒有見過的東西給他看。

那位生物學家在遲疑了片刻之後，就答應了我的要求，而我也立時驅車，到了他的家中。

在他的家中，有設備相當完善的實驗室，自然也有著高倍數的顯微鏡。

他親自開門，讓我進去，然後道：「你有甚麼古怪東西，害得我臨時打電話，推掉了一個約會。」

我忙道：「你不會懊惱推掉了一個約會的，只要你看到了我帶來的東西，你一定畢生難忘。」

他也是一個性急的人，忙道：「是甚麼？」

我先取出了一個信封，然後將我昨天晚上弄到手的那兩片夾著標本的薄玻璃片，取了出來，那位生物學家「哦」地一聲：「是標本，那是甚麼？」

我為了要看他看到那細菌大小般的狐狸之後的驚訝神情，是以我並不說穿是甚麼，我只是道：「將它放在顯微鏡下面去看看，就可以知道！」

他顯然也對我帶來的東西發生了興趣，是以一伸手，在我的手中，接過了玻璃片來，先向著陽光，照了一下，那隻狐狸已小得要用兩千五百倍的顯微鏡才看得見，用肉眼來看，是甚麼也看不到的。

他招手道：「跟我來。」

我跟著他，來到了他的實驗室之中，他揭開了顯微鏡的布套子，將標本放在鏡頭之下，然後，對著顯微鏡向內看著。

他看了約有兩秒鐘，便抬起頭來，在他的臉上，現出一種十分古怪的神情來。

那是我意料中的事，而他那種古怪的神情，也迅速傳染給了我，是以我一開口，聲音也顯得十分異樣，我道：「怎麼樣，你是不是從來也未曾見過？」

那位生物學家發出了一下無可奈何的笑容來，他忽然之間，會有那樣的神情，那倒令得我呆了一呆，可是，他接著說出來的話，更令我發怔！

他嘆了一聲：「如果不是我和你已經認識了那麼多年，我一定賞你一拳！」

我在一怔之後，幾乎跳了起來：「甚麼，你不認為那是你從來也未曾看過的東西？」

他的神情已變得十分冷淡，冷冷地道：「這標本片中的東西，我在上初中生物課的時候，就看過了，你開這樣的玩笑，是甚麼意思？」

我又望了他一下，然後我來到了顯微鏡之前，伸手將他推了開去，俯身向顯微鏡中看去。

等到我看到了顯微鏡中的東西之後，我也不禁呆住了。

那標本片中的，並不是一隻細菌大小的狐狸，而是極普通的植物細胞組織。

我抬起頭來，定了定神，再低頭看去，我所看到的仍然一樣。

我退了開來，在一張椅子上坐了下來，剎那之間，我的心中亂到了極點，怎麼會的？難道我拿錯了？在那抽屜中，那是唯一的標本片，不可能有第二片！

而我在到手之後，自然也不可能有人從我這裏將之換掉的。

那麼，究竟是為了甚麼呢？

也許是由於我當時的臉色十分難看，是以那位生物學家來到了我的身邊，拍了拍我的肩頭道：「算了，我不怪你！」

我吃吃地道：「我本來要帶給你看的，絕不是這樣的東西，不是那個！」

「那麼，是甚麼？」他問。

我苦笑著：「現在我怎麼講，你也不會相信的了，還是別說了吧。」

「不要緊，說來聽聽。」

我道：「是一隻狐狸，一隻只有細菌大小的狐狸，要放在顯微鏡下才能看得見。」

那位生物學家瞪大了眼睛望著我，他臉上的肌肉在抽動著，一望便知，他是在竭力忍住了大笑，所以才會那樣的，而我也知道，他之所以竭力忍住了笑，是因為不想傷我的自尊心。

我大聲叫道：「你想笑我，是不是？你為甚麼不笑？你可以痛痛快快地笑一場！」

他真的笑了出來，但卻仍然忍著，他一面笑，一面拍著我的肩頭：「你大約是太空閒了，是以才有這種古怪的念頭想出來。」

我的心中雖然十分憤怒，但是我卻無法發作得出來，我道：「你根本不相信我的話？」

他沉吟了一下：「嗯，一隻細菌大小的狐狸，你以為我會相信麼？」

我呆了一呆，是的，我怎可以期待人家聽了我的話就相信呢？我的話，就算講給一個小學生聽，小學生也未必會相信，何況我是講給一個生物學家聽！

我在剎那間變得十分沮喪，苦笑著：「好了，只當我甚麼也沒有說過，甚麼也未曾帶來給你看！」

我一伸手，取回了那標本片，轉身就走。那位生物學家叫著我的名字：「你不必急著走，反正我也沒有甚麼別的事！」我只是略停了一停，頭也不回：「不必了，不過請你相信一點，我絕不是特地來和你開這種無聊玩笑的！」

我直向外走去，到了門口，我立時上了車，那時，我的腦中亂到了極點，只知道駕車疾駛，直到一個交通警察追上了我，我才知道，在那十分鐘之內，我已有了四次嚴重的交通違例。

那交通警察令我將車子停在路邊，申斥著我，記錄著我的駕駛執照的號碼。

我被逼停了車，心頭便逐漸冷靜了下來。

我知道，這其中一定有蹊蹺。我到手的，明明是那夾著細菌大小狐狸的標本片，為甚麼忽然變了？那古老大屋中，我一直知道博新是一個人居住的，如何又多出了一個陌生人？

本來，我準備在將那標本片送回去之後，再側面向博新打聽那可以在他的屋中自由來去的陌生人究竟是甚麼人，因為我偷了他的標本片去給人家看，總是很對不起他的事。

但是現在，事情既然起了那樣的變化，我改變了主意：現在就去問博新。

交通警員在申斥了我足足二十分鐘之後才離開，我繼續駕著車，來到了博新的那幢大宅之前，下車，用力按著門鈴。

不到一分鐘，我已看到博新從二樓的窗口探出頭來，大聲道：「甚麼人？」

我也大聲回答道：「是我，快讓我進來！」

博新也看清楚是我，他「咦」地一聲，表示十分奇怪，接著，他便縮回了頭去，不一會，他已急步走過了花園，來到了鐵門前。

他一面給我開門，一面十分奇怪地望著我：「你的臉色很蒼白，發生了甚麼事？」

我道：「進去了再說！」

博新拉開了門，我走了進去，一起來到了客廳中，坐了下來。

博新道：「有甚麼事，快說啊！」

我心中十分亂，而且這件事，我也不知道怎樣開始敘述才好，因為是我對不起他在先的。

但是我想了並沒有多久，就想到了如何開始。

我抬頭向樓梯上望了一眼：「博新，和你同住的那位朋友呢？為甚麼你有客人來，他總是躲起來，不肯和人相見。」

博新的雙眼瞪得更大，望著我，在我講完了之後，他才道：「你喝了多少酒？」

我也瞪著眼睛：「甚麼意思，你以為我喝醉了酒在胡言亂語？」

博新搔著頭，臉上一片迷惑的神色：「那麼，對不起，你在說甚麼？」

「和你同住的那個人，他是誰？」我大聲問。

博新的神情更是古怪：「你究竟有甚麼不對頭？我一直只是一個人住在這裏的啊！」

我冷笑著：「不必瞞我了，你和另一個人住在一起！」

博新攤開了雙手：「為甚麼我和人同居，要保守秘密？我根本沒有結過婚，而且，也不是道學君子！」

我不禁給他說得有點啼笑皆非，忙道：「我說和你住在一起的那個人，是男人，不是女人！」

博新皺著眉：「衛斯理，你今天究竟是怎麼了，看你的樣子，也不像是喝醉了酒，倒像是吃了太多的迷幻藥，是不是？」

我盯著他，他不肯承認，我只好將事實說出來了，我道：「那麼，如果我說我見過那個人，半夜在三樓的書房中，你怎麼說？」

博新呆了一呆，道：「你別嚇我，三樓的書房是我父親生前使用的，自從他死了之後，一直沒有人進去過。」

我道：「我進去過，第一次，是你帶我進去的；第二次，是我自己偷偷溜進去的！」

博新皺著眉：「我帶你到三樓的書房去？我看你的記憶力有問題了！」

一聽到博新那樣說，我從沙發上直跳了起來！

我惡狠狠地瞪著他，心中也已經知道，事情的不對頭遠在我的想像之外！

我大聲道：「你說甚麼？你未曾帶我進去過？博新，你為甚麼要抵賴？」

我那時的神態，一定十分駭人，博新搖著雙手：「好了，好了，這是小事情，何必為了這些小事爭執，就算我曾經帶你進去過，那又有甚麼關係？」

「關係可大著啦，」我回答：「在那書房中，你曾給我看過兩件奇怪之極的東西！」

博新的神情很驚愕，他道：「是麼？」

看他的樣子，分明是在隨口敷衍著我的，我心中自然很生氣，但是我卻忍耐著，因為我總得將事情的經過，和他全講明瞭再說。

我道：「是的，我好奇心極之強烈，你是知道的，我想弄明白其中的原因，是以，我在昨天晚上，半夜，爬上了你三樓的書房，偷走了其中的一件，我就是在那個時候看到那人的！」

博新像是無可奈何地笑了起來：「我給你愈說愈糊塗了，我根本不明白你在說甚麼！」

我又不禁呆了一呆，因為我絕未曾想到，博新竟會說出那樣的話。

我來到了他的身前：「狐狸，和你的父親！」

我未曾將事情的真相全說出來，那是因為我還記得那天晚上的情形，怕我說了出來之後，博新會不高興，事實上，我也只要那樣說就夠了，提起了那隻狐狸和他的父親，他還有不明白的麼？

然而，他竟然不明白！

他望著我，他的神情，像是望著一個瘋子。

博新足足等了我十秒鐘之多，才道：「狐狸？我的父親？在三樓的書房中？唉，我求求你，你快直截了當地說吧，別再打啞謎了！」

我真的有點發怒了：「你為甚麼要否認這一切？雖然這些不是令人愉快的事，但是，你父親和狐狸的事，是你自己告訴我的！」

看博新的神情，他也有點動氣了，他大聲道：「你究竟在胡說些甚麼，我無法明白，如果你再那樣說些莫名其妙的話，我無法奉陪！」

我反倒笑了起來：「你趕我不走的，那狐狸，小得和細菌一樣，而你的父親，小得只有半寸長，我本來是不願意再說出來的，我爬進你三樓的書房，目的就是要偷那只有細菌大小的狐狸，去給一位著名的生物學家看一看！」

博新發怒道：「你愈說愈無稽了，甚麼叫做細菌大小的狐狸？我的父親又怎會縮成半寸大小？」

我本來是和博新一句接著一句在激烈辯論著的，但是這時，聽得他講出了那樣的話來，我也不禁完全呆住了，作聲不得。

我呆了好一會，才道：「你是真的不明白，還是給我知道了這個秘密之後，心中感到了不安，而不肯承認？雖然，我來偷那標本片去給人家看，但是我也決不會忘記我的諾言，我不會將那細菌般大小的狐狸的來源，講給任何人聽。」

博新揮著手：「等一等，等一等，你幾次提到細菌大小的狐狸，那是甚麼意思，可是有一隻狐狸，牠只有細菌那麼大小？」

我大聲道：「自然是！」

「而你，」博新指著我：「曾在我的屋子三樓的書房中，看到過那樣的狐狸？」

我冷笑著，諷刺地道：「你的記憶力，現在應該可以恢復了！」

博新似乎不理會我的諷刺，他只是道：「好，有那樣的狐狸，在甚麼地方，我也想看看！」

我又呆住了。

博新竟然那樣說！如果他不是極度的狡猾，那麼，他就是真的不知道。

然而，他是不可能不知道的。

所以，我道：「好的，如果你一定要繼續裝佯，那麼，到三樓的書房去，我來指給你看！」

當我那樣說的時候，我想到了一個可能，在那抽屜中，或者有兩片標本片，一片是細菌大小的狐狸；另一片，當然就是我偷到手的。

由於我昨晚在書房中見到了一個陌生人，是以我在取到了標本片之後，並沒有放在顯微鏡下看上一下，我可能是取錯了！

我想，如果到那間房間中去的話，博新就再也沒有法子抵賴了。我話才一說完，博新便點頭道：「好，那比我們作無謂的爭執有意義得多！」

他也站了起來，我們一起向上走去，走上了二樓，博新便再向三樓走去，我跟在他的後面，快到三樓的時候，我便呆了一呆。

通向三樓處的那扇鐵門不見了！

我忙問道：「博新，那扇鐵門，是甚麼時候拆掉的？」

「鐵門？」博新回過頭來看我：「甚麼鐵門？」

他甚麼都賴掉了，我忍住了憤怒，指著樓梯口：「這裏，原來有一道鐵門！」

博新「哼」地一聲，好像有點不耐煩了，他道：「你好像是從別的星球來的，這是我的家、我的屋子，為甚麼我要在我自己的屋子樓梯上，裝一道鐵門？」

博新的話很有道理，他為甚麼要在自己的屋子中裝一道鐵門？這個問題，的確無法答覆，但是，我卻知道，這裏原來真是有一道鐵門的。

我望了他一眼，來到了牆上，仔細地觀察著。

我可以肯定，幾天之前，在這裏有一道鐵門，但是這時，我仔細檢查著牆壁，卻找不出任何曾經裝置過鐵門的痕跡來。

我呆了半晌，博新諷刺我道：「福爾摩斯先生，找到了甚麼？」

這時候，我心中真是亂到了極點，我實在不知道該說甚麼才好。

前後只不過相隔幾天，可是卻甚麼都不同了！

當時的情形，我記得清清楚楚，可以說是歷歷在目，在我和博新兩人之中，總有一個是有了點毛病，不然怎會出現如今那樣的情形？

當然，我沒有理由以為我自己是做了一個夢，或者認為我當時所經歷的只是幻境。

那麼，問題一定是出在博新的身上了。

第四部：黑暗中的驚恐

我並沒有回答甚麼，逕自向樓梯上走去，這時，因為我走得快，博新反倒變成跟在我的身後，到了三樓，逕自來到了那間書房的門口，拉住了門柄。

在我要旋轉門柄、推門而入之際，博新突然叫了起來：「喂，你想作甚麼？」

我轉過頭來：「你不是要帶我到三樓的書房來麼？現在我就要進去。」

博新笑了起來：「衛斯理，這就證明你未曾到過我屋子的三樓，你現在要推開的那扇門，並不是三樓的書房，那只是一間儲藏室！」

我呆了一呆，我的記憶力還不致差到這種程度，我用力推開了門，可是當我推開門之後，我呆住了！

那的確是一間儲藏室！

房間之中，堆滿了各種各樣的雜物，而且，顯然已很久沒有人到過這房間，因為房間之中，灰塵積得很厚，連窗上也蒙著一層厚塵。

我呆立了好半晌，才道：「那麼，你……三樓的書房，是在甚麼地方？」

我那時的神情，一定很值得可憐，因為我在博新的臉上，看到了同情我的神色。

他伸手向前指了一指：「在那裏。」

接著，他便向前走去，走過了一個小小的穿堂，來到了另一扇門前，轉動門柄，推開門來，那是一間佈置得很大方的書房。

那書房看來，不是有人經常來的樣子，而且，書房中的一切，和我前兩次來的時候，完全不同，根本不是同一間房間。

我心中更亂得可以，但是我竭力鎮定心神，我知道這其中一定有著極度的蹊蹺，而所有的關鍵，自然都是在博新的身上。

我並沒有走進書房去，只是呆立在門口不動，博新在我的身後：「你不是要看我三樓的書房麼？你說你曾進來過這裏？」

我並不轉過身來，也並不回答博新的問題，我只是緩緩地道：「博新，我一直以為我和你是好朋友，但是現在我知道，我錯了！」

我直到講完了那幾句話，才轉過身來，直視著博新，在博新的臉上，現出十分錯愕的神情來：「甚麼事那麼嚴重？」

我伸手推開了他：「你自己知道！」

一推開了他之後，我就向樓下奔了下去，當我下了樓之後，我才又轉身，向跟在我身後的博新道：「你有事隱瞞著我，這不是對付好朋友之道。但是，如果你真有甚麼不能解決的困難，你來找我，我還是會幫助你！」

博新並沒有說甚麼，只是攤開了手。

從他的手勢來看，他像是根本不明白我在說些甚麼，而我也沒有必要再說下去了，我直來到了大門口，穿過了花園，離開了博新的屋子。

當我回到了我的車子中之後，我坐了一會兒，在那片刻間，我心中十分憤怒，因為我感到被人愚弄了！

而愚弄我的人，自然就是我將他當作好朋友的博新，這的確是令人憤怒的事。可是，當我在駕著車，駛出了一段路之後，我漸漸平靜了下來，那時，憤怒的情緒減低，但是心中的紊亂，卻愈來愈甚了。

一個縮成只有半寸長短的人，一隻縮成了只有細菌大小的狐狸，本來已經夠怪異的了，可是現在，事情變得加倍怪異！

我感到極須要靜下來好好地想一想，是以我在駛過公園的時候，將車停在公園旁，走進了公園，在一張長凳上坐下來。

我根本不知道該想甚麼才好，過了好一會，才理出了一個頭緒來。

首先能肯定的是，那天晚上我們在博新家中鬧了個不歡而散，結果，博新邀我到三樓去，看那兩件怪異莫名的縮小了的人和狐，這件事是事實，不是我的幻覺。

肯定了這一點之後，冷靜地去思索，為甚麼當我再度上博新的屋子的三樓時，一切全都不同了？我想到了一個唯一的理由，那就是，博新已經發現我曾經偷上過三樓去，想要偷那標本片。

當他發現了這一點之後，他的心中自然十分憤怒，因為當晚他曾千叮萬囑，叫我切切不可將他的秘密，講給任何人聽。

自然，在他的心目中，我已經不是一個可靠的朋友，為了防止秘密的洩露，他拆除了那道鐵門，搬開了那書房，再將甚麼都賴掉。

這樣的推測，看來很合理。

但是，仍然有三個大疑問，在我的心中打著結。第一個疑問是：何以我偷到的那標本片，不是夾著那細菌大小的狐狸的那一片？

第二個疑點是：博新從何知道，我偷上過他三樓的書房？至於第三個疑點，我想，那一定是問題的關鍵了，那便是：當我在半夜三更，偷進屋子時，在三樓的書房中遇到的那陌生人，究竟是甚麼人，以及那陌生人在紙上究竟想寫出甚麼事實來？

愈往深一層想，便愈是撲朔迷離！

在公園中坐了許久，我仍然想不出究竟，但是我卻決定了一點：晚上再偷進博新的屋子去！

我之所以有那樣的決定，是因為肯定在那幢古老的屋子中，一定有著十分神秘的事情，這種神秘的事，是造成我目前困惑的最大原因。

我緩緩走出了公園，駕車回到了家中。

那一天，餘下來的時間，恍恍惚惚，不住地在想著那一切幾乎全屬於不可能的事！

我打電話給我和博新共同的朋友，他們也全都去過博新的屋子，我問他們，是不是曾到過三樓。

我所得的回答，全是否定的。

我又提及那天晚上不歡而散的事情。

那天晚上，曾在博新家中的人，都還可以記得當晚我們的話題，以及博新突如其來的發脾氣，以及各人相繼離去，只有我一個人留下。

自然，他們離去之後，無法再知道我和博新之間又曾發生了一些甚麼事。

然而我卻可以肯定，那一晚上的遭遇，絕不是我的幻想。

那一天接下來的時間，我坐立不安，將整件事的經過，全都記錄了下來，因為事情詭異，詭異得使我不敢想像發展下去會出現一些甚麼變化，或許我會遭到不測，是以我要將我經歷的事情記下來。

好不容易等到天黑，還得等到深夜。為了消磨時間，我接連去看了兩場電影，可是，人雖在電影院中，銀幕上究竟在放映些甚麼，我卻完全無法看得進去。

等到最後一場電影散了場，夜已很深了，我駕著車，在博新屋子旁的一條街停下。走出車子，已可以看到那幢古老的屋子，全幢屋子都黑沉沉地，只有二樓的一個窗口，有昏黃的燈光射了出來。

我對這幢屋子很熟悉，一看就知道有燈光透出來的房間，是博新的臥室，那也就是說，他還沒有睡。

我略為遲疑了一下，立即決定現在就行動，我對自己的行動，相當有信心，我想不會在三樓弄出甚麼聲響來，以致驚動博新。

我雙手插在褲袋中，向著圍牆，慢慢走了過去，當我來到了圍牆下的時候，我心跳得十分劇烈，而且那自然而然，無法抑制。我又將進入這充滿了神秘氣氛的屋子，去揭開那一切不可解的謎，我的心情，總不免多少有些興奮。

我只肯承認自己的心情興奮，而不肯承認自己的心中，多少還有幾成害怕！

我在圍牆下只停留了極短的時間，就開始向上攀去，接著，我輕輕跳了下來，落在花園中。

我抬頭看著那幢屋子，二樓有燈光的那房間中，好像有一個人在走來走去，人影有時遮住了燈光。從影子來看，在不斷走動的人，正是博新。

我繞到屋後，順著水管向上爬，當我爬到了二樓的時候，我略停了一停，心中在想：博新為甚麼在他的房間中不斷走來走去？

在那一剎那間，我真想移過身子，移到博新臥室的窗子旁邊去看個究竟。

但是我立時打消了這個念頭，自己告訴自己：別節外生枝了，先去探索三樓的秘密要緊。

我又向上攀去，輕而易舉地弄開了那個窗子，閃身進去，然後，又打開了那間房門。

一切和我上一次偷進來的時候完全一樣。但是這一次，當我打開了房門之後，我首先向樓梯口探頭看了一眼，看看那裏是不是有一道鐵門。

樓梯上沒有鐵門。

我輕輕地走著，來到了我認為是三樓書房的門口，弄開了門，推開門來。

那門內並不是書房，而是一間堆滿了雜物的房間。

那情形，和白天博新帶我上三樓的時候一樣，但是和我第一次自己偷進來的完全不同。

我在門口略呆了一呆，還是向內走了進去。

我自信我沒有理由弄錯，這裏原來一定是書房，只不過不知為了甚麼原因，博新在最短的時間內，將它變成了雜物室。

我進去之後，反手將門輕輕關上。

房間中一片漆黑，我只感到我自己在微微地發著抖，有一種遍體生寒的恐懼。

我停了片刻，才將我帶來的電筒著亮。

電筒一亮，我首先看到一疊箱子，我移動著電筒，電筒的光芒，又照在一座極其古老的座地鐘上，然後，電筒光又照在一張椅子上。

當電筒的光芒照在那張椅子上時，我整個人都僵呆了。

那是一張古老的旋轉椅，電筒的光芒，先是照在漆皮的椅背之上，然而，當我的手略動了一動，電筒的光芒，移出了椅背的範圍之後，我卻看到在椅背之上，是人的雙肩、人的頭。

有一個人，坐在那椅子上！

那個人，背對著我！

我為了一件神秘詭異之極的事情而來，如今忽然又出現了那樣的情形，心中的震動、驚駭，實在可想而知！

在那剎那間，我只覺得頭皮發麻、雙腿發軟、遍體生寒，想大聲叫，可是張大了嘴，喉頭卻偏偏像是被甚麼東西堵住一樣，一句話、一點聲音也發不出。

就在那要命的一剎那間，由於我的手在不由自主地發著抖，我抓不住手中的手電筒，手電筒「啪」地跌在地上，熄滅了！

眼前變成了一片黑暗！

這時，我還在心中拚命安慰著自己：在椅子上的，一定是一個木頭人，或者，是一個橡皮人，沒有甚麼人會坐在一間雜物室中！

然而，這一點最後希望，也告破滅了！

手電筒落在地上，熄滅了之後，我在那剎那間，由於突如其來的黑暗，變得甚麼也看不到。但是，我的聽覺還很靈敏。

我聽到在我的前面，傳來了一陣「吱吱」的摩擦聲，那一陣摩擦聲很短暫。

我的心直向下沉，因為我聽得出，那一陣「吱吱」聲，正是那張古老的旋轉椅在轉動的時候所發出來的。那聲音既然如此短暫，也就是說，椅子只不過轉動了半圈而已。

那說明：那個坐在椅上，原來是背對著我的人，現在已經轉過來，面對著我了！

我的身子幾乎軟癱下來，但是在那樣的情形下，我反倒掙扎著講出了一句話來，雖然我的聲音，聽來就像是在呻吟一樣，我問道：「你……你是誰？」

我發出的聲音，在黑暗之中，慢慢地散了開去。

我在等待著回答，但是我卻得不到回答，那一段時間，大抵不會超過十秒鐘，然而，那是世界上最長的十秒鐘，我覺得我的頭髮，像是一根一根全豎了起來。

我又發出了一下呻吟也似的聲音：「你為甚麼不出聲！」

這一次，居然立時有了回答，我先聽到一下冷笑聲：「你叫我怎麼回答？你闖進了我的地方來，卻還要問我是甚麼人！」

那是我從來也未曾聽到過的一個陌生的聲音，聲音低沉得使人心直向下沉。

那決不是博新的聲音，就算假裝，博新也裝不出那種聲音來。

我在不由自主地喘著氣，但這時，我剛才被嚇出竅的靈魂，總算又回來了，我道：「你的地方？我以為，這是我的朋友酒博新的屋子！」

那低沉的聲音又冷笑著：「那個叫酒博新的人，一定要後悔認識你這樣的朋友，因為你像賊一樣偷進來！」

我可以忍受著他的譏嘲，但是我卻無法再忍受眼前的黑暗，我反手在門旁摸索著，摸到了電燈開關，我按下了電燈開關，發出了「啪」地一聲響，但是，燈卻沒有亮，眼前仍是一片漆黑！

那情形，就像是在噩夢中一樣，夢裏，在黑暗之中，亟欲著燈，可是，沒有一盞燈會著！我的手又不禁發起抖來，但是那人，卻發出了一陣聽來十分怪異的聲音，他道：「我喜歡黑暗，所以房間中沒有燈！」

我發出了一下呻吟聲來，這一次，是真的呻吟聲，那人又道：「你可以說了，你是甚麼人！」

我忽然想到，當我上來的時候，我看到二樓的臥室中有燈光，博新還沒有睡，這時候，如果我能大聲叫喚，將博新引上來的話，情形至少會好一些。

我一想到了這一點，立時就大聲叫了起來，我叫著博新的名字，希望他聽到了我的聲音之後會上來。

但是我叫了許久，卻一點結果也沒有。

而那人在我停止了叫喚之後，又道：「這屋子中只有我一個人，你再叫也沒有用的！」

我大聲道：「胡說，我的朋友博新，就在樓下！」

那人又怪聲怪氣地笑了起來，我立時想到，博新或者聽不到我的呼喚聲，我可以衝下樓去找他，我立時轉身，拉門。

可是，門卻不知在甚麼時候鎖上了！

我立時又轉回身來，這時，我已經感到，眼前的事實很難改變！

而眼前的事實是：我必須和那個人在黑暗之中對峙下去！

我吸了一口氣：「好了，不論你在玩甚麼花樣，你是甚麼人？」

那人道：「這正是我要問你的問題。」

我勉力鎮定著心神，我想，那人未必會傷害我，如果他要傷害我，一定早就出手了。而他既然不會傷害我，他就算再神秘，我又怕甚麼？

這樣一想，膽子登時壯了起來，講話也流利了許多。

我道：「我是一個好奇的人，因為我在這屋子中，遇到過一件不可解釋的怪事，所以，我要來探尋究竟。」

看來，那人也是一個好奇的人，他立即問道：「你遇到的是甚麼怪事？」

我緩緩地道：「第一，在我的朋友屋子中，有一個陌生人；第二，這間房間，本來是一間書房。」

那人又道：「還有呢？」

我的手又向旁摸索著，我已抓住了一張椅子，而且，這時候，在黑暗中久了，我也約略可以辨出眼前的情形來，我看到，那人仍坐在那旋轉椅上，他的確面對著我，但是我卻看不清他的臉面。

我道：「暫時就是這些！」

那人笑著，他的笑聲，令人聽來有全身發癢的感覺，他道：「第一，這裏本來就是一間雜物室；第二，這屋子就是我的！」

我立即問道：「你是甚麼人？」

那人道：「那不關你的事，現在，你希望我怎樣來處置你？」

我呆了一呆：「甚麼意思？」

那人又陰陽怪氣地笑了起來：「我不信你真的不明白是甚麼意思，你擅自進入我的屋子，懷有不良的動機，你說是甚麼意思？」

那時，我氣得幾乎要炸了開來，我大聲地道：「好，歡迎你召警員來，等警員來了，我倒可以弄清楚，這裏究竟是誰的屋子，而你，究竟在搗甚麼鬼！」

當我講到最後的一句話時，我實在忍無可忍了，我不但伸手直指他的鼻子，而且，我還大踏步向前走去，我幾乎要給種種疑問逼得爆炸，我直來到了他的面前，而且，毫不考慮，就打出了一拳。

那一拳，我自然還不至於火氣大到向他的臉上打去，我是向他肩頭擊出的。

但是，我那一拳的力道，卻十分大，我的估計是，我這一拳打中了他之後，他是一定會連人帶椅向後跌了出去。

果然，事情如我所料一樣，我一拳擊中了那人，那人的身子向後一仰，他所坐的那張椅子，也向後一仰，砰地一聲，跌在地上。

那一下的聲響十分大，我立時踏前一步，我看到那人在地上，向前爬著，我也看不清他爬向何處，因為房間中，十分黑暗。

他好像是爬向兩只大箱子的中間，我踏前一步，追上去，想俯身去抓住他的足踝。

可是，就在這時，我的眼前突然一亮，在剎那之間，我簡直不明白究竟是發生了甚麼事！因為那光亮來得如此突然，而且，是從我頭頂上照下來的，似乎整個房間，都在那種光亮的照射之下！

這種情形，說穿了其實普通之極，只不過是天花板上的電燈，突然亮了起來而已，可是在那樣的情形之下，而且，我還曾開過那電燈開關，燈並沒有著，現在電燈卻忽然亮了，我心中的驚愕，真是難以形容！我還彎著身子，不知該如何才好。也就在那一剎那間，我聽到了博新的一下斷喝聲：「甚麼人！」

一聽到博新的聲音，我便鎮定了不少，因為博新畢竟是我的好朋友。

我連忙直起了身子來：「博新，是我！」

在燈光的照射下，博新自然可以看清我是甚麼人，我也可以看到他，他正站在門口，一隻手還按在電燈的開關之上。

我可以說，我從來也未曾見過一個人，臉上的驚愕的神情，是如此之甚的！

他張大了口，他臉上的每一根肌肉，都在盡力表現著他心中的驚訝，他道：「是你，衛斯理，你半夜三更，在這裏作甚麼？」

我在那樣的情形下，也實在不知該如何向他解釋才好，我只好道：「你說這屋子中，只有你一個人居住，但是現在，我卻見到了另一個人！」

博新的口張得更大，在剎那之間，他吸了好幾口氣：「那人在哪裡？」

我立時向那兩只箱子中一指，道：「在……」我本來自然是想說「在那裏」的。可是，當我說出了一個字之後，我便呆住了！

在那兩只大箱子之間，並沒有人，那裏，只不過有著幾個紙盒子，而那幾個紙盒子，又分明絕對藏不下一個人！

那怎麼會？那實在不可能，我剛才明明一拳擊中了那人，那人連人帶椅翻倒在地，他急急地向前爬，爬向那兩只大箱子之間，我俯身正待將他拖出來。

就在我俯身下去的時候，電燈突然亮了，對我來說，電燈突然亮起，是一件意外之極的事，因為我曾開過電燈，而電燈不亮！

在電燈剛一亮的時候，我自然感到極度的慌亂，我也沒有注意那人又爬向何處，事實上，那人是沒有甚麼地方可以去的，因為那兩只大箱子靠牆放著。可是，現在，那人卻不見了！

我的手還向著那兩只箱子指著，縮不回來了，可是我卻在講了一個字之後，再也講不下去，只是僵立著。

博新已在向前走來，他皺著眉：「衛斯理，你究竟在搗甚麼鬼？你臉色為甚麼那麼難看？」

我自己也可以知道我那時的臉色，一定難看得可怕，因為我只覺得身子一陣陣發寒！

我道：「你，你剛才站在門口，可曾看到一個人，從這兩只箱子之間離去？」

博新道：「沒有，我只看到你，唉，我怎麼那麼蠢，竟然會回答你這樣的問題！」

可是我卻又問道：「你也未曾見到有人走出去？」

「那怎麼可能？」博新也有點不耐煩了：「我就是從門口走進來的。」

我急步走向門，「砰」地一聲，將門關上，然後，轉過身來，背靠著門而立。

我向幾扇窗子望了一眼，那幾扇窗子都緊閉著，可以肯定，決不會有人從窗子離開。

在那一段短短的時間內，博新以極其疑惑的神情望著我，我也不由自主，喘了喘氣，我的心十分亂，我必須理出一個頭緒來，才能向博新解釋發生的事。

我道：「博新，你聽著，別插嘴，也別發問。」

博新總算是好朋友了，在那樣的情形下，他雖然不免猶豫，但還是點了點頭。

我道：「我偷進這裏來，你先別問我是為甚麼，我打開門進來，就看到在那張椅子上，坐著一個人，他背對著我！」

第五部：懷疑腦神經分裂

博新的臉色也變了，試想，在一幢古老大屋中，在午夜，聽一個面色發青的人，講起一件那樣的事來，膽子再大的人，也會吃不消。

博新向我走近了幾步，他還勉強壯著膽子：「你別胡說！」

我道：「一點也不胡說，當我一看到有人的時候，雖然我不是一個膽小的人，但是也將手中的電筒，嚇得跌在地上，那人則旋轉著椅子，轉過了身來……」

接著，我將我如何後退一步去開電燈，但是卻開不著，又將我和那人在黑暗之中的談話經過，以及我怎樣去打他，都說了出來。

博新望著那張跌翻了的椅子：「可是我不明白，你現在，想說明些甚麼呢？」

我一字一頓地道：「我想說明的是，那人沒有機會走出這房間去，他仍然在！」

博新的身子不禁在微微發抖，他道：「可是，你看到，這房間中，除了你和我之外，不會有第三個人，除非你遇到的那個是——」

他講到這裏，便住了口，沒有再講下去。

但是他不必講下去，我也可以知道，他想講而未曾講出來的那個字是：鬼！

但是，我也當然不會接受那樣的解釋。

我望著他，苦笑著，的確，像目前那樣的情形，只有「見鬼」才能解釋。

但是，我也當然不會接受那樣的解釋。

我雖然未曾說甚麼，但是我卻堅決地搖著頭，博新自然也可以明白我的意思，他也苦澀地笑著，道：「你要知道，這是一間古老的屋子！」

他講到這裏，嘆了一聲：「給你這樣一鬧，我也住不下去了！」

我忙問道：「你是為甚麼會上來的？」

博新道：「我正準備睡覺，聽得上面有砰地一下聲響，我自然要上來看看。」

我忙道：「是了，那就是我一拳將那人打得連人帶椅跌翻下去的聲音。」

博新望了我半晌，才道：「可是，單單一張椅子跌翻在地，也會發出同樣的聲響來。」

我一呆：「你這樣說，是甚麼意思？」

博新緩緩地道：「我和你是老朋友，所以，我說那一切，全是你的幻想，你說你不能著亮燈，可是為甚麼我一下子就能著亮呢？」

他一面說著，一面又伸手在電燈開關上，將燈開了又關，關了又開，接連好幾次！

我搖著頭：「我不明白，我沒有別的話好說，我只能說，我不明白。」

博新拍了拍我的肩頭：「或許你是太疲倦了，今天早上你來找我，態度就不怎麼正常，你說甚麼一隻和細菌大小的小狐狸——」

我叫了起來：「那是真的！」

博新嘆了一聲：「你的情形或者沒有那麼嚴重，但是，在腦神經錯亂的症狀之中，有一種是將子虛烏有的事情，認作真有其事，或者情形恰好相反，明明有的東西，他會覺得不存在，例如一個有這種症狀的人，會忽然以為自己失去了雙手！」

博新講得十分正經，可是我聽了，卻不知道是笑好，還是生氣好。

我等他講完，才道：「你說，我像不像一個精神病患？」

博新也不禁笑了起來，他道：「你當然不像，可是，你可能不自覺地間歇有那種症狀！」

我道：「好，說來說去，我還是神經病！」

博新嘆了一聲：「可是，請原諒我，你想，你講的那一切，有誰會相信？你甚至以為，我的屋子之中，有一道鐵門！」

我揮了揮手，還想分辯說那是真的，因為我還記得那天博新如何取鑰匙的情形。但是，我卻終於未曾說甚麼，只是嘆了一聲。

因為不論我說甚麼，他都是不會相信，他甚至以為我患了腦神經分裂症！

如果我是一個肯接受挫折的人，那麼在如今這樣的情形下，我一定放棄這件事了，我可以完全忘記這件事，以後，我仍然可以正常地生活。

但是我卻不是這樣的人，打擊愈是大，挫折愈是深，事情愈是不可思議，我就愈是要探索究竟。

是以雖然博新已經以一連串的小動作，在暗示著我應該離去，但是我還是道：「以前的一切不去說它，現在，我有一個不情之請。」

博新嘆了一聲：「你也已經麻煩得我夠了。」

我不理會他的不耐煩，仍然繼續著：「我要住在你這裏，對你這所房子，作進一步觀察。」

博新皺起了眉：「這，不太過分了一些麼？」

我承認過分一些，但是我卻仍然堅持著：「是的，對這個要求，你或者有困難，然而就算你不答應，我還是要不斷偷進來察看究竟。」

博新並沒有說甚麼，只是背負著雙手，走來走去。

我又道：「為了證明我所說的一切不是假的，我再問你一個問題。」

博新抬起頭來。

我立時道：「你父親是怎麼死的？」

我一問出這個問題之際，便全神貫注地望著博新，看他的反應。

因為當晚，我們幾個朋友在他的家中，只不過談到了宇宙間的一切全在擴張的問題，他的情緒便已顯得那麼不平靜。

照說，他在聽到了我那樣尖銳的問題時，應該有激烈的反應才是。

我看到他的雙眉，倏地蹙在一起，那種神情，好像是他在一聽到了我的問題之後，在剎那之間，想到了一件甚麼重大的事情一樣！

但是，接著，他緊蹙的雙眉，便舒展了開來，他道：「你這問題太奇怪了，你說我的父親？他自然是病死的，人老了，總會病死的。」

我冷笑著：「你父親的情形，只怕有些不同吧？他的身子在每天縮小一半，你難道一點也不記得了？」

博新望了我半晌，才無可奈何地搖著頭：「你又來了！」

他只是輕描淡寫地說了四個字，便將我所說的一切，全都推翻了。

我也只好嘆了一聲，博新又道：「我習慣一個人住在一間大屋子，雖然你是我的朋友，但是我卻也不想因你而破壞我的生活習慣，所以……」

我在這時候，揮著手，打斷了他的話題：「博新，你有甚麼事隱瞞著我？為了甚麼？我想如果你不對我實說，那是十分不智的！」

博新大搖其頭：「我根本不知道你在說些甚麼！」

我和他之間的談話，到達了這一個地步，實在是沒有甚麼可以繼續下去的了，我道：「好的，那我告辭了，我盡可能以後不再來麻煩你，但是到哪一天，忽然想起要我幫助的話，不妨來找我。」

他拍著我的肩頭：「我也有一個忠告，你應該去找一個腦科醫生，檢查一下！」

如果不是我和他是老朋友，又如果不是我看出他在那樣說的時候，一點也沒有狡猾的神情，我真想狠狠地給他一拳！

但是我雖然未曾打他，我臉上的神情，也決計不會好看到甚麼地方去，我一轉身，就向外走去。

當我來到了街道上的時候，街道上靜得一個人也沒有，晚風吹來，我感到了一絲寒意。

來到了車邊，停了片刻，我將整件事的經過，又仔細地想了一遍，當我想到博新說，要我到腦科醫生處好好地去檢查一下時，我也不禁苦笑了起來。

我想，博新的話，或者是有道理的，因為我所遇到的一切，實在是太不可思議了，根本沒有任何的假設可以解釋這一切。

那麼，這是不是真有可能，我將自己的幻想當作了事實？也就是說，我是不是真已有了腦神經分裂的症狀呢？

想到了這裏，我更感到了一股寒意，身子也不由自主，發了一下顫，我鑽進了車中，駛著車緩緩回家去。

第二天上午，我就來到了一個著名的腦科醫生那裏，去作詳細檢查。那位腦科醫生在聽了我的敘述之後，也認為我的症狀，十分嚴重，他又打電話叫了兩個精神科的專家來。

兩個專家，對我做了種種的檢查、測聽，在那三小時之中，我簡直被他們弄得頭昏腦脹。

但是三小時下來，那三位專家又會商了十幾分鐘，他們的結論卻是：我一切都正常。

我一切都正常，那就是說，我不會將我自己的幻想，當作事實，也就是說，我所遭遇到的那一切稀奇古怪的事，全是真的。

當我聽到了三位專家的結論之後，我著實有啼笑皆非的感覺，因為我寧願那是我腦神經分裂，也比有著那一連串無可解釋的怪事藏在心中好得多。

離開了醫務所之後，既已肯定我的一切正常，那麼，這一切怪事，毛病自然出在酒博新身上。於是我有了一個新的決定，我的新決定是，我要監視、跟蹤博新。

因為看來唯有這一個辦法，才可以解開博新何以忽然改口，抹殺一切事實之謎。

我回到了家中，將自己化裝成一個看來已上了年紀的人，然後，我還帶了望遠鏡、紅外線遠程攝影機，驅車來到半山的一條道路上。

距離博新的屋子大約兩百碼，可以看到他屋子的全部情形，而且，那地方很僻靜，就算我將車子停上幾天，也不會有好管閑事的人來干涉我。

當然，要觀察博新在家中的一切活動，最好是等天黑。

天黑了之後，屋中亮起了燈光，自然就可以看到博新在做些甚麼了。

我在車廂中支起了兩個三腳架，一個是裝置望遠鏡的，另一個裝置攝影機。

我準備將博新的可疑活動，拍成照片，那樣，就可以使得他在確鑿的證據之前，無法再狡賴。

雖然我認識博新很多年，而且，我也當他是好朋友，可是現在事情卻太蹊蹺，那叫我不得不對他作重新的評價。

我是黃昏時分在那偏僻的山路上停下車子的，天色很快就黑了下來，但是我並不急於行動，我放下了車中的座位，躺了下來。

我睡了兩個多鐘頭，等到我睡醒，坐起身來時，我看到那幢屋子的一個窗口中，有著燈光。

我連忙從望遠鏡中看出去，有燈光透出來的是二樓，博新的書房。

我也看到，博新坐在一張舒適的椅子上在看電視，我甚至可以看到，電視上在播演甚麼節目。

博新好像看得很聚精會神，我也一直注視著他，他看了十五分鐘左右，站了起來，倒了一杯酒，然後又坐下來看電視。

他足足看了一小時的電視，在那一小時中，我不舒服到了極點，侷在車廂中，而且，還要專心一意地注意著他！

謝天謝地，他總算不再看電視了，站了起來，關掉了電視機，然後走了出去。

我不知道他走出去幹甚麼，只看到他臥室的燈光，曾亮了一亮，然後立即熄滅，好像是他曾到臥室之中，去打了一個轉。但是我也不知道他在臥室中做甚麼，他的臥室的幾個窗子中，都落著窗簾。博新立時又回到了他的書房中，他在寫字台前，坐了下來。那時，他的臉正對著窗口，我可以清楚地看見他臉上的神情。

他緊蹙著眉，好像在想甚麼，他雖然坐在桌前，但是卻甚麼也不做，只是坐著。過了十分鐘左右，我猜是電話鈴突然響了起來，因為博新拿起了電話聽筒，並沒有撥號碼，就講起話來。

這時候，我不禁十分後悔，沒有事先在博新的屋子中，放置幾具偷聽器，如果有了偷聽器，那麼，我就可以知道他在和誰通電話，以及他在講些甚麼！

這時，我自然不知他是在和甚麼人通電話，可是，我卻注意到了他一個十分奇異的動作，他一面講著電話，一面不斷抬頭向上瞧著。

他是不斷抬頭在望著天花板，但是，在天花板上，卻又甚麼也沒有。

我起先，不明白他那樣是甚麼意思，我還以為那是他習慣性的動作。可是接著，我便又發現，他在每次抬頭望向天花板的時候，臉上總現出十分驚恐的神色。

可是，天花板上並沒有甚麼東西值得他驚恐，我心中猶豫了好一會，突然之間，我心中一動，想到是為了甚麼。

他的書房在二樓，在他的書房之上，就是三樓的那間雜物室。

從博新這時的動作來看，他一定是聽到了在三樓的廢物室中，有甚麼聲響傳了下來！

一定是的，我立即肯定自己的推想，一定是三樓那間房間中，有甚麼異樣的聲音傳了出來！

而三樓的那間房間，是一切神秘事件的泉源，它本來是書房，我在那裏看到過細菌大小的狐狸和只有半寸大小的死人，我也曾在那裏偷過那標本片，也是那房間，當我第三次去的時候，變成了雜物室，而在我第四次去的時候，卻遇到了一個會突然消失的人！

一切怪事，全在那一間房間中發生，而如今，那房間中一定又發生了甚麼事，有奇異的聲響傳出來，所以才令得博新頻頻抬頭，向上望去。

我十分緊張，先將望遠鏡的鏡頭，向上移了移，移到了三樓的那個窗口，那窗口黑沉沉地，甚麼也看不到，我又去看二樓的窗口，博新放下了電話，他又抬頭向上呆望了半晌，站起身來，向外走去。

我又看不到他去做甚麼了，我的心中十分焦急，手心也在冒著汗。

緊接著，我看到三樓的那間神秘房間突然亮起了燈光，這時候，我的心幾乎從口腔中直跳了出來，我一定可以有極大的收穫了。

我緊盯著那窗口，要命的是，那房間的窗上，雖然未曾拉上窗簾，但是窗口的積塵卻很厚，我看不清楚房間中的詳細情形。我所能看到的，只是朦朧的一些影子。

我看到，房門已經打開，在房門口，站著一個人，從那人的身形看來，我斷定他是博新。

我看到他在門口站了極短的時間，便走進了房中，我的心跳得更劇烈了！

雖然，房間中的情形，我看得不是十分清楚，但是我也可以看出，他是在走向一張椅子，而在那張椅子上，坐著一個人！

那坐在椅子上的人，是背對著他的！

而博新只是向前走著，來到了離椅子有三四呎處，就停了下來。

他可能在講話，但我當然無法看到他嘴唇是不是在動，然而他沒有別的動作，足以證明他在進了那房間，看到了那人之後，並不是十分驚訝，他並沒有突如其來吃驚的大動作。

如今那樣的情形，只說明了一點：他早知房中有人！

第六部：神秘大火毀滅一切

博新果然有事瞞著我，他早知道這房間中有人！

剎那之間，不知有多少問題，湧上了我的心頭，但是我一個問題也不去細想，因為我正忙著將我可以看到的情形，拍成照片。

博新在那人的身後，站了五分鐘左右，才轉身向門口走去，當他走到門口的時候，燈熄了。

我呆了半晌，我已攝到了博新看到那人的照片，雖然照片洗出來之後，可能很模糊，但是在經過放大之後，總可以看到是有一個人坐在椅上，他再也不能否認另外有一個人在他的屋子之中！

我總算已有了收穫，可是我心中的疑惑卻更甚，我不明白那人和博新是甚麼關係。

現在，照情形看來，那個神秘人物是一切神秘事件的中心！

我曾見過那神秘人物，而且曾和他講過話，那神秘人物，還曾被我打過一拳！他自稱是那屋子的主人，而那屋子又是博新祖傳下來的！

我想到這裏，不禁苦笑了一下，因為看來事情愈來愈複雜了！

我沒有再想下去，因為我已看到博新又在二樓的書房中，他來回踱著步，手放在背後，腰彎得很低。從他這種樣子看來，一望而知，他有著十分沉重的心事。

他踱了好久，我又拍了幾張照片。

然後，他在書桌前坐了下來，當他坐在書桌前，以手撐著頭的時候，他臉上那種茫然失措的神情，令我也替他感到了難過！

我看到他好幾次拿起電話聽筒來，也不知道他想打電話給甚麼人，但是每一次，拿起了又放下，最後一次，他已撥了一個號碼，但結果還是放下了電話。

他的每一個動作，都表示他的心中有著極其重大的心事！

在他那樣猶豫不決、想打電話又不打的時候，我又拍了幾張照片。

然後，在他站了起來、望著天花板發怔的時候，我又拍了幾張，博新站了起來之後，就走出了書房，書房的燈熄了。

接著，他臥室的燈便亮了起來，我看不清他臥室中的情形，過了十分鐘，臥室中的燈也熄了，我又等了半小時，那幢屋子中一絲光亮也沒有，我知道博新一定已經睡著了，我再等下去也不會有甚麼結果，而且，今晚我的收穫也已夠多的了。

我跑回家，在暗房中，又工作了一小時，將照片沖了出來，並且揀幾張較為清晰的放大，那幾張照片中，以博新望著天花板發怔的那張最好，在三樓那間神秘房間中的幾張，都很模糊，我揀了一張比較清楚些的，在那一張中，可以看到博新站立著，那張安樂椅上也確實是坐著一個人。

我認為滿意了，將照片夾了起來，才去睡覺，那時候，天已快亮了。

我睡到第二天中午時分，醒來之後，第一件事就先去看那些照片，因為整件事實在太神秘了，我在沉睡中，還曾做了一個噩夢：那些照片，忽然變成一片空白！

幸而還好，我的噩夢未曾變成事實，那些照片很好，乾了之後，比濕的時候，看來更為清楚些。

我洗了臉，略為吃了一點東西，先和博新通了一個電話，我在電話中道：「我想來看看你！」

博新呆了一會：「如果你再像前兩次那樣胡言亂語，那麼，我不歡迎。」

我笑著：「這一次不會了，你知道麼？昨天，我離開你的屋子之後，先去找了幾個腦科、精神科的專家，然後又做了不少事，才決定今天再來看你的。」

博新又呆了半晌，才道：「醫生怎麼說？」

「見面詳談好麼？」我提出要求。

這一次，博新猶豫了好久，才十分勉強地答應道：「好的，你來吧！」

我放下了電話，用一個牛皮紙袋，裝起了那些照片，然後上了車，二十分鐘之後，我已將車停在博新屋子的門口。博新走出來，打開了鐵門讓我進去，到了他的客廳中，他又問道：「你說去找過醫生，醫生怎麼說？」

我坐了下來：「三個著名的專家，對我作了詳細的檢查和測驗，他們一致認為我一點問題也沒有！」

博新的反應很冷淡，他只是「哦」地一聲：「其實，你可以在電話中將這個結果告訴我。」

我望著他：「你明白麼，我正常，那就是說，我絕不會將幻想當成事實，也就是說，我在你屋子之中……」

我才講到這裏，博新已現出極其憤怒的神色來，他揮著手，吼叫道：「我的屋子中，沒有鐵門，除我之外，也沒有別的人，更不會有甚麼細菌大小的狐狸，而當你離開之後，也不會再有瘋子！」

我笑著，伸指在放照片的牛皮紙袋上，彈了一下，發出了「啪」地一聲，道：「你猜猜，我帶來了甚麼？或許你有不得已的苦衷，但是你卻是在說謊，這裏是幾張可以揭穿你謊言的照片！」

博新睜大了眼，望著我，他顯然還不明白「照片」是甚麼意思。

我已經打開牛皮紙袋，先抽出了一張照片來，向他遞了過去。

我在將照片遞給他的時候：「這是你自三樓下來後，坐著發怔時攝的。」

博新接過了照片，他的手在微微發抖。

我又將第二張照片，交到了他的手中，又道：「這是你在踱步，你看來心事重重！」

博新接過了第二張照片來，他只看了一眼，便將兩張照片一起拋在地上，用力地踐踏著，狠狠地道：「原來你是一個卑鄙的偷窺者。」

我攤了攤手：「沒有辦法，完全是被逼的。」

博新的面色鐵青，他的聲音，也變得很尖利，他叫道：「你想憑這兩張照片，證明些甚麼？」

「這兩張照片，並不能證明甚麼，可是這一張，就大不相同了！」我又將最後一張照片，抽了出來，那張照片，是博新站在那神秘人物後面的那張。

照片上看出來的情形很模糊，然而我也相信，足夠使博新感到明白。

我立即知道，博新已經明白了。

因為博新才一接過照片來，他的面色，在一秒鐘之內，就變得灰敗。

他本來一直是站著的，這時，他向後退出了一步，坐了下來。他的手在劇烈地發著抖：「你……昨晚……做了不少工作！」

我並不感到有任何高興，我緩緩地道：「在醫生和專家證明了我正常之後，我總得找一點證據才行，這個人是甚麼人？」

博新閉上了眼睛，我看到他的額上和鼻尖上，都滲出了一顆一顆的汗珠來，他用手抹著臉上的汗，我則耐著性子等著。

足足過了兩三分鐘之久，博新的手才離開了他的臉，他揮著手，現出很疲倦的神態來：「你走吧，這完全是我的私事，和你一點關係也沒有！」

我不禁一怔，因為我未曾想到博新會有那樣的回答！

可是，事實又的確如此！

就算我弄明白了他屋中有另外一個人，就算我證明了他屋中本來有一道鐵門，後來又拆去了，那又怎樣呢？這全是他的事，我憑甚麼干涉他？

我呆了半晌，才道：「作為一個朋友……」

我的話還沒有講完，博新便已揮著手：「走！走！我不要你這樣的朋友，你幫得了我甚麼？除了多管閑事之外？你還會做甚麼？天下最討厭的，就是你這種多管閑事的人，吃飽了沒事做，撐著！」

他講到後來，連他家鄉——河北的土語也罵了出來，使我感到狼狽之極！

我只好站了起來，脹紅著臉：「好，算是我的不是，我不會再麻煩你了！」

博新還是不肯放過我，他冷冷地道：「但願真是那樣，謝天謝地！」

我本來還想再說甚麼的，可是，我卻實在想不出該說甚麼才好了，我只好苦笑了一下，走出了客廳，他連送也不送我，就「砰」地一聲，關上了門。

我回到了自己的車中，心頭一片茫然，現在，我已證明我以前的遭遇全是事實，也證明了博新的屋中的確另外有著一個神秘的人物，也證明了那種不可思議的「縮小」，全是事實。

但是那又怎樣呢？我有甚麼辦法來解開那一切謎呢？

對於一個好奇心極重的人來說，那實在是一件很痛苦的事，而我又恰好是一個好奇心十分重的人。是以當我離去之後，我絕不肯就此甘心。

我想到了一個辦法，在我的朋友之中，有好幾個是和博新熟的，我準備和他們聯絡一下，請他們去代我探聽博新的行動。

而我自己，自然也在暗中監視著博新的行動，看他究竟還會做出甚麼怪事來。

這一天，我想到了深夜，才去睡覺，準備第二天一早，就去實行新計畫。

可是第二天早上，當我習慣地打開報紙來的時候，我整個人都呆住了！

報紙上的頭條新聞是：午夜神秘大火，古老巨宅付諸一炬。接下來的新聞，是說一所古老的大宅，在午夜時分，突然起火，火勢猛烈無比，等到消防員趕到時，根本已無法灌救。

幸而在那幢巨宅的附近，沒有甚麼別的建築物，是以火勢才沒有蔓延，這幢巨宅卻已燒成了一片瓦礫。至於如何起火，火勢何以如此猛烈，當局正在調查研究云云。

如果只是一幢屋子起火，我也不會直跳起來的，可是報上所載的那幢巨宅的地址，卻證明那巨宅正是酒博新的那間祖屋，那發生過極其神秘事件的地方！

報上也刊登了這一點：「該宅是一位建築師酒博新的住宅，火起之後，酒氏是否已逃出，尚待調查，消防人員正在發掘現場，希望有所發現。」

我放下了報紙，足足發了五分鐘呆。

博新的屋子突然起火，對別人來說，雖然不免會感到事情神秘，但是也會想到，一所古老的屋子，在不小心著火之後，是很容易形成猛烈的火災的。然而在我而言，我卻可以肯定，那不是一場尋常的火。

這一場大火，和我所親身經歷的一連串神秘的事件，一定有著直接關係。

那場火，更大的可能，是博新放的。博新放火的目的，是要毀滅一切證據。

但是，博新本身和那個神秘人物呢？難道他們也一起毀在火中了？如果真是那樣的話，那顯然是我的「多管閑事」害死了他們。

我在那幾分鐘之中，心頭怔忡不安到了極點，匆匆穿好衣服，走了出來，駕著車，直到火災現場去。我看到有警員守著，不讓人接近，幸而我識得幾個記者，雜在他們中間，總算來到了火災現場。

瓦礫堆在冒煙，那幢屋子已經被徹底燒毀了，花園也已不像樣子，我望著瓦礫堆發怔，一個記者，就在我身邊，訪問一位消防官。

那記者問：「大火的原因找出來了沒有？聽附近的居民說，在昨夜的大火中，有極亮的、白色的火焰四下飛射，那是甚麼意思？」

消防官搖著頭：「暫時我們還不知道，昨晚的大火中，的確有這種現象，那可能——只是可能有某種化學品在這屋子中，是以才會發生那種現象的，但現在還不能肯定。」

我插嘴道：「那麼，屋主人呢？」

消防官道：「據警方調查的結果，屋中只有一個人居住，我們發掘的結果，已在兩小時之前，找到了一具屍體，送到公眾殮房去了！」

我只覺得自己的手心直在滲汗，我的聲音也在發顫。

我道：「認出死者是誰了？」

大約是由於我的神情，實在太怪異了，相信古往今來，決不會有一個記者，是帶著我那樣古怪的神情去採訪新聞的，是以那位消防官望了我半晌，才道：「那屍體已完全無法辨認了，不會有人可以認出他是甚麼人，但是這屋子中既然只有一個人……」

那消防官還在向下說著，但是我卻根本未曾聽清楚他在說些甚麼，我只是覺得耳際「嗡嗡」直響，我想告訴那消防官，這大宅之中，除了酒博新之外，另外還有一個神秘之極的人物。

但是，這件事該從哪裏開始說起呢？我甚至沒有任何證據！

我苦笑著，向後退去，我一退，別的記者便擠了上來，繼續向消防官發問。

我呆立了片刻，又向廢墟走近了幾步，一股難聞的煙焦味，撲鼻而來，我只覺得天旋地轉，幾乎站立不穩，我知道這屋子起火不是偶然的，可是我更知道，如果不是我一直不肯死心，要弄清楚在那屋子中發生的神秘事情，博新也不會放火的。

現在，我唯一的希望，就是在災場中發掘出來的屍體不是博新，而是那個神秘人物。

然而，這可能性實在太少了，那神秘人物似乎有一種突然消失的本領，我曾一拳將之擊倒，但是轉眼之間，他便已不知所終。像那樣的一個人，難道會在火起之後，不逃走而被燒死麼？

那麼，被火燒死的，自然是博新，可憐的博新！

連我也認為那屍骸是博新，別人更是毫無疑問，博新一個親人也沒有，所以，當然由我們這班朋友，替他殮葬。我們都接受了勸告，不去看他的屍體，事實上，我們也可以想像得到他被燒成了怎樣，因為在白布的包裹下，他的屍體小得像一個小孩子，那也就是說，他已被燒得完全不成人形了！

在殯儀館中，我們這幾個朋友的心情，當然都很沉重，尤其是我！

我心中有一種感覺，感到博新是被我害死的，如果不是我的好奇心如此強烈，當晚在看到了縮成半寸長短的他的父親，和那隻細菌大小的狐狸之後，將整件事都忘記，只怕就不會有那樣的慘劇發生！

我一直坐在殯儀館中，幾乎整天一句話也沒有說。我們已決定將博新的遺體焚化，焚化的時間，是訂在晚上九點鐘。

到了七點多鐘，天色已漸漸黑下來了，也根本沒有甚麼弔客了，靈堂更顯得冷清。

我們幾個人全坐著，誰也不想說話，就在這時，突然有一個頭髮全都花白了的老人，走了進來，到了靈前，鞠了躬，也默默地後退著，坐了下來。

我向那老者望去，我看到他至少有七十歲，滿面皺紋，神情很悲戚，從他的衣著看來，他的日子，好像並不十分豐裕。

我望了他半晌，才道：「老先生，博新是你的甚麼人？你認識他多久了？」

那老者抬了抬頭：「他出世第一天，我就認識他了，唉，想不到他會那樣慘死，他們家人丁本就單薄，他又不肯結婚，唉！」

我心中陡地一動：「我知道了，你是酒家的老僕人，是不是？」

那老者道：「是的，我前後服侍了他們兩代，少爺雖然不要我，但是他還是對我很好的，在叫我走的時候，還給了我一大筆錢。」

我在無意之中，遇到了博新的老僕人，那使我的心中，又有了一線曙光。

常言說「本性難移」，真是一點不錯，我剛才還在後悔自己的好奇心，害死了博新，但是這時，我的好奇心卻又來了。

我忙道：「聽博新說，是在他父親過世之後，他才將你遣走的？」

「是。」那老僕人的眼角開始潤濕起來。

「那麼，你見過他的父親？」我問。

「當然見過，我到他家的時候，他的父親才十五歲，我是叫他少爺的，後來他結了婚，我才改口叫他老爺。」

我又問道：「博新的父親是怎麼死的，你可知道？」

或許是我的問題太突兀了，是以那老僕人呆了一呆，半晌答不上來，過了好一會，他才道：「先生，你為甚麼會這樣問我呢？」

我略呆了一呆：「那不是一個很普通的問題麼？你何以會覺得奇怪？」

那老僕人低著頭，好一會，才道：「我不知道老爺是怎麼死的，老爺在臨死前幾天，一直在三樓，不許人上去，後來，只有少爺一個人上去過，少爺的樣子，好像很憂慮，奇怪的是，他也不去請醫生，後來，他說老爺死了，那天他遣我去遠處買東西，等我回來，少爺說已將老爺的遺體火化了！」

第七部：靈堂中的怪客

我的心中，苦笑了起來，我相信那老僕所說的，百分之一百屬實。因為他說的那情形，正和博新對我說的經過，相差不遠。

我又問道：「你最後見到博新的父親，是在他死前多久的事？」

那老僕又望了我半晌，才道：「先生，是不是老爺死得有甚麼古怪，你才那樣追問我？」

我苦笑道：「他死得是不是古怪，要問你才知道，你是他們家的老僕人，而我們在認識博新的時候，他父親早已經死了！」

那老僕人點頭道：「我心中一直有一件事，未曾對人說過，想起來古怪得很。」

我忙道：「甚麼事？」

那老僕人現出極其駭然的神情來：「那屋子中有……鬼，我見到過一次！」

我吸了一口氣，心頭也不禁「怦怦」亂跳了起來，因為我知道，那老僕人口中的「鬼」，可能就是我見過的那個神秘人物！

我忙問道：「你詳細說說！」

老僕人道：「那是老爺的弟弟，也就是少爺的叔叔，他是早已死了的，可是在老爺死前幾天，我上三樓去，卻看到他在老爺的書桌前，當時我還以為他是老爺，叫了一聲，他抬起頭來，我整個人都嚇呆了，他甚至還問我：『還認得我嗎？』」

我也不禁感到了一股寒意，老僕人又道：「他是二十多歲那年死的，那年，老爺正好三十歲，這個人，從小就不學好，從來也不肯耽在家裏，天南地北地亂闖，他是死在外面的，聽說是在西康甚麼地方，死在當地的野人手中的，已有好幾十年了。」

我搖頭道：「他只是有死訊傳來，或許，他沒有死，又回來了？」

老僕人雙手搖著：「不會，我再看到他時，他仍然只有二十多歲的樣子，如果他沒有死，他應該有五六十歲了，難道他不會老？」

我皺著雙眉：「你看到他之後，他就只對你說了一句話？」

老僕人苦笑道：「一句話還不夠麼？我嚇得大叫了起來，轉身便逃，在樓梯上碰到了老爺，我連忙將我看到的事講了出來，給老爺狠狠地罵了一頓，可是我知道自己不是眼花，而且，從那天起，老爺就在三樓，不肯下來，過了幾天就死了！」

我問道：「他們兄弟之間，有仇恨？」

「仇恨是不會有的，但是老爺的兄弟自小就不成材，自然不得父母歡心，倒是老爺，時時幫著他的兄弟，也盡可能讓他花錢，這人花起錢來真厲害，我還記得，有一次他買了一架甚麼機器，裝在後院，聽說，那架機器，用一樣重的銀子，也換不回來。」

我很難想像那是甚麼機器，但是我對那位先生，卻多少有了點認識，他是一個怪人，或者說，是一個超時代的人，那麼，我在那大屋中遇見的怪人，是不是就是博新的叔叔呢？

如果是他，為甚麼他會帶來一連串的怪事？

事情好像已有了些進展，但想深一層，卻仍然全是不可解的謎。尤其不可解的是，老僕人說那位先生早已死了，那有可能是訛傳，但是他現在就算再出現的話，一定也是將近六十歲的老人。但是老僕人卻說他「看到鬼」的時候，那位先生還很年輕。又如果假定，我遇到的那個神秘人物，就是那位先生——博新的叔叔，那麼，他也決不像是一個上了年紀的人。自然，我自始至終，沒有機會看清那神秘人物的面貌，但即使在黑暗中相對，要判別對方是不是一個老年人，也是很容易的事。

我呆了片刻，抬起頭來，這才發現，殯儀館中已經只有我和那老僕人兩個人了，別的人或者是因為不慣熬夜，而且對我和那老僕人的話不發生興趣，所以已經相繼離去。

等我發覺到這一點時，我似乎覺得靈堂之中，更加陰森可怖。

我自然不會相信甚麼鬼出現那一套，是以我只是略呆了一呆，便又問道：「你剛才說，你曾在那大屋子中『見過鬼』，是不是可以說得再詳細些？」

老僕人苦笑道：「我已經說得夠詳細了，我的確是看到了他！」

我又問道：「在這以後，你的感覺是不是有點異樣，我的意思是，你有沒有感到，屋子中像是多了一個人？」

老僕人呆了好一會，才道：「沒有……不過……不過我想起來了，有一天晚上，三樓的書房中，忽然傳來砰地一聲響，我睡在少爺睡房旁邊的小房間中，聽到了聲響，我就立時走出來，少爺也醒了，推開了房門，我們一起抬頭向上看去，看到了老爺……」

「他在做甚麼？」我緊張地問。

「老爺也像是剛推開了臥室的門，在向外張望，我當時就想，我們三人全在，那麼，在書房中弄出聲響來的是甚麼人呢？我想走上樓去看，可是老爺厲聲斥喝著，叫我回去睡覺！」

我仔細聽著那老僕人的敘述，我覺得其間大有問題。

我可以肯定：在那屋子中，早就多了一個人！

先撇開那個人是甚麼人不說，我甚至可以想像那個人出現的日子，那人自然是在博新的父親尚未故世之前出現的。最早的時候，只有博新的父親一個人知道他的存在；等到博新的父親死了之後，博新一定也在某種情形下，知道了這個人的存在。

自然正因為是這個原因，所以博新才遣走了老僕人，老僕自始至終，未曾知道屋子中多了一個神秘人物。

可是事實上，老僕人見過那個神秘人物一次，只不過他卻認為那是見了鬼。而且，他那一次偶然見到那個神秘人物，他的印象極其深刻，因為他一眼就認出那人是博新的叔叔。

我假定一切神秘事件，全是由那個神秘人物而起，那麼，問題是：這個神秘人物究竟是甚麼人？他若是博新的叔叔，為甚麼過了那麼多年，他還是幾十年以前的樣子？

我還想向那老僕人問更多關於博新和博新的父親、叔叔的問題，可是就在這時，一陣沉緩的腳步聲傳了過來。

那是一種令人悚然的腳步聲，很清晰、很慢，也很沉重。分明是一個人在向前走來，但是那個人卻又像是老走不到門口。

靈堂的門關著，殯儀館的職員也早在打盹，誰會在這樣的深夜，再到靈堂來呢？

我和那老僕人互望了一眼，我立時感到了一股寒意，看那老僕人的神情，他顯然比我更糟糕，他的身子在微微發抖。

那腳步聲停在靈堂的門口，我勉強地微笑了一下，正想大聲喝問是甚麼人，可是我一低頭時，卻看到門腳下的縫中，有甚麼東西，蜿蜒流了進來，那使我嚇了一大跳。

雖然我立即看到，自門腳縫中流進來的是水，但是我仍然驚訝得出不了聲。

而接下來發生的事，卻使我忍不住啞然失笑。

剛才的那一切，很夠恐怖，很夠神秘，是不是？但等到靈堂的門被推開來之後，一切就變得再普通也沒有了，一切的神秘、恐怖，全是我自己心理作祟！

靈堂的門推開，門外站著一個穿著雨衣、戴著雨帽的人，那人的雨帽壓得很低，雨衣的領子也翻起來，順著他的雨帽帽檐和他的雨衣腳，在向下直淌著水，我也直到這時，才注意到，外面在下著大雨。

那人當然是冒著大雨前來的。他冒雨前來，鞋底自然濕了，鞋底濕，腳步聲聽來不免有點古怪，而且，當他站在門口的時候，自他身上淌下來的水，當然也會從門縫中流進來。

想起剛才心中感到的恐怖，我只覺得好玩。那人冒這樣的大雨，到靈堂來，他自然是博新的好朋友了，所以我忙站了起來。

那人的神態有點奇怪，他一看到我站了起來，便立即後退了一步，伸手遮住了臉，在一剎那間，我看到他戴著一副黑眼鏡。

在午夜，又下雨，那人卻戴著一副黑眼鏡，這自然是古怪的事，我在怔了一怔之後，問道：「閣下是博新的朋友？」

那人並不回答我，只是含糊地發出了一下聲音，轉過頭去，我看到他從口袋中，摸出了一塊手帕來，用那塊手帕，蒙在臉上。

我看得瞪大了眼睛，心中還只是感到驚訝，可是那老僕人卻著實有點沉不住氣了，他的聲音發著顫，拉著我的衣角：「先生，這個人……」

我向他擺了擺手，示意他不要出聲，老僕人的臉色，變得難看之極。

我看到那人，又轉回了身來。

這時候，他的臉上蒙著一塊手帕，又戴著一副黑眼鏡，雨帽又拉得那麼低，使我完全無法看到他是甚麼樣的一個人。

我站著不動，那人像是猶豫了一下，才向前走來，來到了靈前，他鞠了三個躬，然後退開幾步，在一張凳子上，坐了下來。

我的視線一直盯在他的身上，或許是我那樣望著他，令他感到很不安，但是我卻非望著他不可，因為這人的舉止實在太怪異了，世界上可有以這樣的打扮到靈堂來弔祭死人的？

他只坐了一兩分鐘，便又站了起來，在那一兩分鐘之間，可以說是靜到了極點，當他站了起來之後，我再問道：「先生，你是博新的朋友？」

我問的是老問題，而那人回答我的，也是老方法，他的喉際發出了一下模糊的聲響。

雖然，從沒有甚麼條例，規定到靈堂來的人不能蒙面，可是那人的樣子，卻使我感到說不出來的不舒服，我提高了聲音：「你是甚麼人？」

我大聲一喝問，那人急急向外走去，我直跳了起來，向他走過去，伸手便抓。我的動作很快，一抓便已抓住了他的雨衣，可是，那人的動作，卻比我更快，他顯然已知道我要攔阻他，不讓他離去，是以他也有了準備。

我才一抓住了他的雨衣，他雙臂一振，身子猛地向前，衝了一衝。

他脫下了那件雨衣，向前直衝了出去，而我，雖然抓住了那件雨衣，卻也不過是抓住了件雨衣而已，我呆了一呆，那人已衝出了好幾步，我連忙趕了上去，那人已轉了一個彎。

等到我再追出去時，我看到他衝出了殯儀館的大門，沒入在黑暗之中。

我也追出了大門，外面的雨十分大，一出了門，雨點劈頭劈臉，灑了下來，我幾乎甚麼也看不到，那人也早已奔得看不見了。

雖然我在大雨之中，呆立了只不過半分鐘，但是身子卻已濕了一大半，我連忙退回了殯儀館，我看到那老僕人扶著牆，站在我的身後。

那老僕人的身子，在不住地發抖，他的神情表示他心中的驚駭已然到了極點。

他望著我，問道：「他……走了麼？」

我抖了抖手中的雨衣：「他逃走了！」

那老僕人道：「他……他是誰？」

我苦笑了一下：「和你一樣，我也完全未曾看清他的容貌……」

當我講到這裏的時候，我發現老僕人的神情極其古怪，是以我停了下來：「你以為他是甚麼人，你想到了甚麼，是不是？」

老僕人的身子，抖得更劇烈：「不會的，那怎麼會？不會的！」

我大踏步來到了老僕人的身前：「你快說，你以為他是甚麼人？」

老僕人的嘴唇不住發著抖，過了好久，他才道：「據我看來，他……他好像就是……少爺！」

我呆了一呆，老僕人口中的「少爺」，就是博新！

而博新已經死了，我現在在殯儀館中，就是因為博新已經死了，雖然在這種時候，前來靈堂弔祭的那人，神態形跡，都可疑到了極點，但是他不會是博新，他可能是任何人，也絕不會是博新！

不用說，那當然是老僕人的一種錯覺，是以我也沒有再問下去，我道：「別胡思亂想，天快亮了，我們到靈堂中去守著吧！」

老僕人要在我的扶持下，才能勉強挪動腳步，當我們回到了靈堂中，坐了下來之後，我們誰也不說話，那一小時的時間，更是長得可怕。

終於，天漸漸亮了，雨也止了，又有一些博新生前的朋友陸續來到，昨晚午夜時分離去的那些人也都來了，到了上午九時，博新的遺體，依時火化，我們所有目睹博新被送進焚化爐去的人，心情自然都十分沉重，而我則更甚。

所以，我是最後一個離去的人，當我離去的時候，我帶走了那個神秘來客的那件雨衣，回到了家中，我將那件雨衣順手一拋，人向沙發上一倒。

那件雨衣被拋到了桌子上，發出了「啪」的一下硬物撞擊聲，那令得我陡地一呆。

我本來實在已經非常疲倦了，但這時候，我卻立時一躍而起，又將那件雨衣，提了起來，伸手在雨衣的口袋中摸索著。

我從雨衣的口袋中，摸出了一串鑰匙。

那串鑰匙，只有三柄。在一件不知屬於甚麼人的雨衣之中，發現了三柄鑰匙，那本來是絕不值得奇怪的事情，但是當我將這三柄鑰匙揑在手中的時候，我不禁呆了半晌，手也在發抖。

那三柄鑰匙，對我來說，一點意義也沒有，但是那鑰匙扣，我卻認得出來，我絕不是第一次看到它，鑰匙圈上，連著一支半寸來長，銀質的鉤，那鑰匙扣，正是博新的東西。

在那一剎那間，我立時想起了那老僕人的話來。

當那個神秘人進來的時候，我和那老僕人都看不清他的臉，可是那老僕人在事後，卻以為那個神秘人物是博新。

當時，我根本連考慮一下他那樣說法的可能性也沒有，就斷定他是生了錯覺，然而現在，我卻在雨衣口袋中，發現了屬於博新的鑰匙環！

那是博新的東西，這完全可以肯定，可是，那究竟是怎麼一回事呢？

如果博新沒有死，那麼，在火災之後，發掘出來的屍體，又是屬於甚麼人的？如果博新死了，何以他的鑰匙環會在別人的身上？

我知道，那鑰匙環是博新心愛的東西，那是他在一次比賽中得到的獎品，他決不會將這東西送給別人，那麼，那個人應該是博新了。

我又想起那人走進靈堂來，看到了靈堂中有人之後，那種突兀的動作，他是在看到了有人之後，才用手帕蒙上面的。

如果他不是以為我一看到他，就可以認得出他是甚麼人來，又何必多此一舉？那樣看來，這人真的是博新，博新沒有死！

當我想到了這一點的時候，我心頭怦怦跳了起來，博新沒有死，這實在是太不可思議了。

我不知自己拿著那三柄鑰匙，呆了多久，而如果不是那一陣門鈴聲的話，我一定還會再發呆下去，門鈴聲令得我震了一震，我轉過身，打開了門，門外站著一個垂頭喪氣的人。

但是不論那人是如何垂頭喪氣、神情憔悴，我還是可以認得出，他不是別人，正是酒博新。

一時之間，我也呆住了，不知該怎樣才好，一個你以為他已經死去，而且，才參加了他的火葬禮回來的人，忽然又出現在你的面前！

第八部：往事怪異殺機陡起

這種感覺，實在難以形容。

是以，我好半晌出不了聲，還是博新先開口：「我可以進來麼？」

我攤了攤手：「當然可以，我們……不是老朋友麼，為甚麼不可以？」

博新的臉上，現出了十分苦澀的笑容來：「我的出現令你驚訝了，是不是？」

他一面說，一面走了進來，坐在沙發上，用手托著頭，他看來憔悴而又疲乏，我望了他好一會，才道：「如果不是我在那件雨衣的口袋中，看到了那鑰匙環，我一定一見你面，就會尖叫起來！」

博新仍然苦笑著：「你以為我是鬼？」

「自然是，你已經死了，報紙上登著，所有的朋友都那樣以為，很多人來弔祭過你，而你的遺體，已在眾目睽睽下火化了！」

博新低下了頭，好一會不出聲，才又道：「本來，我真想就那樣死了算了，可是我知道，當你看到鑰匙環的時候，你一定會知道我實際上沒有死！」

我據實道：「我只不過是懷疑，你肯再度出現，那是好事！」

博新的雙手掩住了臉，我看得出，他的手指在微微發抖。我等了好久，他仍然不出聲，但是不論他是不是願意，現在該是輪到我向他發問的時候了。

我在想，我應該如何開始問他才好呢？我想了好一會，才揀了一句話：「博新，究竟怎麼一回事？」

博新的身子震了一震，我猜想他一定早已料到，他除非不來見我，只要他來見我，他就一定要準備回答我的問題。

他在震動了一下之後，用一種聽來無可奈何的聲音：「我殺死了他。」

他那樣的回答，在我聽來，自然是覺得十分突兀的，我不知道他為甚麼會忽然那樣說，那也使得我無法問出我的第二個問題。

我只是望著他，還未曾開口，他的神情忽然激動了起來，揮著手，面肉抽搐著，大聲道：「我實在無法忍受了，我必須殺死他！」

我伸手扶住了他的肩頭，當我發覺那樣並不能令他鎮定下來時，我又立時轉過身，倒了一杯酒，交在他的手中。他一口就喝乾了酒。

他的聲音在發著抖：「我從來也沒有殺過人，我從來也未曾想過要殺人，可是，我卻下了手，我殺死了他，我將他扼死了。」

當他講到「扼死」時，他張開了雙手，手指骨節因為極度的緊張，而發出「格格」聲。我盯著他的雙手，心中也不禁感到一股寒意！

活活地扼死一個人，這是叫人心頭生寒的事，而當那曾扼死人的雙手，那樣揚著，在眼前發抖時，心頭的寒意，自然更甚！

我不由自主，後退了一步，才道：「說了半天，你究竟殺了甚麼人？」

博新仍然望著他自己的雙手，像是夢囈似地：「就是你見過的那個人。」

我吸了一口氣，脫口道：「你的叔叔？」

我想不到我的話，竟會令博新感到那樣的震動，他幾乎是從沙發上直跳了起來的，他失聲道：「你已知道了？你知道了多少？」

我也不自覺地提高了聲音：「我並沒有知道多少，而你也不必緊張，你又出現了，並且來和我見面，難道你在見我之前，未曾想到在見了我之後，必須一切都對我實說麼？」

博新垂下頭來：「是的，我準備對你實說。」

「那就是了，你不必奇怪我何以會知道，你該記得，在殯儀館中，我和你的老僕人在一起，從他的口中，我知道了不少事，他曾看到過你叔叔一次，他以為自己遇到了鬼！」

博新「喃喃」地道：「他可能真的遇到了鬼，直到現在，我也不能肯定，我殺死的，是人還是鬼？」

我按著他坐了下來，又給了他另一杯酒：「你應該將事情從頭至尾，向我講一遍。」

博新並沒有反應，他只是大口大口地喝著酒，等到他喝完了那杯酒，他索性自己拿起了酒瓶來，又添了滿滿一杯。

然後，他才道：「事情要從頭講起的話，該在那天下午說起，他是在那天下午突然出現的。我去應門，站在鐵門外的，是一個三十歲不到的年輕人，在他的臉上，有一種說不出來的詭異神情，好像是狡猾，又好像是神秘，叫人不知道如何說才好。」

博新吸了一口氣，我也不去催他，只等他自己繼續往下說。

他停了片刻，才又道：「我不認識他，可是他卻認識我，他一看到我，就笑著道：『嗨，你真長大了，完全像是一個大人了！』這實在是廢話，我早就是大人了，而且，我也決不欣賞他那種講話的神態，我板起了臉，問他找誰，他卻仍是笑嘻嘻地道：『原來你不認識我，那也難怪，你父親呢？我想見他！』我當時甚麼也沒有說，轉過身就走回了屋子。

當我走回屋子的時候，我還聽得他站在鐵門外，正在輕鬆地吹著口哨，我走回屋子，父親在客廳裏看報，我對他說，外面有一個人找他，然後就上了樓。當我來到了書房之後，我的心中有一點好奇，想知道那個人究竟是甚麼人。

我將窗簾拉開了些，探頭向花園中望著，我看到了那人和父親已走進了花園，父親的神情很激動，也很驚恐，似乎正在說著甚麼，但是那人卻笑嘻嘻的，一副滿不在乎、甚麼也不放在心上的神氣。

我等他們走進屋子，上了樓梯，才又到門口，將門打開了一道縫，我看到他們從我門前經過，上三樓去，我也聽得我父親的聲音，有點上氣不接下氣，他似乎只在重覆著一句話，道：『你怎麼會回來的，你怎麼可能又回來的！』我也不知道那是甚麼意思！」

博新講到這裏，又大口大口喝起酒來，而我這個聽眾，心神也是極其緊張。

博新的確是「從頭說起」的，而且，他還說得十分詳細。也正因為如此，所以我才格外覺得緊張。

博新嘆了一聲：「那是我第一次見到他——自然不是真正的第一次見他，因為，他是我的叔叔，我在小時候早見過他。當天，直到晚上，父親才從三樓下來，在我臥室中找到了我，他見了我之後的第一句話就是『你的叔叔回來了。』我當時，心中的驚訝，實在是難以形容。」

「你說甚麼？」我插嘴問。

博新吸了一口氣，道：「我當時呆了半晌：『那怎麼可能？爸，他看來比我還年輕！』父親卻面色一沉：『那你別管，總之你記得，他是你叔叔，從現在起，就住在三樓，他不會在屋子中走動，你也絕不可對任何人說起他，連阿發也不許說，你明白了？』我從來也未曾見到過父親以那樣嚴重的神情對我說過話，是以我立時就答應了。」

我忍不住又插言道：「難道你一點也不懷疑？」

「當然曾懷疑過，」博新回答：「但是我對我自己家中以前的事，所知本就不多，我祖父是做官的，做官的人，三妻四妾，算不了甚麼，我心中在想，那個『叔叔』，大約是父親的同父異母兄弟，是以他甚至比我還年輕，這種情形，也不是甚麼稀奇的事，所以我也沒有再想下去！」

我點了點頭，事情在一開始，還沒有進一步的發展之前，博新作那樣的猜度，自然很合理。

博新呆了片刻，又道：「在那天之後，雖然我的心中時時存著懷疑，但是我卻再也未曾見過他，那時，我的懷疑已轉變為奇怪，何以這個人竟可以不下樓梯一步，而更令我奇怪的是，父親竟也足不下樓，而且，還命人在三樓的樓梯口，裝了一道鐵門。」

當博新講到這裏的時候，我瞪了他一眼，博新苦笑了一下，頗有慚愧之色。

我自然知道他在慚愧甚麼，他是在慚愧，當我上次向他查問那鐵門何以不見了的時候，他賴得一乾二淨，而且聲勢洶洶地將我趕了出去！

但是，我卻也只是向他望了一眼，並沒有多說甚麼，博新又嘆了一聲：「至於我後來為甚麼要否認那裏有鐵門，我慢慢講下去，你自會明白的。」

我點頭道：「你自然是循序說下去的好，不會將事情弄亂。」

博新道：「自那以後，有十來天，並沒有甚麼特別的事故發生，我那時年輕，好動，也幾乎將這件事情，不再放在心上了，直至有一天，父親忽然從內線電話中叫我上去，我來到了鐵門口，開門給我上去的就是他——我的那位叔叔。」

當時，他臉上的神情很嚴肅，那種嬉皮笑臉的神情也不見了，我一看到他那種嚴肅的神情，便知道有甚麼嚴重的意外已經發生了！

我當時立刻就問他發生了甚麼事，他握住了我的手，叫著我的名字，道：『我闖禍了。』我很討厭他那種完全將我當作自己人的神態，因為事實上我完全將他當作陌生人，我甩脫了他的手，道：『爸在哪裏？』我一面說，一面已向書房走去。

他立時追了上來，擋在我的面前，伸手攔住了我，他背靠著書房的門：『你先別進去！』我那時真有點發怒了，我大聲道：『這是甚麼意思，這是我的家！』他的回答是：『自然是你的家，但是發生了一點意外，我先要請你鎮定些，當你看到你父親的時候，不要吃驚。』事實上，他那樣說，已叫我夠吃驚的了！

試想，一個我從來未曾見過面的『叔叔』，忽然闖進了我的家來，神秘地住了十幾天，忽然又告訴我，父親出了意外，那怎能不令人吃驚？

我當時也沒有心思再聽他說下去，只有用力將他推開，然後衝進了書房，他連忙跟了進來。

我一衝進書房，奇怪得很，我沒有看到父親，我立時轉過身來，想向他喝問，父親在甚麼地方，可是就在我一轉身之際，我看到了我的父親……」

博新敘述到了這裏，突然停了下來。

他拿起酒杯來，又大口喝著酒，我則緊張地握著拳，等他再說下去。

博新喘了好幾下，才道：「我看到了我的父親，這實在是我畢生難忘的事！」

他講到這裏，連講話的聲音也變了，好像是在硬迫了出來的一樣，他連連咳嗽了好一會，潤澤著喉嚨，才能繼續講下去。

他道：「我看到父親從窗簾後面走出來，當他才一走出來的時候，我根本不知道他是甚麼，因為他只有一呎半高，我從來也未曾見過那麼小的小人，當我僵住了發呆的時候，小人來到了我的身前，我才看出，他雖然小，然而卻是我的父親！

我張大了口，一句話也說不出來，父親的神色也很悲哀，他望了我一會，才道：『博新，發生了一些意外，必須叫你上來，瞭解事實的真相！』我呆住了，真不知該怎麼辦才好。

我父親繼續苦笑著，道：『博新，這位是你的叔叔，你已見過他一次了，我要再為你介紹一次，他是我的弟弟，他是一個極其出色、非同小可的科學家！』我那時，幾乎沒聽清父親是在說些甚麼！

我只知道，父親忽然變成了只有一呎半高的一個小人，事情一定和我的叔叔有關，是以我陡地轉過身去，以手抓住了他的衣襟，搖動著他的身子，一面還在大聲呼喝著他。當時，我究竟說了一些甚麼，事後，我完全無法記憶，因為我的心情，實在太驚恐、太激動了。

我終於放開了他，那是因為我父親的大聲叱喝。當我放開他時，父親已然站在桌上，我大聲哭了起來，我將手伸到父親面前，可是我卻不敢碰他，因為他那麼小，我的手在他面前顯得那麼大！」

當博新敘述到他哭了起來的時候，他真的哭了起來，他的眼淚，據我看來，一大半還是因為驚恐過度而流出來的。事情已經隔了那麼多年，他一提起來，仍然不免要嚇得流淚，由此可知，在當時，他的驚怖，是如何之甚、如何深切。

他又接連喘了好幾口氣，才繼續道：「倒是父親很鎮定，他很嚴肅地道：『別哭，事情既然已發生了，哭也沒有用的，而且，你要記得，事情也不能怪他，我是完全自己願意的。』我當時的慌亂，實在到了極點，我只說了一句話，問他究竟發生了甚麼事。」

博新續道：「父親指著叔叔，道：『我剛才說過了，他是一個出色的科學家，他已經克服了第四度空間，你也應該明白甚麼是四度空間，也就是說，他可以使人在時間中自由地來去！』我這時，才又轉頭向他看去。

他的衣服被我弄得十分皺，頭髮也散亂不堪，當我向他看去的時候，他居然還向我笑了一笑，我聲嘶力竭地叫道：『那麼，究竟發生了甚麼事？』父親嘆了一聲，向他望了一眼。

他——我的叔叔道：『還是讓我來說吧，博新，我已經成功地使你的父親，回到了過去的時間中。』我揮著手，大聲道：『那麼，他為甚麼會變成那樣？』」

博新又停了下來，我聽得出神之極，雙手緊握著拳，手心在隱隱冒汗，博新一停下來，我就連聲道：「他怎麼回答，你快說！」

博新道：「他說：『那就是意外了，我研究了幾十年，如何使人可以踏入四度空間，但是我卻發現，人只能回到過去，而不能進入未來，當我第一次成功地使我自己回到昨天時，我發覺自己小了一半，回到了前天，我小了四分之三，我曾回到過十天前，那時我的身子，還不到半呎，我也不明白那是為了甚麼原因，但是我卻知道，宇宙間的一切，在按比例地，定時地增大！』」

博新望定了我，又道：「當時我根本不明白他在說些甚麼，我只是叱道：『你在胡言亂語！』父親卻道：『別吵，聽他說下去。』我並不是一個聽話的兒子，但是當自己的父親變成這等模樣時，他的每一句話，自然非聽不可。

我當時沒有再出聲，我叔叔又道：『但當我又從過去回來時，我的身體也回復原來的大小，可是你的父親，他卻一直停留在兩天前的大小了。』

我問道：『他一直只有那麼大？』

我叔叔卻嘆了一聲，道：『他如果一直停留在那樣的大小上，那倒好了。』我只覺心在直向下沉，我道：『照你說，他會怎樣？』

我叔叔，那個不知是甚麼東西的妖怪，他告訴我道：『他還會每天縮小一半，糟就糟在這裏！』我又抓住了他的衣襟。

那時，父親道：『你別急，這是最壞的情形，或許在我未曾縮小到消失之前，他會想出辦法來令我復原，我們決定將事實的真相告訴你，是因為你是一個大人，要鎮定地接受事實！』

他自己反倒比我鎮定，但是我卻實在沒有法子鎮定得下來，我現在也很難記得我又做了些甚麼，我只記得自己大吵大鬧了一場，不知罵了多少難聽的話，而當我實在太疲倦的時候，我睡著了。」

博新講到這裏，停了下來，他傴僂著身子，雙臂擱在膝上，雙手卻掩住了臉，好一會不出聲。

我也不忍心去催他，因為他的經歷既然那麼可怕，總得讓他定定神，再繼續向下講去。

過了好一會，才聽得他又道：「當我睡醒的時候，我仍然在三樓，我父親的書房中，一切好像並沒有甚麼不同，但是當我看到了我的父親時，我卻又倒抽了一口涼氣，他又小了一半！

從那天起，我不斷逼著我的叔叔，要他設法使我父親恢復原來的大小，他也不斷地操作著他帶來的那一具小小的、不知有甚麼用的儀器，可是，情況卻一點也沒有改變，我父親仍然每天縮小一半。

當我父親縮到只有一寸長短的時候，這傢伙才說，他實在是無能為力了，他還企圖推卸責任，說那不是他的錯，是我父親自己願意的，因為我父親明知道他的那隻狐狸的事情。

我那時，還是第一次聽他提到那隻狐狸，那時我已經傷心欲絕了，啞著聲音問他，那隻狐狸又是怎麼一回事。他說：『我曾使一隻狐狸回到過去，但是當我使牠又回來之後，牠就每天都在縮小，情形就像你父親現在一樣！』我問他，那隻狐狸現在在哪裏，他取出了一個標本片來，叫我在顯微鏡中去看那隻狐狸。

當我在顯微鏡中，看到那隻只有細菌般大小的狐狸時，我實在沒有辦法再支持下去，我昏了過去。

我醒過來時，我叔叔已向我宣佈，父親自殺了，他決定好好保存父親的屍體。」

博新講到此處，長嘆了一聲。

我忙問道：「你當時一定又傷心，又憤怒了？」

博新苦笑著，道：「並不，連我自己也出乎意料之外，我當時居然很鎮定，也沒有發怒。我事後回想起來，才知道我為甚麼鎮定，因為死亡並不算甚麼可怕的事，每一個人都有死亡，然而，每天縮小一半，直至永遠，那才是真正的可怕！」

聽得博新那樣說，我也不禁打了一個寒顫，的確，那實在太可怕了。

博新道：「我叔叔一直住下來不走，我支走了僕人，你們一直只當那屋子只有我一個人住著，其實，是兩個人，我和他。」

我問道：「那麼多年，一直如此？」

博新點頭道：「一直如此，我在開始的一兩年，心中總是十分恨他，厭惡他，甚至連看都不去看他一下，由得他一個人，蟄居在三樓，可是漸漸地，我卻發覺他……發覺他……」

博新在猶豫不決，像是不知道該對他的叔叔下甚麼樣的評斷才好。

他又喝了幾口酒，才道：「我發覺他……實在是一個極其出色的科學家！」

我道：「照你所說的情形來看，他顯然已突破了時間的限制，可以使人回到過去。」

博新苦笑著：「是的，這一點，我也不得不承認，那天晚上，你們在討論著科學幻想小說的題材，講到了宇宙間的一切，不斷在擴張的事，我的心情如何，你可想而知。」

我點頭，表示明白他那時的心情。

博新又道：「我知道我叔叔在前一天離去，所以我一時衝動，就帶你上三樓去看那可怕的變化，但事後，我卻十分後悔，因為那實在是極其駭人聽聞的事，絕不能公開。」

我自然也可以想像得出，像那樣的事，如果公開的話，會引起甚麼樣的混亂。

人類的知識是漸進的，一點一點在進步，雖然進步的幅度愈來愈快，但仍然不是躍進的，而博新的叔叔，卻超越了人類的知識不知多少年，他會被人目為瘋子，甚至被人目為妖巫！

博新又道：「恰好，那天晚上，你走了之後不久，我叔叔就回來了，我將你的事和他說了一遍，他和我合力，將書房和儲物室對調，我們自然沒有進行得那麼快，你第一次偷進來的時候，我叔叔是知道的，他幾乎想將事實告訴你，你看到他曾伏在桌上寫字，是不是？但是他卻不知該如何下筆才好，是以終於又沒有寫，而你所得到的，自然不是那細菌大小的狐狸。」

我點了點頭，我自然記得那天晚上的情形。

博新繼續道：「當你又一次前來時，對調工作已經完成，所以你查不出甚麼來了！」

他講到這裏，靜了很久，我也好一會不說話。

我們一直維持著沉寂，足足有十分鐘之久，我才忍不住問道：「博新，你還沒有說出最主要的一點，為甚麼你殺死了他？」

博新的身子，陡地一震，他忽然笑了起來，笑得十分怪異。

他笑了好一會，才道：「為甚麼？你知道為了甚麼？那天晚上，他忽然對我說：『博新，我已經找到關鍵的所在了，你可要試試回到昨天去？』一聽到這句話，我實在沒有法子控制自己，我雙手突然伸出，緊緊地扼住他的頸項，直到將他扼死，然後，我放了一把火，燒了屋子，逃走了！」

我呆了半晌，在聽得博新那樣說之後，我呆住了，實在不知該怎麼說才好！

我心中在責備博新，他竟沒有勇氣去試一試回到昨天去，那是多麼有趣的事，但是我立即又自己問自己：我有這勇氣麼？那要冒每天縮小一半的危險！

博新站了起來，嘆了一聲：「我要走了！」

我望著他，他殺了一個人，這是他自己也承認的事，他殺的是一個「超人」。我想不出有甚麼名詞比「超人」這個字眼更好的稱呼，因為他的叔叔，本來就是一個超時代的人。

一個超時代的人，生存在這個時代中，對他本身而言，當然不是福，但是對於這個時代而言，又何嘗是福？博新殺了他，可能是一件好事！

我心中亂到了極點，我並沒有挽留他，直到他走出門口，我才突然叫了他一聲。

博新停了下來，我道：「你準備到哪裏去？」

博新苦笑著：「我也不知道該躲到甚麼地方去，但是世界大得很，總有可以供我躲藏的地方，我總還不至於要躲到昨天去！」

我沒有再說甚麼，博新拉開門，這時，我才看到，外面又已淅淅瀝瀝地下起雨來，我想叫博新拿回他的雨衣，但是我卻只是想了一想，並沒有說出來，而博新已經冒著雨走遠了。

雨從門中撇進來，我又趕到了門口，站了一會，才關上了門，回到了屋中。

從那天起，我再也沒有見過博新。

若干時日之後，我和一位天文學家，談起宇宙擴展的問題，這位天文學家說：「有一派天文學家的意見是，宇宙中所有的星體，正以極高的速度，在離開太陽系，這一派的理論，可以說是宇宙擴展論。」

我問道：「那麼，難道太陽系不移動麼？」

「自然移動。」天文學家回答。

「那麼，豈不是太陽愈來離我們愈遠了？」我再問。

「這個問題，有一個假設，是一個星系，在作整體的運動，而不是這個星系中個別星球的運動。」

「如果這個假設不成立呢？」

「那麼，宇宙擴展論也不成立了。」

我想了一想：「是不是有這個可能，事實上，太陽也正以極高的速度在離開地球，但是由於地球和太陽的本身在擴大，擴大的比例恰好和太陽離開的速度造成的距離相同，那麼，我們就不覺得太陽在離開我們？而太陽系和銀河系的關係，銀河系和別的星系的關係，也可以作相同的假設？」

那位天文學家笑了起來：「你的想像力太豐富了，就算真有那樣的事，也永遠無法證明，除非人能回到過去，看看過去的地球——那也不行，試想，如果是那樣，人回到了一萬年前，人無法生存了，地球比一個乒乓球還小！」

「人可以相對縮小的啊。」我說。

天文學家笑得更大聲：「要是他在回來時，無法變大，那豈不是糟糕了？」

我卻笑不出來，他感到好笑，人人都會感到好笑，但是，我卻笑不出來。我笑不出來的原因很簡單。

因為，我看到過一隻細菌大小的狐狸，和一個只有寸許長的人。

那使我笑不出來。

（完）

倪匡珍藏限量紀念版 22

衛斯理傳奇之玩具

作者：倪匡
發行人：陳曉林
出版所：風雲時代出版股份有限公司
地址：10576台北市民生東路五段178號7樓之3
電話：(02) 2756-0949
傳真：(02) 2765-3799
執行主編：朱墨菲
美術設計：許惠芳
業務總監：張瑋鳳
出版日期：2023年9月倪匡珍藏限量紀念版一刷
版權授權：倪匡
ISBN ：978-986-5589-99-8
風雲書網：http://www.eastbooks.com.tw
官方部落格：http://eastbooks.pixnet.net/blog
Facebook：http://www.facebook.com/h7560949
E-mail：h7560949@ms15.hinet.net
劃撥帳號：12043291
戶名：風雲時代出版股份有限公司

風雲發行所：33373桃園市龜山區公西村2鄰復興街304巷96號
電話：(03) 318-1378
傳真：(03) 318-1378
法律顧問：永然法律事務所 李永然律師
北辰著作權事務所 蕭雄淋律師

行政院新聞局局版台業字第3595號 營利事業統一編號22759935

定價：340元

國家圖書館出版品預行編目資料

衛斯理傳奇之玩具 ／ 倪匡著. -- 三版. --
臺北市：風雲時代出版股份有限公司，2023.07
面；公分 倪匡珍藏限量紀念版

ISBN 978-986-5589-99-8（平裝）

857.83 110008495